レジェンドノベルス
LEGEND NOVELS

コボルドキング 1

騎士団長、辺境で妖精犬の王になる

contents

レジェンドノベルス
LEGEND NOVELS

コボルドキング 1

騎士団長、辺境で妖精犬の王になる

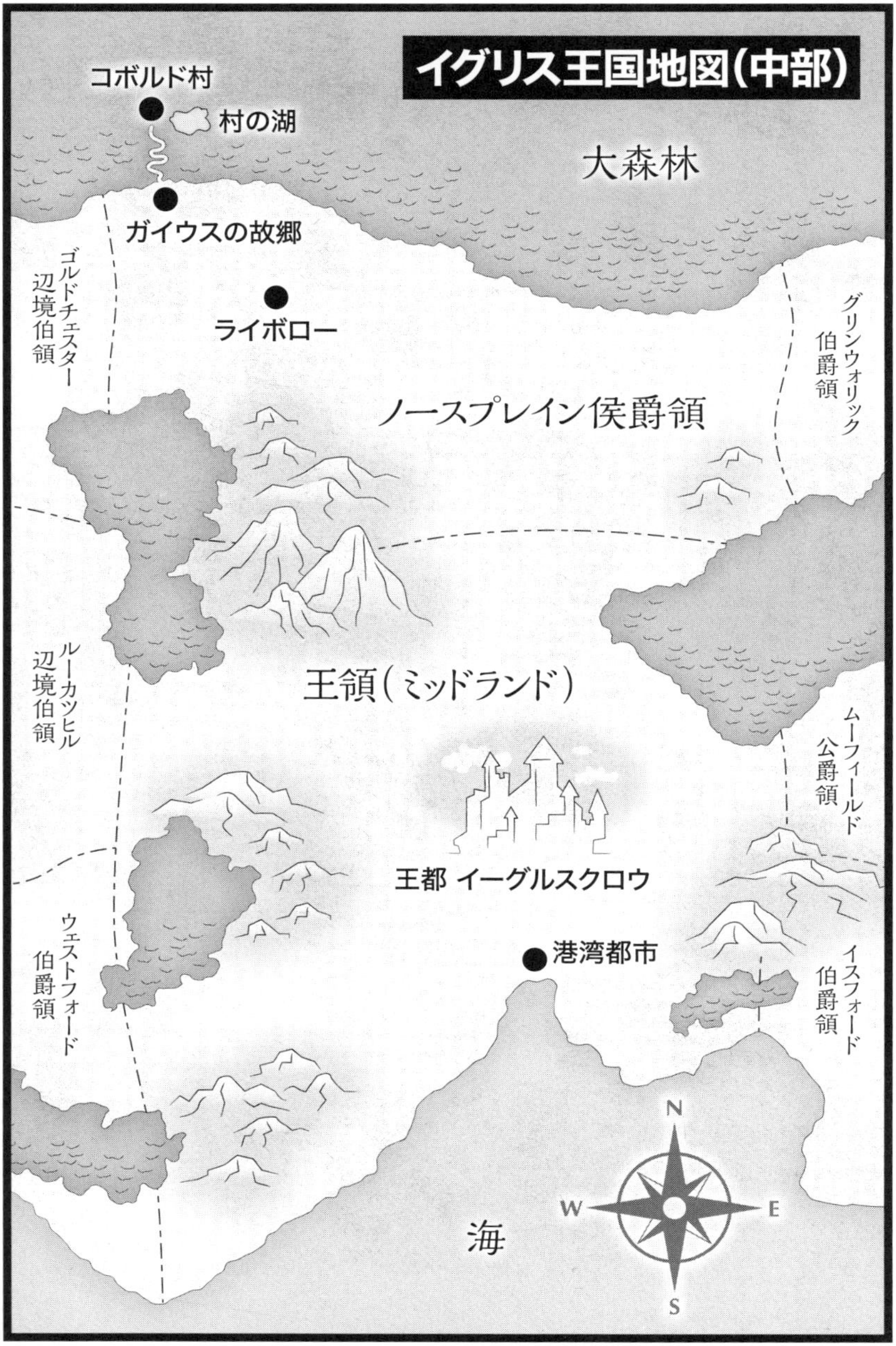
イグリス王国地図（中部）
コボルド村
村の湖
大森林
ガイウスの故郷
ゴルドチェスター辺境伯領
ライボロー
グリンウォリック伯爵領
ノースプレイン侯爵領
王領（ミッドランド）
ルーカツヒル辺境伯領
ムーフィールド公爵領
王都 イーグルスクロウ
ウェストフォード伯爵領
港湾都市
イスフォード伯爵領
N
W
E
S
海

プロローグ

森と森の間を走る、曲がりくねった道。

正確には、道ではない。道のようなもの。ずっと以前に干上がったままの、川だ。緩やかに曲がった道のように続く砂利と砂の川底を、馬車が進んでいる。

何の飾り気もない、普通の馬車。王都の周辺でも、都市を結ぶ街道でも、農村を繋《つな》ぐ田舎道でも見かける、ありふれた幌《ほろ》付き馬車だ。いや、むしろ普通のものより粗末かもしれない。

積んでいる荷物も、鋤《すき》や鍬《くわ》といった農耕具に野菜の種や苗。フェルトや麻織物《あさおりもの》、雑貨なども積んでいる。農夫が生活用品の買い出しに街へと出かけた、その帰途なのだろうか。

ただ、車を引く存在はありふれてはいなかった。

一歩一歩、地面を踏みしめて歩く土色の足。黒く穿《うが》たれた、何をも見ることのない目。丸みを帯びた形状で構成されたその全身は、まるで子供が粘土をこねて作った玩具の馬……いや、説明されて初めて馬だと気付くような、そんな代物だ。それが、車を引いている。

土でできた魔法人形、ゴーレムの馬だ。勿論《もちろん》、普通であれば農夫が買い出しに使えるような代物ではない。土くれ、と見た目こそ貧相ではあるが。ゴーレムの身体《からだ》の中には、魔法金属として名高いミスリル銀で作られた核が収まっているのだ。ミスリルそのものの希少さだけではなく、幾重にも複雑な術式が刻まれたその玉の価値は、貨幣に換算すればとても庶民の手が届くものではない。

それが何故《なぜ》、こんな馬車を引いているのか。奇妙な話である。

奇妙といえば。御者席に座る人物も、この馬車には似合わぬ男であった。コート・オブ・プレートと呼ばれる上着型の胴鎧《どうよろい》、それに革防具を組み合わせたものを着けた、岩塊のような大男。短く刈った灰色の髪をした顔には幾つもの傷跡が刻まれており、特にその右側には、大きな刀傷がこめかみから顎まで裂けるように生々しく残っていた。顔つきも厳《いか》つく、見るからに無頼の者である。幼子は泣き、婦人は顔を引き攣《ひ》らせ退散するだろう。そんな、風貌をしていた。

顔の右側に大きな傷が目立つ一方、左側にも特徴が見られる。左眉から下へは入れ墨のような太い線が縦に走っていて、まるで釣り合いのため左側にも傷を模したかにすら、思えた。

いや、これは入れ墨ではない。呪術による印だ。呪印は目の下から頬のあたりで弾《はじ》けるかのごとく千切れており。四方に散らばった線が描くその様は、まるで黒い薔薇《ばら》のようでもあった。

無精髭《ぶしょうひげ》の生えた顎を掻《か》く指は太く角ばっており、腕は丸太のごとく太い。肩や胸にも異様に厚く盛り上がった筋肉が備わっているのは、防具の上からでもすぐに分かる。それは彼の人生が、長年武器を振るい続けて積み重ねられたものであることを、容易に想像させた。

そんな男が眼光鋭く周囲を見回しながら、貧相な馬車を進ませているのだ。

しばらくして。両脇の森の、密度が緩やかに薄くなる。そこから広がるのはまるで、森の一部が禿《は》げ上《あ》がったかのような広い草地。川底はその端を突き抜けた先で小さな丘に塞がれており。そして、野原の中央。そこには、村があった。

村と言っても大したものではない。男が以前住んでいた王都の街並みとは、勿論比べるまでもないだろう。また農村の素朴な民家群と比較しても、それ以上にささやかなものである。

家は、穴を掘って柱を建て、骨組みを作り、その上に草や土を被《かぶ》せて屋根としたもの。平たく言ってしまえば、竪穴《たてあな》式住居だ。ただし、その大きさは本来のものよりもかなり小さめであった。その数十戸の原始的な住居を、簡素な柵が囲んでいる。それが、村の姿だ。建設中とおぼしき家も見受けられるので、まだまだ拡張中なのだろう。

柵の外側には作りかけの畑も幾つか見える。どこかで火を起こしているのか、煙も何本か立ち上っていた。男はそんな村へ向けて、馬車を進ませ続ける。

村の入り口まで近づいた時。柵の後ろから、小さな影がひょっこりと顔を出した。

犬だ。白い綿毛のような子犬。尻尾を、千切れんばかりに振って駆けてくる。

男は手綱を引いて、ゴーレム馬を止めた。そして御者台から地面に降りると、膝をついて両手を差し出し、子犬の到着に備える。

やがて幼犬は男の元に辿《たど》り着《つ》き。彼の膝に前脚をかけ、小さい身体で精一杯口を開いて、

『おかえりなさい！　おうさま！』

と叫んだ。

「ただいま」

男はその巨軀《きょく》を懸命に曲げて、子犬に顔を近づける。刻まれた戦傷や肉食獣のような顔つきからは、とても想像ができぬ優しい眼差《まなざ》しと、笑顔であった。

いや……笑顔というよりは……どちらかというと……

「馬車の近くは危ないから、近づいてはいけないと言っているだろう？」

男は低く穏やかな声でそう言うと、太く硬い指で子犬を優しく撫《な》で始めた。

『ごめんなさいおうさま！　きをつけるね！』

「そうしなさい」

子犬を抱きかかえて、頬ずりをする。厳つい顔に浮かぶ表情は……完全に、にやけ顔であった。

そのまま子犬と鼻を突き合わせていると、別の子犬が駆け寄ってくる。

『おうさまー！』

白い子犬よりもやや大きい、琥珀《こはく》色の毛をした犬だ。ただし。二本足で歩く、犬である。

「小さい子は目を離すとどこかに行ってしまうから、お姉さんが見ておかないと駄目じゃないか」

『……ごめんなさい』

軽く叱られた犬は、しゅん、とうなだれたが。やがて地面に降ろされた白い子犬へと歩み寄り、
ぽかり、とゲンコツを食らわせた。

『お前のせいで怒られたじゃないの』

『おねえちゃんがぶったー！』

「こらこら、よしなさい」

男は二匹を抱え再び御者席に座り、馬車を集落の中へと進めていく。村の広場に入ると、

『おかえりなさい、王様』

『お待ちしておりました』

『お疲れ様です』

馬車を停《と》めた男の周りに、次々と犬が集まってきた。

驚いたことに先程の犬同様、皆、二本足で歩いている。子犬らしき個体は裸だが、成犬とおぼし

きものは獣皮や樹皮で作った貫頭衣《かんとうい》を着ていたり、毛皮を羽織っているものもいるようだ。また、斧《おの》や農具を手にしていたり、鍋や土器を持っている犬もいる。

そう。彼らは犬ではない。

種族名【コボルド】。

獣ではなく、獣人でもない。歴《れっき》とした妖精属に分類される種族だ。

大男は尻尾を振りながら擦り寄ってくるコボルドたちに声をかけたり、頭を撫でたりした後。荷台から、荷物を降ろし始める。

『降ろします』

『お手伝いします』

『俺も俺も』

先を争うように、コボルドたちが押し寄せた。皆、尻尾を強く振り。楽しそうに、嬉《うれ》しそうに。

大男もそれに、微笑《ほほえ》んで応える。

……彼の名は、ガイウス。ガイウス＝ベルダラス。

イグリス王国鉄鎖騎士団《チェインメイルズ》団長、ベルダラス男爵。彼は以前、そう呼ばれていた。

だが今は、そうではない。そんなものは、捨てた。

モンスター【コボルドキング】。

イグリス冒険者ギルドに所蔵されている古いモンスター図鑑には、「コボルドの部族長もしくは幹部級の俗称」とだけ、短く記述されている。

今は、それが彼の肩書であった。

第一章　イグリスの黒薔薇

騎士学校一年生のヘティーはその日、衛士として王城の外門《ともん》に立っていた。

生徒は交代で休日を返上し門衛を「自主的に手伝う」という、創立当初からの美しく腹立たしい伝統に則《のっと》ってのことである。思春期の若者たちの貴重な休みを無償奉仕にて磨《す》り潰《つぶ》す、まことに過酷な習わしではあったが、生徒にとってまったく利点が無いわけでもない。門衛を手伝うことは、王城に出入りするほぼ全ての人物と顔を合わせることでもあるからだ。

出入り商人や業者だけではない。高級官吏や上位騎士、大臣、貴族。場合によっては王族とも言葉を交わすことが職務の必然として発生する。騎士見習いの存在である彼らからすれば、殿上人に等しい相手と面識を得る好機の場でもあったのだ。目当ての貴族や軍人が登城する日付をわざわざ調べ、その日の手伝いを買って出る、出世欲の旺盛な生徒もいるくらいである。

ただ、見習いが弁舌をもって自らを売り込むのは良しとされない。だが身なりをいつも以上に整え、この日のために練習した立ち振る舞いにて貴人の目に留まる……という淡い望みを持つのは、立身出世の大志を抱く少年少女にとって無理からぬことであろう。実際、王族の知遇を得たことがきっかけで、ただの雑用係が最終的に騎士団長にまで上り詰めた例すら過去にはあったのだ。

万に一つ、億に一つよりささやかなる可能性とは言えど、お伽噺《とぎばなし》のような期待をせずにはいられないのが人というものである。勿論、今日が初めての手伝いとなるヘティーにしても、それは例外ではなかった。

表情を引き締め、身体はまっすぐ凛々《りり》しく。敬礼は速やかに、それでいて滑らかで、美しく。

……行おうとするのだが、緊張のあまりその動きはたどたどしくぎこちない。

ある青年貴族はそれを鼻で笑い、次に来た老官僚は微笑ましげに目を細め、その後の太った職人からは励まされる。それでもなんとか格好をつけようと、少女は必死に気を張るのであった。

ふと門の反対側を見れば。同じく今日が「自主的手伝い」当番である同級のポールも、顔を強張《こわば》らせつつ客人への問いかけや受付業務を行っている。時々手順を間違えては、脇についた本職の衛士から都度指導されているようだ。緊張しているのは、やはりヘティーだけではないのだろう。

だが修繕業者が下城した後は新たに訪れる者も途切れ、急に手持ち無沙汰になった。どうも時間帯で波があるらしい。人目が無くなり緊張も緩み、思わず出てきたあくびを必死に噛《か》み殺《ころ》す。

そんなヘティーを見て、壮年の衛士は笑いながら労《ねぎら》いの声をかける。

「嬢ちゃん、もう少しで詰め所の連中と交代時間だ。それまで頑張……」

しかしそこまで口にしたところで、彼の表情が突如として固まってしまった。その視線を追うと、どうやら門へと続く舗装路の方向を見ているらしいのだが。

途端に衛士は目にも留まらぬ早さで槍《やり》を持ち直し、背筋を正し。気を付けの姿勢をとって、きりりと表情を引き締めたではないか。彼が唾を飲み込む音が、ヘティーの耳にまで入ってきた。

ぽかん、とした顔でその様子を見ていたヘティーとポールであったが、もう一度衛士の視線の先を見て、その理由を理解することとなる。

男だ。男が歩いて来ているのだ。マントを羽織り革鎧《かわよろい》のようなものを着込み、帯剣した人物。

ただし、身の丈は七尺（約二・一メートル）近い。まるで岩塊が人の形を成したかと錯覚するような巨軀である。

その者は、まさに凶相と言うべき相貌をしていた。睨《ね》めつけるような厳しい眼光。滾《たぎ》る怒りを堪えるかのごとく結ばれた口元。人間というより獣、それも獅子《しし》のような肉食獣を連想させる造形だ。

さらには刃傷と思われる無数の跡が彼の顔上で盛んに自己主張しており、左頬にはご丁寧に入れ墨のようなものまで刻まれている。どう贔屓目《ひいきめ》に見たとしても、真っ当な人物とは思えなかった。

恐怖感から、反射的にヘティーが腰の剣へ手を伸ばそうとした矢先。

「お勤めご苦労にございます！　ベルダラス卿《きょう》！」

衛士が、上擦ったような声を上げた。

（ベルダラス卿⁉）

その言を聞き、ヘティーとポールが顔を見合わせる。

（あれが、ベルダラス男爵！）

ガイウス＝ベルダラス男爵。鉄鎖騎士団団長。十五年の昔に隣国連合軍と繰り広げられた、【五年戦争】にて勇名を轟《とどろ》かせた大物騎士の一人だ。

騎士学生になりたての二人とて、その名を耳にしたことは、ある。【五十人斬り】【人食いガイウス】【ベルダラスの試し斬り】【首狩り】【味方殺し】。様々な呼び名、数々の逸話、そして悪名。

だが一番有名なのは、左頬の呪術印からなる【イグリスの黒薔薇】の異名だろう。入れ墨のような紋様は、卿が殺《あや》めた多くの人々からの呪いによるものだとも、彼の獣性を抑えるために東方諸国群から呼んだ魔法使いが刻んだものだとも噂《うわさ》されている。

怒りの精霊を身に宿して生まれた狂戦士とは違い、人間の凶暴さや残虐性、狂気が鍾乳石《しょうにゅうせき》のごとく晶出した男……それがあのベルダラス男爵だというのが、世間一般での認識であった。

(ししし、失礼のないようにしないと！)

下顎の動きを必死に抑えようとするが、彼女の意志とは無関係に奥歯はガチガチと鳴り続ける。

見ると、反対側に立つポールも蒼白《そうはく》な顔色をして小刻みに震えていた。卿の機嫌を損ねた若い騎士が一刀のもとに叩《たた》き斬られたという恐ろしい話は、そもそも彼から聞かされたものなのだ。

そんな若者たちの心情を知ってか知らずか。すぐそこまで迫ってきていたベルダラス卿はゆっくりと衛士に対し、首を振る。

「いつもご苦労。だが卿は不要だ。私は昨日をもって、貴族でも騎士でもなくなったのだから」

ゆっくりとした、低い、厳かな声だ。

だがすっかり恐怖に支配されていたヘティーとポールの耳に入ったその声は。地下墓所内のような反響を繰り返して、彼女らの精神を荒く粗く削り取っていくのであった。

「は！　申し訳ありません！」

「では、受付を頼みたい。今日は管理部門へ、役宅の鍵を返却に来たのだ」

「はい畏《かしこ》まりました！　では用紙に記入をお願い致します。おい、手板を持ってきてくれ！」

「は、はい！　只今《ただいま》」

衛士はポールに声をかけた後、くるりと振り返ると。

「ヘティー！　ベルダラス卿のお腰のものをお預かりするのだ！」

「いやその、だから私はもう貴族では」

（いぃやあぁ！　呼ばないで！　こんな人に私の名前を覚えられたら、どうしてくれるの！）

心の中で恨み言を呟《つぶや》きながら。ヘティーは震える足を必死に動かし、前へと進んだ。ベルダラス卿はそれに応じ、腰に吊《つ》っていた剣をゆっくりと取り外すと。背を屈《かが》め彼女に差し出す。

「少々重いかもしれぬ。気を付けてな」

「ひゃ、ひゃい！」

まともに動かぬ唇で、それでもなんとか返答し、卿から渡された剣を両の手で受け止めたヘティー。鞘《さや》の感触が、ずっしりと掌《てのひら》に伸し掛かる。

だが、緊張からなのだろうか。それとも、予想外の重量だったからなのだろうか。

……彼女は盛大に、その剣を落としてしまったのである。

（お母さん、ごめんなさい。私は今日、死にます）

ガシャン！　と音を立てて剣が石畳に落下した刹那、ヘティーは心の中でそう呟いた。

一瞬で血の気の引いた顔を足元へ向けると。ベルダラス卿の剣は、柄のところにあしらわれた装飾が折れ、砕けていた。ひょっとしなくても、落下の衝撃によるものだろう。

（やっちゃった。やっちゃったんだわ、私）

武人の誇りとも言える剣を。しかも、かなり高級そうな代物を。落とした上、派手に壊して。

しかも相手は【味方殺し】とまで呼ばれる男、【人食いガイウス】なのだ。

ああ、と息を吐き、目をつぶるヘティー。

「ふむ、壊れていないかどうか、お前の首で試してみるとしよう」

卿の言葉とともに、すぱーんと、自らの首が跳ね飛ぶ姿が彼女の脳内に描かれる。

（きっと【ベルダラスの試し斬り】ってこういうのなんだわ）

短い人生だった、と涙を浮かべながら彼女が瞼《まぶた》を開くと、ベルダラス卿は身を屈め、破片を一つ一つ拾い集めているところであった。

「すすすいませんベルダラス卿！　とんだご無礼を！」

衛士が慌てて膝をつき、床に頭を付ける勢いで謝罪する。卿は軽く手を振ってそれを制すると。

「無駄に重い剣で申し訳ない。怪我《けが》は、無いかな」

ヘティーの方を向いて、穏やかな声で尋ねた。

「あ、でゃ、でいじょうぶ、です。ごごご、ごめんなさいいいい」

ガタガタと震えながら、口を開くヘティー。

「そうか。良かった」

ベルダラス卿は一通り欠片《かけら》を拾い集め、近くにあった屑《くず》入れに放り込む。

「元々、登城用の飾りなのだ。これからは必要無い代物なので、気にしないでもらいたい」

「ですが」

衛士の言葉を掌で再び制し、立ち上がる。

そして、思考停止に陥ったままのポールから記入用紙のついた手板を取ると。署名と用件をすらすらと書き込み、返却した。

「君は騎士学校の生徒のようだが」

自分に問いかけられたのだ、と遅れて気付いたヘティーが「ひゃい」と返事をする。

「歳《とし》は」

「じ、じゅう、ななさい、です」

「ふむ」

卿はベルトのポーチに手を入れ、探し物をしている様子であったが。やがて包み紙に入った何かを取り出すと、ヘティーの眼前にゆっくりと差し出した。

「あの」

と尋ねる彼女に対し。彼は「これを」と一言言って、手を出すように促す。

恐る恐るヘティーが受け取ると、今度は別の包みをポールに与え。

「では、これで」

そう告げて、城内へ向け歩き去ってしまった。

*

「剣を振り回すしか、能のない男さ」

休憩で詰め所に下がったヘティーとポールに、二年上の先輩がニヤニヤと笑いながら言う。

子爵を父親に持つこの貴族の次男坊は、事ある毎《ごと》に平民を見下す態度をとるため。ヘティーたちからは内心疎まれていた。それに気付かないあたりも、いかにも貴族の子弟というところか。

「はあ、でも先輩。ベルダラス卿はとても怖かったですし、すごく強そうでした」

「もうベルダラス『男爵』じゃない。鉄鎖騎士団の団長でもない。あれは、ただの平民だ」

もう一度「はあ」と生返事をし、砂糖のたっぷりと入った茶に口をつけるヘティー。緊張で疲れた身体に、強い甘みが心地よい。

「そもそも、あの男の【五十人斬り】ってのがインチキだからな」

「そうなんですか」

今度相槌《あいづち》を打ったのは、ポールである。

「戦争でついたよくある尾ひれと、あの男が吹聴した法螺《ほら》さ。大体、五十人も斬り伏せたり、たった一人で敵部隊を退けた、なんて話があるわけないだろう?」

「それはまあ、そうですけど」

正直あの人ならやりそうだ、と思ったヘティーだが口にはしない。

「それを真に受けてしまわれた先代、先々代の王からは妙に気に入られていたらしいが……今の王様や宰相閣下は、あの手の嘘吐《うそつ》きには相応に手厳しい。多少剣術ができるだけの男に、不相応な地位や役職を与えておくなど、良しとはされなかったのだな。化けの皮が剝がれて居づらくなった奴《やつ》は、鉄鎖騎士団団長の職を辞し、爵位も身分も返上。今日、目出度《めでた》く都落ちというわけだ」

(それで、「もう貴族ではない」と言っていたのね)

ベルダラス卿の言葉を思い出しながら、再びカップに口をつける。

「元々ベルギロス家から愚鈍ということで放り出された庶子に、断絶していたベルダラス家の姓と爵位まで与えた先王が酔狂すぎたのさ。知ってるかお前? あの男、騎士学校に会合で呼ばれた時、教授たちから戦術議論をふっかけられてもロクに返答できなかったんだぜ。曲がりなりにも一つの騎士団の長だったのにな。笑えるだろ?」

けらけらと笑う。ポールは上級生の顔を横目で見ながら、曖昧に頷《うなず》いていた。

「じゃあ先輩、ベルダラス卿……いや、ベルダラス氏の【味方殺し】っていうのも、尾ひれの付いた噂なんですか？」

ヘティーの問いに、先輩は笑うのを止める。

「いや、それは本当だ」

「えっ」

「あの男は、自分の戦場での乱行を諫《いさ》めたある若い貴族を、公衆の面前で斬り捨てたらしい。呪印師に怪しげな迷信を吹き込まれ、少女を拐《かどわ》かしてその血肉を食らったという噂《うわさばなし》話もあるな。貴族はおろか騎士と呼ぶのも憚《はばか》られる、野蛮で下劣な男だよ」

ヘティーの頬が、ぴくりと引き攣った。

「運が良かったな。下手したら今日、お前は本当にあの男に殺されていたかもしれんぞ？」

再びニヤついた顔に戻った上級生の言葉に、彼女の背筋を冷たいものが滑り落ちる。

（やっぱり怖い人なんだ。【味方殺し】で【人食い】。見逃されたのは、ただの幸運だったんだ）

寒気を堪えるように二の腕を抱くヘティー。ふと。腕に当たった胸ポケットの、違和感。

（そういえば、あの時に何か）

ベルダラス卿から渡された、白い包み紙に入った何か。先輩から話を聞いた後では、ろくなものとは思えないが。まさか毒物というわけでもあるまい。

ヘティーは膝の上に包みを置くと、恐る恐る開いていく。そして、その中には。

……にゃーん。

猫の顔の形を模した飴《あめ》が、包まれていた。

＊

その森は、【大森林】と呼ばれていた。

南方諸国群の北側に位置する森で、イグリス王国や隣国、そのまた隣国、また隣の隣、さらに先まで含めた国々の領土に接している。広大な、とても広大な森だ。

いや、この説明では正しくないだろう。物の順序が、違うからだ。

南方諸国群は【大森林】の南に位置するから「南方」と呼ばれているのである。大陸の主役は、あくまで森なのだ。ヒューマンなど、【大森林】にとって旨味《うまみ》の少ない「痩せた」土地に住む平地猿にすぎない。大陸の中心部に広がるその森は、実に大陸面積の半分を占めるほどであった。

魔力を帯びた木々が生い茂る森には、強大な魔獣が多数生息しており、南方諸国に住まうヒューマンたちの、北への進出を拒んでいた。いや、拒むどころか貪欲な【大森林】は、時折人の領域に侵出して生存圏を削り取っていくことすらあるのだ。

人々は、森が気まぐれに手を伸ばすのを必死に押し返しつつ。そのおこぼれの土地で、生を営み、子を産み育て、共同体を作り、そして、互いに争い続けていた。

森と文明社会との関係がそうであるため。【大森林】外縁に存在する開拓村は、森と人との最前線を担っていた。森を切り開く。あるいは、人の領域へと侵食してきた森を伐採する。魔獣との接触も珍しくない、危険な生業《なりわい》だ。代わりに、切り開き、あるいは押し返した土地は領主の公認を得て、開拓者が所有権を主張することが許されていた。それが平民でも、移民でも、流民でも。森と接する地を治める領主はそのような手段を用いてでも、森と戦わねばならなかったのである。

そして。不思議とそれは、どの国どの地方においても、同じような慣習となっており。自然、開拓村には様々な事情のある者たちが集まりがちになる。一攫千金《いっかくせんきん》を狙う者、借金持ち、逃亡者、前科者、犯罪者、元傭兵《ようへい》、冒険者崩れ。

……イグリス王国の北側、【大森林】と領土を接するうちの一つ、ノースプレイン侯爵領。その北西の一角。人の領域の隅、そして森の外縁に、件《くだん》の開拓村はあった。

あったが。今はもう、無い。【大森林】に、飲まれたからだ。

職を辞し、爵位を返上したガイウス＝ベルダラスは、王都を離れ。

母の弔いのために、故郷へと帰って来たのである。

＊

かつて故郷であったその村の惨状を目の当たりにして、その男……ガイウスは深く溜息《ためいき》をつき、

「流石《さすが》に、ひどいな」

ぼそりと呟いた。

昔、村人たちが苦労して切り開いた畑は既に【大森林】にすっぽりと飲み込まれており。畑の遠く向こうに見えていたはずの森は、村の中心部だった広場までその領域を拡大していた。もしも、かつてガイウスが母と住んでいた家のあたりまで行こうとしたならば、馬車を降りて木々の間をしばらく歩く必要があるだろう。

森に飲まれていない住宅も何軒か残ってはいたが、そのどれもが三十年以上の月日を経て、既に崩れ土へと還《かえ》りつつあった。当然といえば当然だが、どうも村の建物で使えそうなものは、もう存

在しないようだ。

道中聞き込んできた通りだとすれば、新たな開拓村も周囲には無い。人が訪れた形跡も見受けられない。ノースプレイン侯たるジガン家が、一帯の開拓はおろか確保すら放棄していることは明白だ。近年続いているお家騒動のせいで統治に綻びが出ているという話は、事実なのだろう。

ガイウスはもう一度溜息をつくと、馬車から降り、ゆっくりと歩き始めるのであった。

*

朝とも呼べなくなろうかというころ。

一通り廃墟《はいきょ》となった故郷を見て回ったところで、旧懐の思いも一段落した。

ゆくゆくはかつての隣人たちや母親の遺骨遺品を拾い集め、弔いの塚を建てるのも良いかもしれないと思ったが。差し当たってこれからどうするかを考えなければならない。

騎士団時代の蓄えが、それなりにある。どこか他の開拓村を探して、開拓民に加えてもらうか。最寄りの町で住居を探すか。町で大工や工夫を雇って、いっそこの近辺に小屋でも建てるか。

(建てるにしても、どこに建てたものか)

それなりに開けていて、平坦《へいたん》で、水源から近すぎず遠すぎず、といった場所があるといい。ガイウスは顎を擦りながらしばらく考え込むと。

(そういえば、村の外れに川があったな)

昔の記憶を呼び起こし、今はどうなっているのか確認しに行くことにしたのだが。

……結論から言うと、川は干上がっていた。三十余年の間に何があったかは分からないが、幼いころに村の子供たちと泳いで遊んだその流れからはすっかり水が消え失《きう》せていて、今はただ、かつて川だった場所に沿って砂地の窪《くぼ》みが続いているだけであった。

何が原因か、と上流の方向を見てみるが、何も分からない。ただ川底がまるで、掘り下げて砂を敷き詰めた道のように森の中へと続いているのが見えるだけだ。

村は【大森林】に飲まれつつあるのに、干上がった川底には何故、あの貪欲な森の木々がまったく生えてきていないのだろうか。そして川から水が消えたのがつい最近のことなのか、もっと以前のことなのか。流れが変わったのか、水源に何かあったのか。様々な疑問が頭に湧いてくる。

(そういえば、昔も川の上流がどうなっているか見たことは無かったな)

当然である。【大森林】に子供が入るのを許す開拓民の親などいない。

(……まあ、川が使えないなら仕方がないが、どうしたものか)

井戸を掘らせるのは大変だし金もかかる。しかし、雨水頼りというのは生活する上では心許《こころもと》ない。やはり今更このあたりに居を構えるのは難しいのではないかと、段々思えてきた。冷静に考えれば、町から離れている分、食料の調達も手間なのだ。

王都を離れることを優先し、無計画に帰ってきた自分の浅慮を改めて思い知らされ、彼はその太い指で頭を掻くのであった。思えばこの適当さを昔から先王や姫、先輩や部下たちからも度々注意されていたのだが。人間、そういうところはなかなか直らないらしい。

「そなたは思慮が足りぬところがあるから、部下の意見をよく聞くように」の言は先王。

「貴方《あなた》って脳味噌《のうみそ》まで筋肉でできてるわよね」と口にしていたのは嫁いでいった姫で。

「ガイウス殿は、ほんっと適当でありますなー」というのは、昔ガイウス宅に居候していた騎士の言葉だっただろうか。

姫のお守り役のころや、一介の騎士だった時分はそれでも良かったし、ガイウス自身もそのままでいたかったのだが。分不相応な地位を与えられて以降、特に今代の王になってからは政治的な立ち回りや保身までも要求されるようになり、頭と胃の痛い日々を強いられていたのである。

とにかく失言や失態のないように注意し、ガイウスなりに慎重に行動していたのだが。そんな彼を見てあの居候は逆に「ガイウス殿はもう少し我儘《わがまま》に人生送ってもいいと思うでありますよ」などと言ってくる始末で……本当に、分不相応な地位に就くべきではない、と思ったものだ。

ふう、と溜息をつきながら馬車の御者台に腰掛けたその時。

『きゃうぅ！』

甲高い叫び声を、彼は耳にした。

（女……？　いや、子供の悲鳴か⁉）

瞬間、立ち上がるガイウス。その手には既に、荷台から選別した武器が一振り握られていた。フォセと呼ばれる肉厚の剣である。大型の鉈《なた》、と形容するほうがしっくりくるだろうか。

声のした方角を探るように、ガイウスが周囲を見回す。近い。だが方向がはっきりとしない。

すぅ、と勢いよく息を吸い込み。

「どこだ！」

短く、しかし大きく叫ぶ。すぐに耳を澄ますと、驚いた鳥たちが飛び立つ音の中に混じり、

『うああ！』

先程と同じ声を聞き取った。

左手前方森の中、と察するやいなや、その巨軀は猛烈な勢いで駆け出していく。

そこに何がいるのか、何があるのか。どんな状況なのか。考える前に、彼の身体は動いていた。先程自分の短慮を嘆いたばかりなのに、既にそのことは忘れたかのように。だが、彼は悲鳴を聞いてしまったのだ。ガイウスが走る理由としては、それだけで十分であった。

おそらく彼の元部下たちがこの話を聞いたならば、「あの人なら、仕方ない」と答えるだろう。苦笑しながら。でも少し、誇らしげに。

ガイウス＝ベルダラスは、そんな男であった。

＊

森へ飛び込む。声のした方角へ、ガイウスが駆ける。

まるで岩が転がるかのように木々の間を縫って走ると、すぐに目に入ってくるものがあった。獣の背。八尺《はっしゃく》（約二・四メートル）ばかりの背丈の獣が直立している、その背中だ。

二本の後ろ脚で立ち四本の前脚を広げる巨体に、ガイウスは見覚えがあった。

【蟲熊《むしぐま》】と呼ばれる【大森林】に生息する魔獣の一種である。名前の由来は単純に、虫と同じで脚が六本あることと「卵で増える」生態からだ。

普通の熊ですらヒューマンにとっては十二分に脅威である。その腕で殴られれば人はたちまち肉塊と化す。一本一本生えた爪はナイフのごときもの。分厚い毛皮と肉は、天然の装甲とも言えた。

だが本来、熊は積極的には人間へ絡んで来ない。本能的に警戒しているからだ。人と熊が遭遇するのは主に不幸な偶然が重なった場合か、熊が人肉の味を覚えた時である。

しかし、蟲熊は違う。蟲熊は積極的に狩りに来るのだ。何か、タガが外れているのかもしれない。熊が蜜を舐《な》めるために、蜂の巣に手を入れるのと同じ感覚で。人を、人里を襲うのだ。ガイウスの育った開拓村が、そうであったように。

「おい！」

ガイウスが吠《ほ》える。奇襲の機会を捨ててまで注意を引くのは、襲われていると思われる子供から注意を逸《そ》らすためだ。

素早く視線を動かし、周囲を確認するガイウス。子供の姿は見えない。どこか木の陰にいるのか、それとも既に致命の一撃を受けて、倒れているのだろうか。だが探すにしても、彼は目の前の魔獣を退ける必要があった。

両手で剣を持ち、刀身を頭上に掲げる。所謂《いわゆる》【屋根の構え】と呼ばれる、上段の構えだ。

「ぐるるる」

声に反応して、相手がゆっくりと振り返る。蟲熊は、四本の太い前脚を持つために重心が悪い。立ったまま方向転換をすることができないのだ。だから一度前脚を降ろし。四《よ》つん這《ば》い、いや、六つん這いになってガイウスの方へと向き直り、威嚇の唸《うな》りを上げると。

猛然と、突進を開始した。

＊

声の主を見つけて、蟲熊は歓喜に震えていた。

……ああ、こんなところで【平地猿】に出会えるとは。

丁度、追い詰めていた獲物は「小物で食い足りない」と思っていたところだ。

平地猿。森では滅多に会えないから、たまに森から出て探す。足が遅い。弱い。食いやすい。

時々甲羅がついている奴もいるものの、多少食べにくいだけで、剝《む》けば中の肉は柔らかい。

前の前の秋に、食べた奴らがそうだった。

今回の奴も、甲羅付きの時と同じように棒切れをこっちへ向けている。

あの甲羅付きは棒で俺の頭を叩いたが、それだけだった。

大して痛くもなく、それで終わり。

体当たりでふっ飛ばした後は、前脚で撫でてやればすぐに動かなくなる。

ほら、今度の奴もあれで俺を叩くつもりらしいぞ。

馬鹿な平地猿。俺の頭の骨はお前たちごときの力では、

＊

「びくともしないのだ」と思う間もなく、蟲熊の頭は叩《たた》き割《わ》られていた。

突進して来る蟲熊に対し、ガイウスは相手の反応を上回る速度でむしろ踏み込み。低い位置の頭部へと、上段からの一撃を加えたのである。

身の丈七尺近い彼の膂力《りょりょく》をもって振り下ろされたその重い刀身は「屋根から落ちてくる」という構えの由来通り、猛烈な衝撃で蟲熊の頭骨を砕き脳を潰し。瞬時にその意識を絶ったのだ。

地面に叩きつけられた頭部から、つんのめるように倒れる蟲熊。ガイウスは斬撃を加えた直後に素早く身を翻し、突進に巻き込まれるのを、躱《かわ》す。

ずん！　と音を立て、蟲熊の身体が木にぶつかって止まる。ガイウスはすぐに歩み寄り、その剣を三度ほど振り下ろす。魔獣の頭部は完全に砕かれて中身が飛び散り、首も切断された。

巨獣、特に魔獣は人の基準からは信じられぬ生命力を見せることがある。念を入れての、とどめ。開拓村の戦士として生涯を終えた、彼の母親からの教えであった。

ガイウスは剣……フォセに付着した血と肉片を振り払うと、周囲を見回し。他に脅威が無いのを確認して、一息つく。

（この剣で正解だった）

フォセ、というのは鎌を連想させる逆反りの曲線を持った剣である。刃は先の方だけが両刃になっており、先端部の反対側の背には切り立った山脈を思わせる切り込みが刻まれていた。本来肩越しに構え、重さに任せて振り下ろしたり、棘《とげ》に引っ掛けるようにして斬りつけたりするための武器である。騎馬の脚を斬るのにも使える。

自身の体軀《たいく》に合わせて刀身を伸ばし、より分厚く重くしたものをガイウスは作らせていた。もし手に取っていたのが細身の剣や槍であったなら、今のような使い方は到底できなかったであろう。見かけは不格好だが、彼の膂力を活《い》かすのに向いた武器なのだ。多少扱いが乱暴だろうと壊れにくい点も、その性に合っていた。

「もう、大丈夫だ」

未《いま》だ見つからぬ相手に向け、周囲を見回しながら声をかけるガイウス。きょろきょろと頭をあちこちに向けるが、返事も無く、子供の姿も見当たらない。

既に命を奪われ、どこかで横たわっているのではないか、という想像に彼は胃を苛《さいな》まれた。

（返事ができないような状態なのか。まずいな）

地面に倒れていないかと、木の陰を探して回る。いない、いない。と呟きながら歩く彼の耳に、『うーっ』という獣の唸り声が、届いた。頭が判断する前に身体が反応し、瞬時に剣の切っ先が対象を捉える。その先にいたものは。

（……犬？）

そう。それは、白い犬であった。ひょっとしたら狼《おおかみ》なのかもしれないが、大きさからすれば犬の可能性のほうが高いだろう。まあとにかく、犬のような生き物なのである。それが木の根本に背を預けるようにしながら、歯を剝いて唸り、ガイウスを威嚇しているのだ。

……ガイウスは、いつも犬に嫌われる。王都にいたころはすれ違う犬、見かけた犬から、吠えられたり悲鳴を上げられたものだ。というよりは、成人してから犬に懐かれた記憶がまったく無い。撫でたい触りたいといつも思うものの。何故か犬という犬は皆、彼が近寄ると怯《おび》えて逃げるか恐慌状態に陥るのである。恐怖のあまり失禁して気絶されたことすらあった。その後数日、ガイウスはひどく落ち込んだものだ。だからこの反応も、仕方のないものだと受け止めている。

だが彼が気になったのは、犬が脚に傷を負っていることと、獣皮の貫頭衣を着ている点であった。服を着る野犬や狼など存在しない。だとすればこの犬は誰かの飼い犬なのであり、飼い主が近くにいる可能性が高いということなのだ。

先程の呼びかけに飼い主の返事がないのだから、危険な状態であることも考えられる。すぐに探さねばならないが、まずこの犬が案内できたりしないだろうか、という一縷《いちる》の望みに賭けて。彼は自らの基準で精一杯の優しい声色を作り、ゆっくりと話しかけた。

「だ、大丈夫、大丈夫だ。ご、ご主人は近くにいるのかね？」

犬に飼い主でもない人間の言葉が通じるわけもないが、ひょっとしたらこれで主人の元に逃げ帰るかもしれない。ガイウスは膝をつき首を傾《かし》げながら、ぎこちない笑顔を浮かべる。しかし犬は変わらず、歯を剝いて威嚇を続けたままだ。

「まぁ、犬に言っても、分かるはずがないか」

ガイウスは一人呟き、がくりと下を向いて肩を落とす。果たして手遅れになる前に飼い主を見つけることができるのだろうか。急がねばならない。

だが再び顔を上げた瞬間に、彼は予想もしなかった声を聞くこととなったのだ。

『アタシは、犬じゃない！』

……ぽかん、と口を開けて呆《ほう》けるガイウスに、白い犬は続けて言い放った。

『アタシはコボルド族の戦士、フォグ！　犬扱いするんじゃあないよ！』

（この犬が喋《しゃべ》っているのか⁉）

まさかと思い周囲を見渡すが、他には誰もいない。やはり、言葉の主はこの犬なのだろう。

『聞いてんのかい、このトロル！』

トロルとは、身の丈十尺（約三メートル）に届くこともある、頑健な肉体を持つ人型種族のことだ。

山岳部や【大森林】外縁で農耕や林業を営む者の多い、素朴な種族である。南方諸国群では見るのも稀《まれ》だが、西方や東方では珍しくもない。イグリス王国やその周辺国の者には馴染《なじ》みが薄いものの、それでも他の地方との交流はあるため、知識としてその存在は知られている。

筋骨隆々たる戦鬼オーガ、長命なエルフ種、勇敢なるオーク族、小柄で愛嬌《あいきょう》のあるホビット、勇者と変態の短軀《たんく》種ドワーフ等と同様に……巨体と怪力のトロルとして。

ガイウスもその大柄さ故に度々トロルと間違われた経験があったし、そして、あながち間違いとも言い切れぬ事情が彼にはあった。

それにしても。この喋る犬、いや、本人は犬ではないと否定するが。

明らかに人とは違う口、異なる舌。発声に向いたものではない。やはり獣のそれだ。この姿、この形で人間と同じ言葉を話すことができるとは驚きである。だがむしろその声は、普通にヒューマンが発するものよりはっきりと、そしてしっかりと。ガイウスの耳に届き、伝わっていた。

「あ、いや、これは申し訳ない。失言をお詫《わ》びする」

気を取り直したガイウスが、慌てて頭を下げて謝罪する。

コボルドのフォグ……と名乗ったその生き物は、当初は牙を剝いていたものの、大男の態度にすぐ拍子抜けしたようになり。少々の気まずい間を置いた後、ゆっくりと口を開いた。

『あーその、悪い。ちょっと混乱してて。こっちこそごめんよ。アンタが助けてくれたのにね』

「声が、聞こえたのでな」

あの悲鳴は、このコボルドのものだったのだろう。子供と勘違いしたのは、フォグの小柄な体軀によるものなのか、あるいは命の危険に晒《さら》されたための素の声だったのか。今となってはどうでもいいことだ、とガイウスは思った。彼女の声が身体の割にはよく通るものであった幸運を、感謝するだけである。そうでなければ、彼の場所まで叫びは届かなかったかもしれないのだ。

『ホント、助かったよ。もう少しで食われるところだったんだ』

今度はコボルドのほうが深々と頭を下げる。慌てて両手を振り、頭を上げるよう促すガイウス。

『改めて名乗らせてもらうよ。アタシはコボルド族の戦士、ホワイトフォグ。アンタは？』

「私の名はガイウス。そこの村の者だ」

ガイウスが、親指で村跡の方を指した。

『村？　まさかあそこの廃墟？』

「正確には出身、だな。子供のころ、まだ村があった時分に住んでいたのだ」

『何かあったのかい？』

「魔獣だよ。昔、蟲熊……ああ、先程の奴と同じ種類の魔獣だな……その群れに襲われて、な。それからは、他所で暮らしていた」

『ふーん、アンタも村を無くしたクチか』

「そんなところだ」

『……アタシらと同じか』

首を傾げたガイウスであったが、問おうとしたその口は、フォグの呻《うめ》きで閉じられる。

「痛むのか」

『どうってことないよ』

強がるフォグ。だが押さえた右脚の傷は、なかなかに深そうであった。それを裏付けるように、一度は立ち上がろうとしたものの、苦悶《くもん》の表情を浮かべてすぐに座り込んでしまう。

『爪が掠《かす》っただけだよ。少し休めば大丈夫』

「そうは見えぬが」

ガイウスはフォグの胸のあたりを両手で摑《つか》むと、優しく持ち上げる。そして、右腕に抱きかかえると、左手に剣を握って立ち上がった。

『ちょちょちょっと！　何するのさ！』

「その傷では歩けぬだろう。無理をするな。家まで送ろう」

『ちがう！　変なとこ触るんじゃないよ！　この助平！』

「ぬおおおぅ!?　す、すまん」

慌てて何度か抱え直すガイウスであったが、正しい抱え方が分からない。

そのまま彼がおろおろとしているのを見て、フォグは『はぁー』と深く溜息をついた。

『……いいよ、もう』

「むう」

『森を這って帰ったら、それこそ他の魔獣に食われちまう。甘えさせてもらうよ。アンタ、悪い奴じゃなさそうだし』

「そう思ってもらえたなら、良かった」

はっはっは、と愉快げに笑うガイウス。実際、人間にしても動物にしても、初対面の相手から凶人扱いされなかったのは稀であり。嬉しくもあったのだ。

『匂いで分かるのさ。なーんとなく、ね』

「匂いか」

ますます犬っぽいと思ったが、口にはしないでおく。

『そう。魂の匂い』

フォグはそう言って口角を引き、にやり、と笑うような表情を見せた。

『とにかくアタシはこんなところで死ねないのさ。家でまだ小さな子供たちが待ってるんだからね』

＊

馬車の荷台でガイウスから手当てを受けながら。フォグは大きく目を見開いて声を上げた。

『土の塊が動いてるのかい⁉　変なモン連れてるねえ！』

視線の先は、馬車に繋がれた土色の物体。黒く穿たれた目。表情のない稚拙な造形。泥でできたゴーレムの馬である。

「うむ。我が愛馬、その名もマイリー《泥んこ》号である」

名前を呼ばれたと勘違いしたゴーレム馬が、軽く嘶《いなな》いて応えた。

「餌も水も要らぬし、多少壊れても土を塗りつけてしばらく放っておけば直る優れものでな」

『森の外は、便利なモンがあるんだね』

「実際、重宝している」

『アンタ、生き物の世話とか苦手そうだもんねえ』

「ううーむ」

昔の話ではあるが。これは、騎士だというのに馬から怯えられ難儀していたガイウスを見かねて、姫が当時の王に頼んでわざわざ東方諸国群から調達してくれたものなのだ。以降、公私にわたりガイウスの足として、彼のガサツな扱いに耐えつつ懸命に支えてきた物言わぬ忠馬であった。ちなみにマイリー号の名付け親は、贈り主の姫本人である。

「よし」

傷を洗い、血止め軟膏《なんこう》を塗り。包帯を巻いて応急手当てを終える。そして痛み止めの薬が入った瓶からフォグの体重に合わせた分量をカップに注ぐと、それを飲むよう促した。

「後は、村に帰ってからきちんとした治療をしてもらえばいい」

『何だこれ、苦いねえ……でも、ありがとよ』

「して、村へはどう行けばいいのだ？」

『あっちに干上がった川があるだろ？　あれを辿《たど》れば、アタシの村が見えるところまで行ける』

先程様子を見に来た川を思い出すガイウス。

「馬車で通っても、大丈夫かね。泥濘《ぬかるみ》があると車輪をとられるかもしれんが」

『砂ばかりで、泥はなかったと思う』

「そうか。まあ、なんとかなるだろう」

ガイウスは手綱を握ると愛馬に指示を出し、先程訪れた枯れ川へと車を進めるのであった。

……砂に車輪をとられるのでは、とか、泥濘にはまるのでは、といった心配はどうやら杞憂《きゆう》に終わりそうだ。マイリー号の足はしっかりと地面を踏みしめ、馬車を力強く牽引《けんいん》していた。車輪も順調に回り、二人は森の奥へと進んでいく。

休憩も食事も不要で走り続けられるゴーレム馬が引く車は、乗り心地さえ我慢すれば通常のものより遥《はる》かに速い。フォグによれば川沿いはそれなりの距離があるということなので、ガイウスもマイリー号に速度を出させている。川底がなだらかであったのは、乗員には幸運だったろう。

「昔読んだ書物では、コボルドはゴブリンの親戚筋、小さな人型種族と書かれていたのだが」

『だが？』

まさかこんな犬っぽい姿だとは思わなかった、と言いかけてガイウスは口をつぐんだ。

「……これほど毛並みの良い種族だとは思わなかったよ」

『そうかい？　確かにアタシらは昔、ゴブリンとも交流があったけどさ。姿は全然違うし、親戚筋ってのはどうなのかね？　長老あたりなら何か知っているかもしれないけど』

ガイウスがかつて読んだ本というのは、城の書庫にあったモンスター図鑑である。

このように会話も共感もできるコボルドも、それと交流のあるゴブリンも一緒くたに怪物扱いしているあたりに、自らを含めたヒューマンの傲慢さを恥じずにはいられぬガイウスであった。

だが、それも無理からぬことである。元々南方諸国群では、知的種族……所謂【ヒト】……は、ヒューマン以外はとても少ないのだ。大陸全体では一番人口が多いとされるエルフですら、南方では出会うこと自体が珍しい。そのため南方諸国のヒューマンは他種族への理解に乏しく、相手によっては排他的、差別的ですらあった。

ましてや人の形から離れた種族を相手に、ヒトとして対等に接する認識を持った南方人は少ないだろう。コボルドたちが図鑑に怪物と記されていたのも、そういった背景からである。

ガイウスが一般の南方人からずれた感覚をしているのは、その出自によるものだ。勿論、彼の人格的なものも大きいが。

……ふと。後ろが静かになったので振り返ってみると、フォグがいつの間にか寝息を立てていた。飲ませた痛み止めには、眠気を誘発する副作用もあるのだ。この手の薬に慣れていなさそうなコボルドには、より効果が強かったのかもしれない。

（この川沿いに進めば村が見える、と言っていたな）

それならば着くまで寝かせておこう、と考えたガイウスは前に向き直り。周囲への警戒を続けながら、さらに奥へと馬車を進めるのであった。

フォグの子供たちが自分を見て怯えないといいのだが、と心配しつつ。ともあれ愛くるしいであろうその姿を、あれこれと想像しながら。

*

馬車を走らせ続け、かなり時間がたったころ。両脇の木々の密度が薄くなり始めた。

そして見えてきたのは、森の中に広がる草原。まばらに木が生えてはいるものの、【大森林】の中とは思えない、とても大きく開けた空間であった。川跡は草原の端を突き抜けるようにして、その先を小さな丘で塞がれている。向こう側が気にならないこともないが、ガイウスの注意を最も引いたのは、草原の只中《ただなか》に見えるものだ。

村である。草や枝で作られた小さな住居が、数十戸ほど集まっているらしい。煙が何本か立ち上っているのが遠目にも確認でき、そこに住む者たちが生活を営む気配が感じられる。村落を挟んだ向こうには小さめの岩山が二つ並んでそびえており、さながら村の象徴にも思えた。

あれか、と一人呟いたガイウスは、荷台のフォグを揺すってその目を覚まさせる。

『ん……やだねアタシ、寝てたのかい？　うん、うん、あれだよあれ。あれがうちの村さ』

「可愛《かわい》らしい村だな！」

家々は人間のものに比べると小さく質素であったが、それがまたガイウスの心を和ませた。

(きっと、村人たちも小さく愛らしいのだろう)

そして動物や人間の子供たちと違い。コボルドたちがフォグのように彼のことを恐れなければ。

(それならばフォグの子供は、撫でさせてもらえたりするのだろうか)

思わず口元を綻ばせる。もっとも彼を知らぬ人間がその相貌を目にしたならば、獲物を目前に牙を剝く猛獣を連想したかもしれないが。

一方そんな彼の後ろで。フォグはぼそりと、暗い声で呟いていた。

『まぁ、急ごしらえだからね。仕方ないのさ』

＊

しばらくして、家々が立ち並ぶあたりまで車を進めると。

『止まれ！』

という声とともに、馬車は石の槍や斧を持ったコボルドたちにたちまち取り囲まれてしまった。

皆、鼻に皺《しわ》を寄せ、唸り声を上げている。

両手をゆっくりと上げて、表情を崩し、敵意の無いことを伝えようと試みるガイウス。その笑みは友好を示すため、が半分。もふもふとしたコボルドたちが集まってきたのを見て心が躍った、というのが半分。勿論、「笑み」というのはあくまでガイウスの基準である。

『何をしに来た！』

「私はガイウス。怪我をした村の者を送り届けに来ただけだ。害意は無い」

そう語る彼の脇、荷台からフォグがひょっこりと顔を出し。武器を向ける村人たちへ吠える。

『止めな、ホントだよ！　このトロルは、アタシが熊に襲われてたのを助けてくれたんだ！』

コボルドたちは互いに顔を見合わせ、何事かを言い合っていたが。しばらくして武器を収めた。

『そうなのか？』

『まあ、フォグがそう言うならそうなんじゃないの』

『逆らうとアイツ、殴るしなあ』

『俺、トロルって初めて見た』

『俺も俺も』

『なあなあ、この土の化物はなんだ？』

緊張が解けたのだろう。互いの顔を覗《のぞ》き込《こ》みながら、彼らはわいわいと話し始めていた。可愛らしいその様子を、目を細めて眺めるガイウス。

(何という目の保養か。これだけで王都を出た甲斐《かい》があったというもの。願わくばここにしばらく滞在させてもらい、この光景を記憶に刻み付けておきたいものだが。まあそれも図々《ずうずう》しい話か)

……ああ、でも自分の村跡に居を構えれば、ここへも顔を出しやすいのではないだろうか。母や村人の弔いもできる、コボルドたちに会いにも来られる。それならば、多少の不便があろうともあそこに住む価値は大いにあるのだ。費用をかけてでも、井戸掘りを試みるべきではないのか。家を建てるべきではないだろうか。いや、そうするべきではないか⁉　そうに違いない！

馬車からフォグを降ろしつつ、そう考えるガイウス。そんな彼を他所にフォグは、

『道を開けておくれ！　アタシャこれから命の恩人をもてなさなきゃいけないんだ。さあガイウ

ス、こっちだよ。もう夜だからね、今日はウチに泊まっていっておくれ』
右足を引きずりながら歩き始めた。ガイウスはマイリー号に「待て」と口頭で命じてから、彼女の後を追おうとしたのだが。

『何をしておるかフォグ！　ヒューマンを連れてくるなどと！』

二人の足は、敵意に満ちた怒声によって止められたのだ。

振り返ったフォグが『長老』と口にする。ガイウスがその方向へ顔を向けると。杖《つえ》で身体を支えつつ近づいてくるコボルドの姿があった。

ヒューマンであるガイウスからは、コボルドの年齢というものはあまりよく分からないが……色の抜けた被毛、濁った目、ややふらついた足元といった姿からして、やはり老人なのだろう。

『フォグ、何故此奴《こやつ》を連れてきたのじゃ』

『なんでって、言っただろ？　六本足の熊に襲われていたのを助けてもらったのさ。アタシゃもう少しで食い殺されるところだったんだよ』

『だからといってヒューマンを村に連れてくるなど！』

『はあー？』

フォグが振り返り、ガイウスを一瞥《いちべつ》。そして再び長老へ向き直ると。

『何言ってんだい、このスカポンタンで息の臭いアホンダラの耄碌《もうろく》ジジイが。こんなでかいヒューマンがいるわけないだろう？　こいつはトロルだよ、ト・ロ・ル。それにー、ほら、見なよ、髪も灰色だし。トロルは灰色なんだろ？』

『人間でも灰色頭はおる！　それにトロルは毛だけでなく肌まで濃い灰色！　しかも男のトロルに

は髪は生えておらん。髪があるのは女だけじゃ。大体お前はトロルを見たことないじゃろうが』

しばしの沈黙。

『……そうなのかい？』

フォグがおずおずと、ガイウスの顔を見上げる。

「そうらしい、と聞くな」

『……アンタ、トロルじゃないの？』

「母はトロルとの混血だったから、間違いでもない」

『じゃあ、残りは？』

「ヒューマンかな」

場の空気が一瞬にして変わる。ガイウスを囲む村人たちが騒ぎ始め、慌てて武器を構え直した。

それを見てフォグは『はぁー』と溜息をつき、頭を傾けて額を押さえる。

『なんでもっと早く言わなかったんだい……』

「ああ、いや。そう思われたのは今回が初めてでもないし、な。先程も言った通り、私の四分の一はトロルなのだ。そこまで問題でもなかろう」

『大問題なんだよ、馬鹿』

そしてもう一度、深く息をついた。

『ほれ見たことかフォグ！　やはりヒューマンではないか！』

『ああ、悪かったよ、長老』

『……と言うかお前、さっきどさくさでワシのこと、滅茶苦茶《めちゃくちゃ》に言わんかったか？』

フォグは軽く手を振っただけで答えず。足を引きずりながら、家々の方へと去っていった。

長老はしばらくその後ろ姿を眺めていたが、やがてガイウスの方へと向き直り。

『捕らえよ』

ガイウスを囲む村人たちへ、命じた。わーっと。雪崩《なだれ》を打ってコボルドたちが殺到する。

もふもふ、ふわふわとした彼らによじ登られ、伸し掛かられ、押さえつけられながら。ガイウスは、コボルドたちが拘束しやすいように、腰を落とし、背を屈め。両手を差し出し。

「わはははは」

と歓声を上げながら、神妙に縛についたのである。

＊

毛皮に蹂躙《じゅうりん》される感触を堪能《たんのう》した後。ガイウスが連れてこられたのは、他の住居より大きめに作られた建物であった。しかし屋根は低く、膝をついて入るのがやっと。中は地面を掘り下げてあるため少し広くなるが、それでもガイウスの体軀には窮屈極まりない代物であった。どうも元は物置か何かに使われていたものを、ガイウス収監のために慌てて片付けたらしい。

『ヒューマン、ここに入れ！』

槍や斧に突っつかれるようにして、小屋の中へ押し込まれる。そこでコボルドたちはガイウスの両足首を縛り上げると、さらに腕ごと身体にロープを何重にも巻きつけて拘束し。

『大人しくしてろ！　ヒューマン！』

と言い残して、出ていってしまった。入り口付近に気配はするので、見張りはいるのだろう。

「……さて、これからどうするかな」

簡易の牢獄《ろうごく》に合わせて身体の位置を直しつつ、ガイウスは一人呟いた。

気になるのは、何故コボルドたちがこれほどヒューマンを嫌っているのか、ということである。トロルに対しては悪い印象を持っている様子でもないことから、他種族に対する警戒というよりヒューマンという種自体と何かあったのだ、と考えるのが妥当だろう。

(どこかの開拓村と、揉《も》め事《ごと》でもあったのか)

とも考えたが、【大森林】に何里も入った領域が住処《すみか》のコボルドと、森とヒトとの境界線で奮闘する開拓民の利害がぶつかるとは思えない。コボルドの領域まで開拓民が【大森林】を切り拓《ひら》くことなど、順調にいったとしても長い年月が必要であるし、順調に行くわけが、ない。

そもそも森を相手にする開拓民は、あの貪欲な木々と魔獣の対応だけで精一杯なのだ。人型でない「モンスター」扱いとは言え、意思疎通の可能な相手と無駄に事を構えはしないだろう。他種族に理解の乏しい南方人であっても、厳しい環境に生きる開拓民は合理主義なのである。

(では、何が)

うむう、と唸るガイウスであったが、何も分からない。小屋の外に立つ見張りから話を聞いてみようと試みるも、『静かにしてろヒューマン』と言われたきり無視されてしまった。

結局、ガイウスは答えの出ない推察に戻らざるを得なかったのである。

＊

しばらくし、闇も深くなったころ。見張りが何者かと話す声がガイウスの耳に入ってきた。

『じゃあ、見張りは代わっておくよ』

『子供の世話はいいのか？』

『今夜はお隣に頼んであるから大丈夫』

少しの間を開けて、土器を持った白いコボルドが小屋に入ってくる。ホワイトフォグだ。

『食事を持ってきたよ』

彼女はそう言ってスープ料理の器を盆ごとガイウスの前に置き、背に回って縄を解いた。

「ありがとう」

縄の跡を擦りながら感謝の意を伝えるガイウスに対し、彼女は『礼を言われることじゃないよ』と、小さく笑って答える。

『さ、冷めないうちに食べとくれ。今日の肉は血抜きが遅すぎて味も臭いもひどいけどね』

「空腹だからな、正直なんでもありがたい。ところでこれは、何の肉だろうか」

『アンタがやっつけた熊だよ。あの後、男衆が肉を取りに行ってきたのさ。まあ勿体無《もったいな》いしね』

「ああ、あれか」

ガイウスはスープの中に浮かぶ肉をまじまじと見つめていたが。やがて意を決したように木の匙《さじ》を手に取り、口へ運び始めるのであった。食べてみれば、思ったよりは普通の獣肉である。

そうこうして食事も終わり。

「蟲熊を食べたのは初めてだ」

『はは、アタシらだって、滅多に食べられるモンじゃないさ。六本足どもは凶暴だし強いからね』

器を盆の上に片付けながら、フォグがそう口にする。

『さっきは、悪かったね』

「いや、正しく話さなかった私に非があるのだ」

『そんなわけないだろ、まったく』

苦笑する彼女につられて、ガイウスも小さく笑う。

「フォグ、聞きたいのだが」

『何だい』

「この村は、何故こんなにもヒューマンを嫌うのだ？」

フォグの表情が曇り、動きが止まる。だが一呼吸置いて目を合わせると。彼女はゆっくりとガイウスの前に座り、話し始めた。

『村の家々は、見たかい』

「うむ。何というかこう、小さくて、可愛らしいな！」

『そうじゃあない。どの家も住処にしちゃあ、あまりに作りが雑すぎるだろ？　冬を越してきた家じゃない。村なのに、だ。これがどういうことか分かるかい』

首を捻《ひね》るガイウス。察しは、あまり良い方ではない。

『……アタシたちは前の村を、アンタたちヒューマンに襲われて追われたのさ』

＊

冬も終わりに近づいたころ。コボルドたちの村に、突然ヒューマンの一団が訪れたのだという。数十人のそのヒューマンたちは、何の前触れも無く、矢を放ち剣を振るい、魔法を浴びせ。そして家を破壊し、コボルドたちを殺戮《さつりく》したのだ。男も、女も。老人も、大人も、子供も。区別無く。

無論、村の戦士たちは武器を取り立ち向かった。だがヒューマンとコボルドでは身体の大きさも、力の強さもあまりに違いすぎる。戦いの技術も、装備もだ。ほとんどの戦士が斃《たお》れ、なんとか生き残った村人たちも、逃げるだけで精一杯であった。

三分の一ほどのコボルドが村で殺され、さらに逃亡途中でもう三分の一の者たちが行方不明となってしまったという。どこかで生き延びていてくれればいいが、【大森林】というのはそんなに甘い領域ではない。おそらく寒さと飢えで倒れるか、魔獣の餌食になったことだろう。

当時身重であったフォグは村人と一緒になんとか逃げ延び、放浪の後、この地に辿り着いた。

だが、フォグの夫は村の戦士たちと共にヒューマンに挑み。時間を稼ぎ。

妻の元へは、帰って来なかったのだ。

*

話の内に、夜も更けた。小屋の中を照らすのは、入り口から差し込む月明かりだけである。

『アタシの旦那は、器作りはうまいが鈍臭い男でねぇ。戦士でもなんでもなかったんだけどさ……ってやだねアンタ！　泣いてんのかい⁉』

鼻を啜《すす》る音で、ガイウスが返事をした。

『まったく、なんでアンタの方が涙ぐむのさ』

苦笑いしながら盆を持ち、立ち上がるフォグ。

『まあ、そんなことがあったから、村の連中はヒューマンを憎んでいるわけ。恩人であるアンタにこんな仕打ちをしちまったのは心苦しいけど、その辺の事情を理解してもらえるかい？』

ぶびーん、と大きな音を立てて。懐から出した布で鼻をかみながら、ガイウスが頷く。

『だからまあ、森を出てもこの村のことは黙っていてもらえるかな』

「無論だ」

『助かるよ』

ふふっ、と微笑み。小屋の入り口へと向かうフォグ。

『そんなこんなでね。急いでこさえた村だから何かと物入りでさ。薪《まき》も勿体無いから、夜になるとみんなすぐに寝ちまうことにしてるんだ』

「うむ」

『アタシも疲れてるからね。家に器を片付けに行ったところで、つい眠くなっちまうかもしれない』

「うんうん」

『じゃあね、さよならガイウス。アンタに助けてもらったことは、本当に感謝しているよ』

もう一度だけ振り返ってそう言うと。彼女は外に出ていったきり、戻らなかった。

＊

翌朝。唖然《あぜん》とした顔で立ち尽くすフォグへ、ガイウスが笑顔で挨拶をする。

「おはよう！　君もうっかりだな。昨晩私の縄を結び直すのを忘れてしまっただろう？　わははは」

『なななな』

「な？」

『何やってんだいこのクソ馬鹿！　なんで逃げてないんだよ！』

首を傾げるガイウス。

『何のために見張りを代わったり縄を解いたりしたと思ってるんだい！』

「なぬ⁉　あれはそういう意味だったのか！」

今度は上半身ごと傾けながら、ガイウスが驚く。その様子をみたフォグは、額に手を当てて深く息を吐いた。そしてしばらくの、気まずい間を置いた後。

「その、なんだ……すまん」

わしわしと。頭を掻きながら彼は謝るのであった。

……ガイウス＝ベルダラスは、察しが悪いのだ。

第二章　ガイウス

『昼間にアンタが出てくと騒ぎになるから、大人しくしてること！　夜にもう一回縄を解いたげるから、それまで待ってるんだよ！　分かったかい⁉』

「うむ、心得た」

神妙に頷くガイウスを再びロープで拘束し終え、フォグは小屋の外に出た。

中との明暗差に思わず目を細める。雲一つない青い空。今日はどうやら雨の心配は無さそうだ。

よしよしと独りごちながら視線を回す。

西を向くと、草原の端に小さめの岩山が二つ並んでいるのが見えた。陽光を受けながら荒々しい肌を誇示するその双子岩は、さながら新生コボルド村の象徴の様でもあり、来たばかりの村人たちの目を楽しませたものだ。

今度は北を見る。ずっとずうっと行けば、【大森林】の中心に辿り着けるであろう方角だ。遠くには山々がそびえている。鋭い岩山もあれば緑に包まれた山もあるが、森の中心にあるというグレートアンヴィル山は、ここからでは見えないだろう。

勿論、フォグはそんなところまで行ったことなど無い。長老の話で名前を知っているだけだ。行けば蟲熊や木食《きく》い蜥蜴《とかげ》どころではない、より大きく強力な魔獣たちの餌になるのは確実である。

森の木々は奥に向かうほど、異様に背が高く禍々《まがまが》しくなっており。彼女たちが住むこのあたりが、まだまだ【大森林】の爪先にすぎないことを改めて実感させていた。

コボルドは、【大森林】の深部では生きていけない。かといって、森の外にも居場所は無い。

そのどちらでもない領域だけが、彼女たちの生存圏であった。

(この光景も、見慣れてきたもんだね)

心の中で呟きながら、広場の方へと向かうフォグ。

傷を庇《かば》うため杖をつき歩いていると、一人の老コボルドが彼女の名を呼び、足を止めさせた。

『何だい、長老。アタシゃ忙しいんだけどね』

『フォグよ。あのヒューマンは、いつ殺すんじゃ？』

憎悪のこもった目で、長老が物置へ視線を向ける。

『……今どうやって殺すか考えてるところだから、爺《じい》さんは黙ってな』

牽制《けんせい》するように、フォグは彼を睨《にら》んだ。

『アンタは別に長《おさ》じゃないんだ。ここは捕まえてきたアタシにやり方を決めさせてもらおうじゃないか』

今、村に長はいない。ヒューマンの襲撃時に殺されたからだ。それ以降、避難民たちは指導者を選ぶこともなく、力を合わせ、身を寄せ合い今日まで生き延びてきたのである。新しく長を立てること自体が以前の村、生活、仲間、家族と決別するように思え、躊躇《ためら》わせたのかもしれない。

老いたこのコボルドが長老と呼ばれるのは、襲撃前後を通してコボルドたちの中で最年長であることと、村一番のシャーマンに対する敬意からであった。指導者というわけでは、ない。

『とは言ってもな、フォグよ』

『他の連中だって納得させるさ。しないならブン殴って言い聞かせるよ。アタシに腕っ節で勝てる奴が、この村にいると思うのかい？』

牙を見せて笑う。

『捕まえて来たってお前、連れてきただけじゃろうが。しかもトロルと勘違いして』

フォグの暴論に食い下がる長老。

『うるっさいねこのジジイ！　細かいことはどうでもいいんだよ！　そんなんだからアンタは、息だけじゃなくて屁も臭いんだよ！』

『屁は誰だって臭いじゃろー!?』

『失礼だね！　アタシのは臭くないよ！』

今度は威嚇のために牙を剝くフォグ。しばらく唸った後、ふん！　と鼻を鳴らしてそっぽを向き、長老を残して歩き始めた。背後で彼がまだ何事か喚《わめ》いているが、無視をする。

だが、彼女とて長老の言が理解できぬわけではなかった。

フォグ自身、夫をヒューマンに殺されている身である。夫だけではない。親類も、友人も、隣人も。何人も失った。産んだ子供「たち」にしても、村を追われていなければもっと生き残れていたはずなのだ。気持ちは、同じなのである。

しかしそれでも、フォグはガイウスをあのヒューマンたちと同一視してはいなかった。

助けてもらったという恩義からだけではない。トロルの血が混じっているという理由でもない。

(長老にしたって、村の皆にしたって。『コボルドなら』分かるはずなんだけどね)

そう、分かるはずなのだ。理解できるはずなのだが。

（時間が足りない、かな）

自分が皆を、長老を抑えておける内に、ガイウスを逃がす必要がありそうだ。そう思ったフォグは、慣れぬ杖を不器用に使い歩きつつ。彼を夜に脱走させる段取りを、思案するのであった。

＊

広場に大人のコボルドたちが集まっていた。その中央には、鹿が二頭ほど横たえてある。

森の外を知らぬコボルドたちには分からないが、これは【大森林】の原生種ではなく、外でも一般的に生息している種類であった。中心に進むほど魔獣や妖樹の勢力が増す【大森林】ではあるが、このあたりのような外に近い領域では、動植物どもに内外の種が混生しているのだ。

『おう、フォグ』

『おはよ、レイングラス』

フォグに声をかけたのは、同世代のコボルドだ。【雨草《レイングラス》】という名は、雨に濡《ぬ》れてもまったく水気を払おうとしない幼い彼の被毛を見て、親が『雨に濡れた草のようだ』と名付けたからだという。

コボルドは、幼少期の行動や性格、外見に基づいて名前を付けられることが多い。【白い霧《ホワイトフォグ》】というフォグの名前に至っては、まさに見た目そのままである。子供のころはもう少し捻った名前をつけて欲しかったと拗《す》ねたものだが、いざ自分が子を産んでみるとやはり伝統的な命名方式に則ってしまったのは、彼女にとって皮肉な話ではあった。

『ヒューマンは、どうなった？』

『あれからずっと大人しくさせているよ。代わりの見張りも頼んでおいた……それよりすごいじゃないか。今日は朝から景気がいいね』

話を逸らしつつ、レイングラスに尋ねる。

『ああ、昨日仕掛けた罠《わな》に掛かっていたそうだ』

フォグはふんふん、と首を縦に振る。

『これなら今日は、もう狩りに出なくてもいいんじゃないかい？』

『だから今日は狩りの班は作らずに、木を切りに行く』

『ああ、そうだね、こういう時にやってしまったほうが、いいね』

フォグが同意したのは、自分たちの住宅事情を考慮してのことだ。

この村の家々は、急造したもの故に粗雑な物ばかり。そして、数も足りていない。仕方のないことは言え、規模によっては数世帯が詰め込まれているのが実情である。今は初夏だからいいものの、冬のことも考えれば、住宅の増設は食料確保に次いで急務かつ重要なものであった。

現在、村の家屋は細めの木や枝を組み合わせて作った、いわばテントのような代物がほとんどであるため、次は木を切って柱とし、それを骨組みにした竪穴式住居を作るのだという。それならば風雪にも強く、冬にも耐えられる。

『お前は怪我しているから来なくていい。その足じゃ、魔獣が出ても逃げられない』

『何だか、悪いね』

『無理をさせて死なれても困るんだよ』

確かに、今が最も大事な時期なのだ。生き残った者たちで、家を建て、畑を作り、狩りをして、村を再建し。そして子を産み、育てねばならない。

ただでさえ人口を三分の一以下に減らされたのだ。これ以上の犠牲は、村の存亡に関わる。

『人手はいくらあっても足りないからな』

『ああ、そうだねぇ』

やや沈んだ表情で。ゆっくりと、フォグは頷いた。

＊

クロシナという木がある。【大森林】の原産種で、内側まで真っ黒なことが特徴である異形の木だ。自然、樹皮も黒い。木材としては硬度が低すぎて建材には向かないものの、その皮はコボルドたちの間で昔から重宝がられていた。

樹皮の繊維を細めに剝ぎ取り、ほどほどに乾燥させたものを縒《よ》り合わせると、それが樹皮糸として使える。通常の樹皮と違い、煮込んだり水に浸けたりする処理は敢《あ》えてしない。内部に含まれる特殊な成分が目当てだからだ。その成分が水を弾き、自然素材でありながら腐食に強く耐久性の高いロープを生み出すのである。

そんな素材を用いながら、フォグは自宅内で縄を綯《な》っていた。傍らでは、彼女の幼い息子と少し上の姪《めい》が寝息を立てている。この三人が、小さな住処の住人であった。

『とりあえず、と』

ある程度作り終えたところで、フォグは大きく伸びをする。

息を吐き終えたところで耳をすますが、異状は無し。少し離れた場所で土を掘る音や、作業で掛け合う声が聞こえてくるだけだ。どうやらガイウスは、大人しく晩を待っている様子である。

そのことに胸を撫《な》で下《お》ろしたフォグはもう一度息子たちの方を一瞥すると、足音を立てぬように家の外へと向かった。

杖をつきながら足を運んだのは、住宅の建築現場だ。

大人のコボルドだけでなく、少年少女たちもが協力して家の土台を作っていた。木を切りに行った班も含めれば、まさに総掛かりといった趣である。穴掘り作業は大方終わったらしく、今度は逆に、屋根に被せるための土を周囲に用意している様子。

屋根に葺《ふ》くための茅《かや》のような植物は十分に足りず、また今の時期は茎に含まれる水分も多いため土葺《ぶ》きにするのだ、と作業に従事する中年のコボルドはフォグに説明していた。

『縄は足りてるかい？　黒縄を編んでおいたんだけど』

『一応手持ちで足りるはずだが、預かっておこう。ありがとうよ』

『まあこの足じゃ力仕事は手伝えないからね、アタシは家に戻って続きを作るかな。今日だけじゃなく、どうせこれからも必要だし』

『そうだな、それがいい……お、木を切りに行っていた連中が帰ってきたな』

中年コボルドの視線を追うと。森まで足を延ばしていた班が、協力して丸太を担ぎ戻ってくるのが見えた。現地で樹皮を剝いであるため、白い地肌が晒されている。まっすぐな木を探すのにかなり森に入ったらしいが、魔獣と遭遇せずに済んだ様子で何よりだ。

『柱に丁度良さそうなのを見つけてきたな。生木をそのまま使わなきゃならんのが残念だが』

目を細めながら、その男は言った。本来なら材木は乾燥させておきたいが、今は冬の寒さに耐えられる建物という点が重要なのだ。長く使える家は、もっと余裕が出てから建てるしかない。

『じゃ、頑張ってね』

フォグは中年コボルドにロープを渡し、手を振ってその場を後にした。

途中で一度牢《ろう》を見ておく。言いつけ通り、ガイウスは大人しくしている様子だ。あどけなさの残る若い見張りが、あくび混じりに座っているのが証左だろう。中には寄らず、素通りする。

家に帰ると。息子が姪に抱きついたまま寝小便をしたらしく、取っ組み合いの喧嘩《けんか》をしていた。

フォグはやれやれと苦笑いをし。二人の身体を洗うため、水瓶《みずがめ》の蓋に手をかけるのであった。

*

フォグの言いつけ通り、ガイウスが小屋の中で神妙に座っていると。

めきめき、ずどん！　という大きな音が、小屋の外から壁越しに響いてきた。

次いで、女コボルドたちの悲鳴や男たちの怒鳴り声も耳に飛び込んでくる。

『柱が倒れたのか⁉』

『根入れの深さが足りなかったのかしら？』

『おい、レッドアイの倅《せがれ》が中にいただろう！』

『なんですって⁉　早くどけなきゃ！　男衆を集めて！』

『次の木を切りに出た後なのよ！』

『森に行った連中を早く呼んできて！』

『皆を集めろ！　土葺き屋根をどかすんだ！　早く！』

村人たちが叫んでいる。騒然とした有様《ありさま》は、見えぬ場所にいるガイウスにも容易に察せられた。

入り口を見る。見張りの若いコボルドは持ち場を離れるべきか迷い、おろおろとしていた。

「何があったのだ」

ガイウスが問う。見張りは少し彼の方を向いたが、答えない。おそらく『虜囚と口を利くな』と年長者から言い含められているのだろう。もう一度声をかけるが、やはり応じない。ただただ狼狽《ろうばい》し、ガイウスと事故現場の方に、交互に視線を往復させているだけだ。

「答えよ！」

身体が痺《しび》れるようなガイウスの怒声を受け、若者は思わず『ひっ』と腰を抜かし、座り込む。

そして、震える手で現場の方向を指差しながら。弱々しく、絞り出すように答えたのだ。

『い、家が倒れて、子供が下敷きになった』

聞いた瞬間、ガイウスの目に力が漲《みなぎ》る。

「それを早く言わぬかッ！」

そう一言吼《ほ》えると「ふん！」と力を込め、彼は自身を拘束していた縄を引き千切った。そして這うように小屋から出ると、目と口を大きく開いて後ずさる見張りの前を通り過ぎ、指差していた方へと駆け出していく。

その姿を見た村人たちの悲鳴の中を走り抜け、すぐに倒壊した家まで辿り着いたガイウスの目に入ったのは、必死に土を掻《か》き分《わ》けようとするコボルドたちの姿であった。成人男子の数は少ない。残った婦人や子供たちが協力しているが、明らかに人手も力も足りていない様子だ。

「退いてくれ！」

駆け寄ったガイウスは一声上げると、すぐに行動を開始した。

潰れた家に手を突っ込んで、樹皮の屋根や垂木《たるき》を土葺きごと次々と払いのけていく。そして桁や柱といった縄で結ばれた建材をまるごと持ち上げ脇に退けると、あっという間に土と柱の下から、幼いコボルドの姿を見つけ出したのである。

黒と白の毛色を持つその子供は、ぐったりと横たわっていた。一瞬間に合わなかったのかと思われたが……その胸部が上下しているのを確認して、ガイウスは安堵《あんど》の息を吐く。

そして優しく子供を抱え上げると、近くにいた女コボルドに介抱を頼んで引き渡し。

「お騒がせした。では私は、これで失礼する」

ぺこりと一礼の後、自分が捕らえられていた場所へそそくさと戻ってしまった。

……唖然とした顔で、残された村人たちは彼が入っていった小屋を見つめていたが。しばらくして入り口からガイウスがひょっこりと顔を出したため、コボルドたちは一斉にびくっと一瞬震え、硬直し。場に緊張が走った。

村人等が固唾《の》を呑む中、ガイウスはぎろりと周囲を見回し、ゆっくりと口を開く。

コボルドたちの視線を一身に集めたそのヒューマンは、大きく息を吸い込むと。

「その、大変申し訳ないのだが……縄を千切ってしまったので、結び直してもらえぬだろうか……」

後頭部を掻きながら、ばつが悪そうに、そう頼んできたのであった。

*

夕食を運んできたフォグから、ガイウスは事故後の経過を聞かされていた。

『……と、フィッシュボーンは頭にこぶをこさえはしたけど、あの後すぐ目を覚ましたのさ』

フィッシュボーンとは、倒壊した家からガイウスが助け出した子供の名である。

「そうか、それは良かった」

『まったく、アンタは無茶苦茶するよ……まあ、おかげで息子の親友は無事だったんだ。言いつけを守らなかったのは大目に見てあげる』

「かたじけない」

ぺこりと頭を下げる彼を見て、フォグが噴き出す。つられてガイウスも笑い出した。

『ありがとね、色々と』

「一宿一飯、いや二宿か。その恩だよ」

食べ終えたガイウスが、器を置きながらそう答える。

「あの後、家は建てられたのかね」

『うん、人数集めて取り掛かれば結構なんとかなるものさ。細かいトコは後からだけどね。とにかくちゃんとした家の数が足りないから、今の内にどんどん建てておかないと』

「そうか。大変な仕事だな」

『宿無しが何言ってんだい、アンタもこれから家を建てる場所を探さなきゃならないんだろ？』

「そうであった」

再度の笑い声。しばらくの談笑の後、フォグは食器を持って小屋の出口へと向かった。

『ああそうだ。村の連中には馬車と荷物に手出しさせてないから』

「ありがたい」

彼女が断言するのだ。間違いはないのだろう。そう、ガイウスは思った。

『じゃあねガイウス。アタシは子供を寝かしつけながらつい寝てしまうから』

「うむ。おやすみフォグ」

『おやすみ』

フォグは軽く手を振ると。右足の傷を庇いながら、ゆっくりと立ち去っていくのであった。

*

『……で』

翌朝小屋に訪れたフォグが、眉間を押さえながら口を開いた。

『どうしてアンタはまだ逃げてないのかな？　アタシの言い方が悪いのかな？　いやそれとも、ふざけてんのかな、ガイウス？』

ぐるる、と唸り声を立てるフォグ。ガイウスは掌を突き出すようにして、苛立《いらだ》つ彼女を宥《なだ》める。

「話を聞いてくれ、フォグ。ほら牙を剝くでない。待つのだ。待て。お座り」

がぶり。

「ぬおおう⁉」

『……で、質問に答えてもらおうか』

彼の指から口を離しながら、フォグは尋ねた。

「あれから一晩中、考えたのだ」

『何だいアンタ、寝てないのかい？』

「いや、よく寝た」

再び噛《か》み付《つ》いてきた彼女を引き剥がし、持ち上げて目の前に座らせるガイウス。

「家の数が、足りないと言っていただろう」

『ん？　ああ、そうだけど』

「私に、手伝いをさせてもらえないだろうか」

喉を掻いていたフォグの手が、ぴたりと止まる。

『何だいアンタ。ヒューマンのくせに、コボルドに同情かい？』

「違う。いや……かもしれぬが。でも、きっとそうではない。私は口が達者ではないからうまく言えぬが。とにかく、そうしたいのだ」

『アタシらの村を潰したのがヒューマンだから、同じ種族として罪滅ぼししたいとか言うんじゃないだろうね？　馬鹿にすんじゃないよ』

じっと、睨めつけるような彼女の視線。ガイウスも、その目に向き合う。

「種族は同じでも、私はその者たちの仲間ではない。だから彼らの行いを私が償うことはできないし、そんなつもりもない」

『じゃあ、なんでさ』

「何というか、この、そうだな、うーん、その、あれだ」

目を伏せ、腕を組んで唸るガイウス。だがしばらくして顔を上げると。

「もう少しうまく説明できるようになったら、改めて話そう」

そうフォグに告げた。彼女は首を傾げたまま、その言葉を受け止めている。

『……本気みたいだね』

「うむ」

『まあ、アタシはいいさ。アンタがどういう奴か嗅ぎ取ってるからね。でも、村の連中はどうすんだい？　いきなりお手伝いって言っても、受け入れられるのは難しいと思うけどね』

「だろうな。私もそうだと思う。そこでこういうのは、どうだろう」

そう言ってガイウスは、ある提案をしたのであった。

『……うーん、何だいその芝居は……まあ、それなら筋としてはできなくもないけど……』

「住宅の増設は急務なのだろう？　だが、仇《かたき》のヒューマンがいつまでも村にいては、心穏やかではないだろうことも分かる」

フォグは腕を組んだまま『そうだね』と、呟くように言う。

「だから、落ち着いたあたりを見計らって、私は村を脱走する。それまでの間だ」

『こっちはいいさ、でも、そっちはそれでいいの？』

「と言うと？」

『馬車の荷物、念入りに包んであるけど、あれ、ほとんどが武器じゃないか。アタシは森の外のことはよく分からないけど、アンタそれなりの戦士なんだろ』

「似たようなものだった時期もある」

『なのに、いいのかい？』

「何が？」

『いやほら、誇りとか、辱めとか。あるんじゃないの』

「なんで？」

フォグはいささか拍子抜けした表情でガイウスを眺めていたが。

『……分かったよ。じゃあ、アンタの企《たくら》みに乗ろう』

そう言って、その支度に移るのであった。

＊

昨日に引き続き木を切るために集まっていたコボルドたちは皆、事態に唖然としていた。

『えー、というわけで。捕まえたこのヒューマンを、罰として働かせることにした』

男衆の前に立つフォグは、咳払《せきばら》いをしてから彼らにそう告げる。彼女の脇には、首に輪をかけられた大男。輪からは縄が伸びており、その一端はフォグの手に握られていた。

『今日からコイツに荷運びとかさせて、こき使おうじゃないか。ほら、皆にご挨拶するんだよ！』

縄をぐいっと引っ張りながら、棒読み気味に言いつつ。棍棒《こんぼう》でガイウスの尻を叩く。

「あいた！　痛いであります！」

『口答えすんじゃないよ！　ほれ、早くしな！』

さらにもう一度の殴打。かなり強めに叩いたらしく、ばしん！　と勢いのいい音がコボルドたちの耳にも入り、彼らの身を一瞬竦《すく》ませる。

「いててて」

ガイウスは尻を擦った後。コボルドたちの方へ向き直り右肘を上げ、拳を胸骨部に当てた。剣を掲げる姿を模した、イグリス王国式の敬礼姿勢だ。

「ガイウス＝ベルダラスであります！　誠心誠意、全力で務めさせていただきますので、何卒《なにとぞ》、処刑だけはご容赦下さい！」

コボルドたちはしばらくの間、呆けた顔でそれを見つめていた。

＊

『フォグ！　樹皮を剝いたから、次はこの木を運んでくれ！』

切り倒して枝を落とし、皮を剝いた木。その傍らに立つ青年コボルドが、大きく声を上げた。

『あいよ！　ほら、あっちだってさ』

ガイウスに肩車されているフォグが、それに応じる。ぽんぽん、と頭を叩かれ促された彼は、

「了解であります！」

という威勢のいい声と共に、指示された木を持ち上げ軽々と肩に担いだ。彼の膂力からすれば、コボルド家屋に使う程度の木を運ぶことなど造作も無いのだろう。

まだガイウスというヒューマンに慣れないコボルドたちは、その姿を見て一々驚きとも感嘆ともつかぬ声を上げるが、当初のように慄《おのの》いたりすることはなくなっていた。

猛獣使いよろしくフォグが大男の肩の上で操縦しているその光景が、徐々にコボルドたちの警戒心を解かせつつあったのだ。彼女がヒューマンを支配下においている、ということよりは、間の抜けた二人の姿故に、である。

それに気付いたフォグは、恥ずかしさからすぐにでも肩の上から降りたいところであったが。ガ

イウスが敢えて俘虜《ふりょ》の立場を演じている、と思うと我慢せざるを得ない。

ではガイウスはどうなのか、と思い小声でフォグが尋ねると。彼は「新兵のころに戻ったみたいで、新鮮な気分であります」と上機嫌であった。呑気《のんき》なものである。

あっちを手伝いこっちへ運び、と。村と森との往復を、既に何回、いや、何十回行っただろうか。ガイウスがあまりにどんどん運ぶもので、伐採班はまったく追いつかなくなってきていた。

男衆総出とはいえ、用いる道具は石斧《せきふ》を中心とした原始的なものであり、そして彼らはヒューマンの半分程度の身長しかない、小柄な種族なのである。

『ガイウス、アンタの荷物に斧とかはないの？』

「はっ！　木を切るためのものではありませんが、何本か持っております！」

楽しそうに答えるガイウスをいささか呆《あき》れた様子で見ながら、フォグは質問を続けた。

『そうかい。斧ってアタシらに使えそうなモン？』

「若干重いかと思います」

『若干、ね……おーい、レイングラス！』

フォグから呼ばれたコボルドが、樹皮剝きを中断して『何だ』と顔を向けてくる。

『コイツに斧持たせて木を切らせようかと思うんだけど、どう思う？』

『馬鹿言うな！　捕虜に武器を持たせる奴があるかよ！』

レイングラスは腕を頭上で振り回して、彼女の提案を却下した。周囲のコボルドたちも『そうだそうだ』『ダメだよ』と口々にフォグの提案を拒否している。

「自分もそう思うであります！」と言うガイウスの後頭部をぽかりと打ったフォグは、今度は彼に、男衆が剝がした樹皮を運ぶよう指示を出した。樹皮は屋根の下地にも使えるし、加工して繊維にもできる。切れ端は焚付《たきつけ》にも利用する。大事なのは、木の幹だけではないのだ。

「マイリー号と馬車を持ってきて運んではどうでありますか？」

『お、そりゃあいい考えだガイウス』

おお、と感嘆まじりにフォグが声を上げると、

『馬車に武器が載せてあるんだから、駄目に決まってるだろ！』

これまた、他のコボルドから不許可を食らう。

『じゃあ、武器降ろせば？』

『重くて動かせないんだよ！』

『そんなのガイウスにやらせればいいじゃないのさ』

『フォグ、お前何言ってんだよ……』

そんなやりとりをしていた時である。

『蜥蜴《とかげ》が出たぞおおお！』

という叫び声が一同の元まで届いたのだ。

コボルドたちは瞬間的に耳をピンと立て、周囲を素早く見回した後、一方向へ視点を集中させる。すると。その方向から数名のコボルドたちが血相を変えて走ってくるではないか。

『おい逃げろ！　蜥蜴だ！　蜥蜴が出たぞ！』

『走れ！　早く！　早く！』

逃げろ、逃げろとコボルドたちは互いに声をかけ合い、道具もそのままに走り出していく。

一方、ガイウスは不動のままフォグに問う。

「蜥蜴とは、【木食い蜥蜴】のことでありますか?」

『ヒューマンたちはそう呼んでるのかい。ああ、そうだね。そうみたいだよ』

木食い蜥蜴とは、【大森林】の比較的外側に生息する魔獣だ。

成体は頭胴長が二間(約三・六メートル)を越す大型の蜥蜴で、その名の通り樹木、特に【大森林】原産種を好んで食らう、珍しい草食性の爬虫類《はちゅうるい》である。

通常では考えられぬ、生木を対象とする食性。そしてそれをもって巨体を維持する生態からも既にヒトの常識外にある生物だが。森では循環を担う生態系の一環なのだろう。

この木食い蜥蜴は蟲熊とは違い、完全植物食のためヒトや獣を食らうことはない。だが問題は縄張り意識がとても強く、そして非常に攻撃的な性格の魔獣だということである。硬い木を噛《か》み砕《くだ》く顎と牙をもって蟲熊を返り討ちにする瞬間を、フォグはかつて目にした記憶があった。

森に入ったコボルドが襲われたことも、一度や二度ではない。【大森林】に生きる者にとっては、ごく身近でありふれた脅威の一つなのである。

しかし木食い蜥蜴は、獲物を食らうために襲うのではない。よってその縄張りから逃げきれれば、執念深く追われることはないのだ。だが。

「フォグ、あれを見よ」

いつの間にか普段の調子に戻ったガイウスが指差す方向を、フォグが見やる。

『……逃げ損ねたのがいる!』

揺さぶられる枝の上に、一人の若者が必死にしがみついていた。そして根本には大蜥蜴の姿。

振り落とされそうになっているのは、木食い蜥蜴がその木に体当たりを繰り返しているからだ。あの様子では幹が折れるのも時間の問題だろう。

おそらくあのコボルドは走って逃げず、細身の木に登ってやり過ごそうとし。そしてそれに失敗したのだと思われた。

『ガイウス、急いで武器を取りに戻るよ』

「間に合わん。このまま行く」

驚きの声を上げるフォグを肩車したまま、ガイウスは相手へと歩み寄った。

気配を感じた木食い蜥蜴の目が、ぎょろりと反応する。体軀の割に細めの首がほとんど回らないこの魔獣は、全身をまるごと使うようにして彼の方を向くと。いかにも爬虫類らしい無感動な顔でガイウスを見据えた直後に。予備動作無しで走り出したのだ。

速い。体軀に似合わぬ速度で突進してくる。小回りは利かないようだが、走力は高い。

だがガイウスは寸前で相手の顎を躱すと、抱きつくように蜥蜴に取り付き。その首を脇に抱えた体勢で素早く固定して「ごきり」と。全身のバネを用いて飛び上がるような動きと共に、木食い蜥蜴の首をへし折ってしまった。

続いて、違う方向にも頸骨《けいこつ》を折り曲げ、捻りを加える。さらに、まるで折り目を付けるがごとく幾度も繰り返した後。ようやく蜥蜴からその身体を離したのであった。

……しばらくして、槍を持ったコボルドたちが急ぎ現場に戻った時。

そこにはぴくりとも動かなくなった木食い蜥蜴の死体と、腰を抜かして動けなくなった村の若者、それを介抱するフォグ。

「おお、皆様お戻りになりましたか！　さあ、作業を続けるであります！」

そして何事もなかったかのように男衆を迎える俘虜の姿が、見受けられるだけであった。

＊

「倒れるぞー！」

というガイウスの声とともに、コボルドたちが『わーっ』と安全圏へ避難していく。

めきめき。ずしん。大きな音を立て、木が倒れる。

今度は『それーっ』という掛け声とともに、コボルドたちが木に集まってきた。

そしてそれぞれが、枝を落としに取り掛かる。枝を落としたら、次は皮剝きだ。

ガイウスは戦斧を近くの木に立て、それを手伝いに行こうとすると。

『おうガイウス。こっちはいいから、そろそろ皮を運んでくれるか』

年輩のコボルドが手を振って声をかけてきた。

『それ、村に持っていったら昼休みにしようぜ』

レイングラスも、樹皮を馬車に運びながらそう言う。

「心得た」

ガイウスは笑顔でそれに答える。

……木食い蜥蜴の一件から、既に三週間近くが経過していた。

以降も度々村人の窮地を救い、そして作業の手伝いを続けていたガイウスは、すっかりコボルドたちと打ち解け。今では当たり前のように、狩りや作業に同行するようになっていた。彼が斧のような武器を持つことに反対する者は、もう、長老しかいない。

ヒューマンには三週間でも、寿命の短いコボルドたちにとってはより密度の濃い時間なのである。ガイウスはその間に。虜囚の身から客人へと、立場を変えていたのであった。

作業を中断し村に帰ると、子犬……いや、子コボルドたちが、一斉にガイウスへ群がってきた。

赤、黒、茶、栗色《くりいろ》等、様々な色の子供たち。何と驚くことに、青い毛皮のコボルドまでいる。フォグからの説明によれば、生まれる子供の毛色や模様は無作為なものになるため、一族内であっても色彩豊かな家族で構成されるのだとか。

『だっこしてだっこして』

『おかえりッ！　なさいッ！』

『あそんであそんで』

『さっきねーさっきねー』

コボルドは、子供のうちは直立したまま走るのが苦手である。そのため成長するまでは四足で駆けることが多いのだが、その様はまさに子犬といった感があった。

最初に走り寄ってきたのは、青い毛色の少年。子供たちの中では年長だが、よほどガイウスに懐いているのか、こういう場では真っ先に彼めがけて全力疾走してくる。

その子を撫でるためにガイウスが屈むと、他の子供たちが一斉に彼の背中や腕、膝へ殺到し、よじ登ってきてしまう。この状態で立ち上がれば転落させる危険があるので、彼は途端に身動きが取れなくなり。子コボルドたちはそれに付け込んで、頭の上にまで登ってくるのであった。

『もうおしごとおわり？』

「いや、昼が終わったらもう少し木を運ぶ」

『おみやげは？』

「ないない」

『あたしおしっこしたいー』

「待て、待つのだ」

『みてみて、バッタつかまえた。食べて。ほら』

「食べない、食べないというに」

『ねえおしっこー』

「もう少し待ってもらえぬだろうか」

『ぐいぐい』

「これ、髪を引っ張るでない。ああこら、中年の髪の毛を引っ張ってはいかん！」

『おしっこもうだいじょうぶ』

「なん……と……」

周りの大人たちはその光景をひとしきり笑った後、子供たちをどけていく。が、毛玉たちは降ろされるそばからまたよじ登ろうとするので、その数はなかなか減らない。

ガイウスが立ち上がれるようになるまで、まだしばらく時間がかかるのであった。

＊

『じゃあ、これは洗っておくから』

「すまぬ」

服を着替えながら、ガイウスがフォグに謝る。

『子供のやることじゃ、しょうがないよ。それに、後で湖に水汲《みずく》みに行くしね』

そう言って自分の右脚をぽん、と叩くフォグ。走るのはまだ辛《つら》く狩りには出ていないが、日常生活に支障が出ない程度に回復してきていた。湖へ行くくらいであれば、問題はないだろう。

湖はこの村の大事な水源で、村のある草原の北東に広がっており、森をほんの少し抜ければすぐに着く。距離も大したことはないので、獣に襲われる危険性も少ない。森が薄ければ魔獣も好んで徘徊《はいかい》しないのだろう。加えて草原や双子岩の付近には、何故か魔獣はあまり近寄らない。

ガイウスが村人にその理由を尋ねてみたこともあるが、彼らも分からないらしく、返ってきたのは『匂いかな？』という推論だけ。嗅覚の話になるとヒューマンの出る幕ではないので、それ以降そういうものとしてガイウスは認識している。

『おじちゃーん』

『おじさま』

着替え終わったガイウスが筵《むしろ》の上に座ると、二人の子コボルドが近寄ってきた。全身真っ白の、綿毛のような幼子がフォグの息子フラッフ。それより少し年長な琥珀色の女の子が、姪のアンバーブロッサムである。

村の客人となったガイウスは、物置の牢からフォグ家の預かりとして居を移しており。大柄なヒューマンでも住めるように建てた新築の竪穴式住居で、この四人が生活しているのだ。

『よいしょぶわぁあ』

ガイウスの膝の上に乗ろうとしたフラッフをブロッサムが突き飛ばし、その座を奪い取る。

『ここはわたしのばしょよ！』

『うぉおぅねぇえちゃんがいじわるしたああ』

「止めなさい、ブロッサム」

『うぐぐ』

『やーい、おねえちゃんおこられてやんの、ばーかばーか、もひとつばーか』

『フラッフ！』

嘘泣《うそな》きを止めたフラッフに煽《あお》られ、ブロッサムが襲いかかる。取っ組み合いになった二人を引き剥がし、ガイウスは左右の膝の上に彼らを拘束した。最近のフォグ家でよく見られる光景だ。

『馬鹿やってないで、昼飯にするよ』

フォグが、串の付いた肉を囲炉裏に立てていく。

「ああそうだ、フォグよ」

互いにぐるる、と唸り合う従姉弟《いとこ》同士を固定したまま、ガイウスは彼女に声をかけた。

「近日中に、街に買い出しに行こうと思う。そのことを村の皆に相談したいのだが」

『街？　ヒューマンのかい？』

「うむ。今、村の皆が使っているのは石や骨の道具だろう」

『他になんで作るっていうんだい……ああ、アンタの得物みたいなキンゾクか。アタシら、あんなのの作り方知らないからね』

「私も作れない。だから街に行って君たち用の道具を作らせようと思うのだ。後は苗や種だな」

『そういや畑作ってるレッドアイが何か言ってたね』

「うむ。『前の村と違い、どうもここでは【大森林】の芋や野菜の生育がよくない』となる。ひょっとしたら、森の外の作物のほうが相性がいいのかもしれぬ」

顎に手を当てながら『確かにねえ』とフォグが呟く。

『でも、手に入れてくるって言ったってタダで貰《もら》えるわけじゃないだろ？』

「持ち合わせはいくらかある。多分大丈夫だろう」

王都を出る時に持ってきた金貨は、まだ十二分に残っている。物々交換社会であるコボルドには馴染みがない代物だが、それは説明済みだ。

「あとはそうだな……村に蟲熊の肝を乾燥させた物が何匹分かあるだろう。あれは人界でも薬の材料として珍重されているのだ。それを持っていけば、生活品の補充程度どうとでもなるはずだ」

【大森林】外縁の魔獣全般について言えることだが、彼らは毒や病に対して非常に強い耐性を備えている。特に蟲熊はその異常な内臓機能により、毒素を強力に分解するのだ。自然その肝臓も薬効を秘めており。滋養強壮から薬の材料としてまで、ヒト社会では高い需要があった。

『分かった。村の連中はアタシが説得しよう……でもアンタ、そこまでするなんて……ホントにこの村に住むつもりなんだねえ』

若干呆れたような、それでいてどことなく嬉しそうな声色で、フォグが言う。

『おじちゃんずっとむらにいるの⁉　ヤッター！』

耳聡《みみざと》く聞いていたフラッフが、歓声を上げる。

『じゃあおじちゃん、ぼくのおとうさんになってよ！　ずっといるならいいでしょ⁉　ね！』

『ばばば馬鹿言ってんじゃないよ！　こここの鼻タレ坊主が！』

『そうよ！　おじさまはわたしとけっこんするんだから！　このねしょうべんたれ！』

『なんだよ！　おねえちゃんだって、こないだオネショしてたじゃないか！』

『こ、この！』

子供たちが、ガイウスの拘束を振り払って再び取っ組み合いの喧嘩を始めた。

フォグは『馬鹿だねえ、ほんと馬鹿だねえ』と呟きながら額を押さえている。

ガイウスは笑いながら、もう一度、小さな決闘人たちを取り押さえにかかるのであった。

第三章　出会い

人通りの少ない廊下の隅で。友とは呼べない級友たちに、彼女は取り囲まれていた。

「半端者のくせに、調子に乗るなよ」

「そうだ。生意気だぞ、デナン家から追い出された分際で」

半端者というのは彼女の能力を侮《あなど》った言葉ではない。その出自を嘲笑《あざわら》ったものだ。

級友たちに取り囲まれた少女。いや、童女とも言えるような外見の彼女の耳は、ヒューマンのものとは違い、長く尖《とが》っていた。それは彼女の血が、純粋のヒューマンではないという証左である。

以前彼女がいた東方諸国群では珍しくもない半エルフも、南方ではそれだけで奇異の対象であり、侮蔑の理由ともされた。そんな彼女が、騎士学校の定期試験で上位をとってしまったのだ。

彼女自身が侮られまい、とするための努力の成果であったが。その結果は貴族の子息たちから不興を買っただけであった。

今の時代、【騎士】は純粋な騎士を指さない。鎧《よろい》兜《かぶと》で馬に乗り槍を振るうのが騎士とされた時代は、それなりの昔に終わっていた。戦場の主力も剣槍から魔術、魔杖兵へと移りつつある。

近年における騎士とは国や貴族が抱える武将や常備の軍人であり、また、内政に従事する官僚でもあった。武官文官の区分が曖昧なのは、南方諸国全体の風潮である。

王立騎士学校は、時代の流れを受けて「国に必要な人材を身分問わず取り立てる」ために数代前の王が制度化したものだ。縁故推挙が主である周辺国や地方領に比べ、先進的と言えただろう。

だが年月と共に理想は徐々に失われ。特に近年では、騎士学校は貴族子弟の箔付《はく》けに利用されがちであった。平民が成り上がる階段としての機能は残されたのが、せめてもの救いか。

そんな中でこの半エルフの少女は、高貴な若者たちを差し置いて優秀な成績を取ってしまったのだ。平民出はわざと成績を抑えて、貴族の箔付けを邪魔しないように気を遣うほどであったのに。

だが彼女は、そういった自己保身ができるほど、世慣れてはいなかったのである。

ましてや彼女がデナン家の血を維持するために東方諸国からイグリス王国へと連れてこられたのは比較的近年である。このような政治に疎いのも、無理からぬ話だろう。

「大体、お前みたいなチビが国の役に立てると思っているのか？」

金色の髪をした貴族の若者は少女の耳を抓《つね》り上げる。ひっ、と彼女は苦悶の声を漏らすが、抵抗はしない。いや、できないのだ。

エルフ属は長寿であるため、その成長は遅い。精神的な成熟も、身体に引きずられてやはりヒューマンよりも時間がかかる。混血である彼女も、その法則の例外ではなかった。年齢こそ十七と騎士学校の入学資格を満たしていたが。その姿も内面も、ヒューマンのそれにはまだ達しない。

今この少女にできることは、ただひたすらに貴族たちが飽きるのを待つことだけだったのだ。

「すいません、すいません！」

涙を目の端に浮かべながら、必死に謝る。何も、悪くないはずなのに。

その顔に別の貴族が唾を吐き捨てる。それに対しても少女は謝り続け、耐えるしかなかった。

（どうして私は、こんなところにいるの）

正当な跡継ぎが生まれた家からは、用済みとばかりに騎士学校に放り込まれた身である。

後ろ盾はない。故郷へ帰してももらえない。逃げ出しても行く先など、無い。まったく無いのだ。

(お母さん、どうして私を売ったの)

「大体、ハーフエルフが栄えある騎士学校に入学していること自体がおかしいんだ」

金髪貴族が少女の顎を摑み、ぐい、と持ち上げた。彼女は爪先立ちで必死にそれに合わせる。

「出ていけよ、とっとと」

囁《ささや》くように、その貴族が彼女の耳に吹き込む。少女の心を、黒いものが塗りつぶしていく。

(もう嫌だ、もうこんなところにいたくない、もうここから逃げよう)

そうだ。たとえ行くところがなくても。野垂れ死んだとしても。ここよりは遥かにましなのだ。

(だから……)

その時であった。がしり、と。貴族の腕を、大きな手が摑んだのは。

振り返った、いや見上げた貴族の顔が驚愕《きょうがく》で凍りつく。少女の呼吸も恐怖で止まってしまった。

……凶相。その男は、まさにそう言うべき相貌をしていた。傷だらけの顔に、暴力的な力を帯びた眼差し。ご丁寧に左頰には入れ墨まで。誰がどう見ても、まともな人物には思えない。

それが貴族の子弟が多数在籍する王立騎士学校に侵入したなど、大問題である。

少女は、自身を故郷からこの地へと連行した【冒険者】たちを思い出す。いや、比較にならない圧倒的な威圧感。暴力と殺意の権化。そういった瘴気《しょうき》を発しているかのようにすら、感じられた。

「ひっ⁉ な、なんだお前は!」

「衛士は何をやっているんだ!?」

取り乱した級友たちが口々に喚《わめ》き立《た》てる。

だがじきに。内一人が、はっ、と気付いたように口にしたのだ。

「ベルダラス男爵……」

その一言を聞いて。騒いでいた者たちが、凍りついたかのごとく静まり返る。

(聞いたことがある)

少女は思い出していた。

五年戦争で名を馳《は》せた英雄。そして勇名を上回る悪名を持つ、【味方殺し】【人食いガイウス】。

先王の狂犬、血に飢えた怪物。ガイウス゠ベルダラス男爵!

(【イグリスの黒薔薇】……!)

噂に違わぬ、いや噂以上の凶悪さを備えたその様に、少女の膝ががくがくと震える。

そしてそれは、貴族の息子たちも同様であった。

「あー……今……君は……半エルフはどうとか、言っていたようだね」

男爵は金髪貴族の腕を離すと、ゆっくりと話し始める。若者は、震えるように首を縦に振った。

同意の意味なのか、恐怖心からの反射行動なのか。それは少女には分からない。

「実は私も、四分の一トロルなのだが」

えっ、という風に、級友たちの顎ががくんと落ちる。

「昔、騎士学校にいたのは、やはりまずかったかな?」

ベルダラス卿は、そこまで言うと「にぃ」と歯を剝いて彼らを威嚇した。

金髪貴族は「そ、そんなことはありましぇん！」と裏返った声を懸命に捻《ひね》り出《だ》し。

「し、しつれいしましゅ」

と。半泣きの体で走り去っていってしまった。残りも、蜘蛛《くも》の子を散らすように逃げていく。

卿は「ああっ」と呻いてその背後を眺めていたが。軽く溜息をつき、少女の方へと向き直った。

「大丈夫かね」

「ひゃ、ひゃい」

声が、思うように出ない。先の級友たちの様子も、無理からぬことである。そう少女は思った。

男爵は懐から手拭き布を取り出して彼女に渡すと、頬に吐かれた唾を拭うよう、促す。

ここに来て少女は、ベルダラス卿は自分を救けたのだ、と初めて気が付いた。

「あ、ありがとうございます」

そうではない、とでもいうように。【人食いガイウス】は歯を剝いた威嚇でそれに応じる。

「それより、頼みがあるのだが」

「な、なんでしょう」

「教官室へ、案内してもらえないだろうか？」

少女は震える声で、それを引き受けた。

「いやあ、助かるよ。実は届け物があってね」

卿の左手を見ると、そこには「体育着」と書かれた巾着袋。これを、届けに来たというのか。

「私がいたころとは建屋が変わっていて、さっぱり分からないのだ」

半エルフの少女は、曖昧に相槌を打つ。

「では、お願いしよう」

そう言って卿は、少女に先導を頼んだ。

……道中のことを、彼女ははっきりと記憶していない。

ただ後ろを振り返るのが怖くて、早足で歩いていたことだけは覚えている。

教官室までの案内を終えると、ベルダラス卿は「ありがとう」と言い。そして再び歯を剥いて彼女を脅かしてから、部屋へと入っていった。

少女は「ひっ」と驚いて後ずさりすると、慌ててその場を走り去る。

……それが彼女、サーシャリア＝デナンとガイウス＝ベルダラスとの最初の出会いであった。

あの表情が「威嚇」ではなく「微笑み」だったのだ、と彼女が知るのは。

もっと、ずっと後になってからの話である。

＊

車輪が起伏に乗り上げた拍子に、馬車は大きく揺さぶられた。

座席に掛けて寝ていたサーシャリアも当然同様の上下運動を強いられ、夢の中から現実へと引き戻されたのである。

衝撃でずり落ちた眼鏡を慌てて掛け直し、周囲を見回す。ただ、他の座席の客も同じ目にあったらしく。彼女だけが恥ずかしい思いをすることは、なかった。

（あのころの夢かぁ……）

ふふ、と懐かしむような笑みがこぼれた。

（あれからもう五年、いや六年になるのかな）

……追いかけるべき背中を得た彼女は、幼い見た目はそのままに内面を急速に成長させた。

そしてあの件の後もサーシャリアは怖《お》じることなく優秀な成績を修め続け、見事に学年次席の座を獲得して卒業したのである。

実技においては体軀の関係もあり冴《さ》えなかったが。それを補塡し得るほどの学科成績を残したのだから、いかに彼女が努力を重ねていたかについては、否定できる者は誰もいないだろう。

あれだけ嫌な目に遭わされてきた貴族子弟に対しても、サーシャリアはもう遠慮をしなかった。優秀な成績で卒業するほど、自分の志望部署への配属が叶《かな》いやすいからだ。

そんな彼女が希望した部署は、ベルダラス男爵が団長を務める鉄鎖騎士団《チェインメイルズ》であった。今代の王になってからは人員と予算を大幅に削られ形骸化した部署であり、出世とは無縁の道ではあったが。

サーシャリアにとっては、貴族に疎まれ、青春を投げ捨て、血の滲《にじ》むような努力をしても、なお。それ以上の価値のある場所だったのである。

希望が叶い、鉄鎖騎士団に配属された後の一年半。ベルダラス団長の元にいた、その十八ヵ月。それは、彼女のそれ迄《まで》の人生において、最も輝かしい期間だったと表現しても過言ではない。

（なのに）

その燦然《さんぜん》たる時は「人事異動」という名の悪魔の所業により、あっさりと終わりを告げた。国土院に転属となった彼女は、文字通り泣く泣く団長の元を去り。今日に至るまで、役人仕事に従事していたのだ。今、駅馬車に揺られ王都へ戻っているのも、長期出張の帰りなのである。

王都の西、ラフシア家が治めるルーカツヒル辺境伯領。伯領と王領との間にある要塞の改修応援のため、二ヵ月近く出張していたのだ。資材の手配やら人員の確保やら設計の見直しやら何やらで酷使され続け。工事の開始と共に、応援のサーシャリアはやっと解放されたわけなのである。

（あんなトコにあるオンボロ要塞を直して、どうするつもりなのよ）

五年戦争が終わって十五年。以降は大きな戦いが起きる様子もないし、かつて連合軍として敵対した隣国三国の内一つには、現王の従姉妹《いとこ》たるルーラ姫が嫁いで友好条約が結ばれている。

そもそも砦《とりで》と隣国との直線上にはルーカツヒル辺境伯領があり、国防を意識するならば伯と協力して、もっと国境よりに要塞を新造でもするべきなのだ。

（まあ、上の考えてることなんて、現場には分からないわ）

公共事業的な意味合いがあるのかもしれないし、治安向上計画の一環という可能性もある。何よりサーシャリアは平《ひら》の騎士にすぎないのだ。国政に口を出す権限も筋も、彼女には無かった。

そう再認識したところで、疲れから眠気が再びにじり寄ってくる。サーシャリアはそれに抗《あらが》おうとはせず。そのまま受け入れて、旅の体感時間を減らすことに決めたのであった。

＊

集合住宅へと帰ったサーシャリアを呼び止める者がいた。下宿の大家である老夫人だ。

「赤毛さん、おかえりなさい。あなたが出張に出ている間に、お手紙が来ていましたよ」

はい、と手渡された封筒を受け取ったサーシャリアは差出人の名前を見て、目を丸くした。

夫人に礼を述べ、足早に自室へ戻り。荷物を降ろした彼女は、そのまま椅子に掛け封を開ける。

そこにはサーシャリアが「味がある」と評している字で、次のような文面が綴《つづ》られていた。

《デナン君へ

お元気ですか。私は元気にしています。国土院は出張が多いようで、大変だそうですね。やり甲斐《がい》のある仕事だとは思いますが、過労は健康の敵です。君は頑張りすぎる型《タイプ》の人なので、それが心配ですね。無理は禁物ですよ。

ところで私のほうですが、この度職を辞して田舎へと帰ることにしました。ついでに爵位もお返しする予定です。ベルダラスの姓は、折角先王から賜ったものなので、そのまま頂戴しておこうかと思います。

ルーラ姫も嫁がれて大分経《た》ちますし、外交的にも平和なものです。私の役目はもう終わったと言えますね。鉄鎖騎士団もそろそろ世代交代が必要なころでしょう。

私の故郷はもう無いはずですが、その周辺で家を探すつもりです。

また、落ち着いたら連絡します。

ガイウス＝ベルダラス　より》

読み終えたサーシャリアは、先程以上に目を丸くし。

「なななな、なんですとーー!?」

早口で呟いた後、大声で叫んで頭を抱えた。

国土院に異動になった後、仕事を丸投げしてくる上司や腹の立つ貴族出身騎士たちの相手に、じっと我慢を続けてきたのも。

いつかは鉄鎖騎士団に、団長の元に戻してもらえるだろうという希望があったからこそ、耐えてきたのである。その理由がたった今、無くなってしまった。

「私はこれから先、一体何を支えにしたらいいの……」

がくりと肩を落とすサーシャリアであったが。

「ん？　あ、いや、そんなことないわ」

すぐに顔を上げ、前言を取り消した。そう。彼女は気付いたのである。これは好機なのだ、と。

そして理解するやいなや、この女騎士は素早く行動に移ったのだ。

すらすらとその場で辞表を書き。下宿を引き払い旅に出る計画を簡単に作成。そしてそれが一段落したところで、先程報告に行ったばかりの国土院へ、辞表を持って再び向かったのである。

（そうよ。私がここにいる理由なんて、もう無いんだから）

サーシャリアは、騎士学校のころの自らを思い出す。そう、あの時だ。

理由もなく彼女はそこにいて、行く先が無いから留《とど》まっていた。今も、同じだろうか。

（いいえ、違うわ）

ここに留まる理由はもう、無い。だが彼女が向かう先。いや、向かいたい先は。

今は、確かに存在するのである。

＊

『いいんじゃない？』

『そのほうがいいな』

口々に同意の声を上げるコボルドたち。そこに。

『良いわけ無いじゃろーが！』

と、『否』を叩きつけたのは、他でもない長老であった。

皆が集まっているのは、集会所として建てられた大きめの竪穴式建築物。ガイウスが加わったことで村の住宅事情は急激に改善しつつあり。おかげで、このような物まで用意できたのである。

ただ、やはり主だった家長たちが一堂に詰め込まれると全員が座るには難儀するらしく、何人かはガイウスの膝や、肩に乗るなどしていた。大きくて無害な動物がいれば登ってみたくなるというのは、大人子供にかかわらず感じるものらしい。

『この男を奴らのところになんか戻してみろ！　絶対、他のヒューマンどもにこの村の場所を明かして、仲間を連れ襲い来るに決まっておる！　それが分からんのか⁉』

ガイウスを時々睨みながら、興奮した様子でまくし立てる。だがそんな長老に対し。

『ガイウスなら大丈夫だろう。大体このことに関して言えば、俺たちよりも長老のほうが鼻が利くはずだ。俺たちでも分かるんだから、爺さんが理解できないはずがないだろう』

と、諭すように言う者がいた。レッドアイという名の中年コボルドだ。彼は、以前ガイウスが倒壊した家の下から助け出した子供、フィッシュボーンの父親である。

『フン！　信用できるものか！　森から出した途端、逃げられるのがオチじゃ！』

『じゃ、見張りを付ければ大丈夫だな』

『そういう問題じゃな……』

レッドアイは長老の言葉を途中で遮ると。

『ホワイトフォグ！　お前、ガイウスの見張りに付いていけ。コイツがヒューマンどもに俺たちの村を教えようとしたら、その前に殺せ！　できるな？』

『勿論さ』

フォグは一瞬怪訝《けげん》な表情を浮かべたが、すぐにレッドアイの意図を察し。

にやり、と頬を歪《ゆが》める。

『何じゃお前たち、その茶番は！』

長老は騒ぎ立てるが、周りのコボルドたちが『まあまあ』と言って老人の怒りを宥め始めた。

『ガイウス、何日位かかりそうだい？』

「マイリーが引けば、馬に休憩も食事も要らないからな。片道三日も見ておけば十分だろう」

『結構かかるね』

「まあ森を出てからもそれなりに距離はあるが、その前に枯れ川があるからな」

ガイウスは顎を擦りながら、「通常の行軍距離なら、一日では足りんかもなあ」と誰に言うでもなく、小さく呟く。どうやら昔を少し思い出しているらしい。

「……あれが曲がりくねっているせいで、結構な距離があるのだ。君たちは森を自由に走り回れるから良いが、馬車は森の中を進めない。どうしてもあの川に沿って移動する必要がある。単騎なら案内してもらえば森の中を抜けられるだろうが、荷台が無いと荷物をあまり持って帰れない」

『そんなに沢山運ぶのかい』

「そのつもりだ」

ふーん、と相槌を打ったフォグは、レッドアイの方へ向き直り。

『じゃあレッドアイ、その間うちの子たちを頼んでもいいかい』

『いいとも。フィッシュボーンも喜ぶだろうよ』

レッドアイが頷く。

『じゃ、決まりだな』

『よし、解散解散』

『いやー、俺ずっと便所行きたかったんだよ』

『俺も俺も』

やや年輩のコボルドが締めに入り、他の者たちもそれに同意する。

こうして、ガイウスはフォグと共に街へ買い出しに向かうことに決まったのであった。

＊

『おかーさんだけずっこいー！　ぼくもいきたーいー！』

『おばさまずるいです！』

こんな時だけ連携し抗議の横転運動を繰り広げる子らを尻目に、フォグは旅支度をしていた。

『遊びじゃないんだよ！　村の仕事で行くんだから！』

『『ずーるーいー！』』

ごろごろごろ。

「はっはっは。お土産を買ってくるから、楽しみに待っていなさい」

『え？　おじちゃんホント？　やったー！』

勢いよく飛び起きたフラッフとアンバーブロッサムが、尻尾を振って答える。

『さ、今日はもうそろそろ寝て。アタシたちは朝一番で出発するからね』

『『『はーい』』』

ぱんぱん、と拍子を取りながら就寝を促すフォグの声に。二人の子供と一人の中年が、元気よく返事をするのであった。

……翌日村を発《た》った二人だが。森を出るまでの間、魔獣に襲われることもなく。街道までの道のりも、支障はなく。道に乗った後は、危なげなく。

無事、ノースプレイン侯爵領内にある中規模都市、ライボローへと辿り着いたのである。

＊

南方諸国群にも、【大森林】の奥深くを水源とした川が相当数存在する。森の外に出た流れはやがて合流し、より大きな河となって海へ至るのだ。水は生物が、人が生きていくために。そして河川は生活を支えるために必要なものである。自然、都市というものはその流域に発展しやすいものだ。ここも、その例に漏れない。

そもそも名の由来にしても、「川のあるところ」というものが縮み訛《なま》ったものなのだから。

それが、ライボローの街である。

*

「おおおおおおお親方ぁぁぁぁ！」

血相を変えて鍛冶場へ飛び込んできた弟子をぎろりと睨むと。「親方」と呼ばれた白髪交じりの男は、呆れたように口を開いた。

「何を慌ててんだオメー」

「きききき、客が来て！　ししし仕事を頼みたいって！」

「……朝っぱらから酔ってるのか？」

親方は嘆かわしげに言い、顧客をここへ案内するよう指示を出す。

「お、俺が連れてくるんですかい!?　勘弁して下さいよ！」

「何言ってんだオメー。来てもらわんと注文内容聞けねえだろうが。いつものことじゃねーか」

今回もどうせ、鋤や鍬、鎌あたりだろう。いや、もしかしたら蹄鉄《ていてつ》か。退屈な、退屈な仕事だ。そう親方は思った。やはり鍛冶師を志したからには、剣槍の類を鍛えたい。鍛冶屋は武器を作ってこそだと。いささか偏った思考の彼は、ずっと、ずうっと、そう考えていたのである。

だが五年戦争が終わってもう十五年。武具に対する需要は大幅に減って久しい。ノースプレイン侯爵であるジガン家の家督争いで長女と次男が対立しているという話だが、まだそれは実際の衝突には至っていないし、そうでなければお抱えでもないこの工房には関係のない話だ。

領内の開拓村は近年、治世の綻びもあり、相次いで廃村に追い込まれている。魔獣を相手にする開拓戦士からの注文も絶えた。今でも冒険者たちから武器を求められることはあるが、たまのこと。彼の心を満たす仕事は、まるで足りていなかったのである。

「で、でも」

まだ、弟子は渋っている。

「でもも、しかしもねえよ！　いいから連れて来……」

そう口にした時、一人の男が鍛冶場の入り口に現れた。弟子は脱兎《だっと》のごとく裏口から逃げていく。そしてこの瞬間、親方は弟子がこれほど怯えていた理由を悟ったのである。

身の丈七尺はあろう、筋骨隆々たる巨軀。顔には幾つもの戦傷。左頰には禍々しげな入れ墨。その厳つい顔の双眸《そうぼう》から、心臓を射貫くかのような鋭い視線をこちらへ向けている。

この男こそが、弟子の言っていた「客人」なのだ。

「突然の訪問、申し訳ない。貴殿がここの主人か」

客人は、ゆっくりとそう告げた。

「あ、ああ」

親方が気圧《けお》され気味に応じる。だがその裏で彼の心は、雷に打たれたような衝撃を受けていた。

（只者《ただもの》じゃねえ！）

ごくりと、親方が唾を飲み込む。

（犬なんか抱きかかえたりして、物腰を柔らかく見せかけようとしているが、俺には分かるぜ！臭いがプンプンする！　こいつは人を殺すために生まれてきた男、生粋の殺人鬼だ！）

「仕事を頼みたい。出来合いの物ではなく、誂《あつら》えで、だ」

おほぅ！　という声が漏れ、親方の顔に喜色が浮かぶ。

「何が欲しいんだ⁉　剣か？　剣だな？　ロングソードか？　ファルシオンか？　ハハッ！　アンタの図体《ずうたい》なら、クレイモアでも片手剣みたいなもんだよな！」

「いや、剣ではない」

「じゃあ、長物か！　槍だな？　パイクか？　グレイブ？　ハルバードも使いこなせそうだな！」

再び客人が、頭を振る。

「斧だ」

おぉ、と親方は大げさな感嘆の仕草をする。

「斧、斧だな。その体格なら、確かにぴったりだ。アンタが振り下ろした斧は、相手の盾ごと容易《たやす》く叩き割るだろう……で、何がいい？　バトルアックス？　クレッセントアックスか？　バーデッシュ？　それとも……処刑斧かな？」

「いや、樵《きこり》の斧だ。ただし、私の身体に合わせて厚く重くしたものを」

「樵……木を切るってえのかい？」

「そうだ」

しばしの沈黙。それを打ち破って言葉を発したのは、親方のほうであった。

「へへ、『木を切る』ってことにしておかなきゃいけねえんだな？　もしお上に見つかっても、そう言えるようにする。そんな見た目で作るんだな。いいぜ。いいんだぜ。よーく理解した」

「頼む。あと、他にも作って欲しいものがあるのだ」

「何だ？　メイスか？」

「同じく樵斧を、沢山。二十本程度。ただし子供用の小さいものだ。柄はこちらで作らせる」

「子供が斧だって……？　ああ、そうか。『投斧《なげおの》』か」

「樵斧だ」

　客人が、念押しするように言う。

「はは、すまねえ。分かってるよ、『樵斧』だな」

「後は、鍬二十、鎌十、金槌《かなづち》十。どれも同様に小さいものを」

「成る程、生活用品に偽装するのか。アンタ、手慣れてるな」

「何も偽るものなど、ない」

　ぎろり、と客人から睨まれた。

「止めてくれ、おっかねえ。大丈夫だよ。承知してるよ」

「予算には余裕があると思うのだが。金額は、どのくらいになる」

　客人は懐に手を入れると、じゃらり、と音のする革袋を取り出してテーブルの上に置いた。袋は倒れ、中に詰まっていた金貨がこぼれ出る。

（ポンとこの金を出すなんて……やはり真っ当な男じゃあ、ねえな）

　親方が必要な枚数をそこから取ると。

「追加で費用が必要な場合は、改めて言ってくれ」

　客人が申し出た。だが親方はへへ、と軽く笑い。手を左右に振る。

「大丈夫、口止め料分は上乗せさせてもらっているからな」

「そうか。申し遅れたが、私の名はガイウス。町外れの宿に二日ほど宿泊しているので、出来上がったら届けて欲しいのだが。大丈夫かな」

どうせ偽名だろう、と思う親方であったが。そんなことは追及しない。するつもりもない。

「今は急ぎの仕事も入っていないし、いけるさ。うちはこれでも街一番の工房なんだぜ」

「頼もしい。では、お願いするとしよう」

そう言って一礼すると、ガイウスと名乗った男は立ち去っていった。

……彼が鍛冶場を出た直後。

「口止め料って特注費の業界用語なのかな？」

『アタシが知るわけ無いだろ』

と話す声が壁向こうからしていたのだが。

「やっぱり、鍛冶屋は人斬り包丁作ってナンボだよなあ……」

うっとりとした顔で一人頷く親方の耳には。まったく届いては、いなかったのである。

*

『まだ気にしてんのかい』

荷物を積んでの帰路。ガイウスたちは、街道沿いに馬車を進めていた。幌馬車の中には、鍛冶屋に作らせたり市場で買った道具や、農作物の苗や種が積み込まれている。

フォグはそういった荷物に背を預けながら、隙間に足を伸ばしていた。

『いいじゃないのさ。子供たちに泣かれたり、女の子が気絶したくらい、なんだって言うのさ』

「……街の警備兵《ガード》も呼ばれた」

御者席で手綱を握りながら、ぼそりとこぼす。

「最近はコボルド村にいたので、こういうのは……悪い意味で新鮮だ」

『ふーん、ヒューマンの顔なんてよく分からないけど、アンタ、よっぽどひどい顔してんのかね？』

その言葉でさらに肩を落としたガイウスであったが。しばらくして振り返り、フォグに問うた。

「それより、私の提案に付き合わせて街に連れてきたが、大丈夫だったか」

直接の犯人ではないが、ヒューマンという種族は彼女の夫や友人の仇《かたき》である。その巣とも言える場所に連れてきたことを、ガイウスは気にしていたのだ。

『そら正直言や、いい気分じゃないね。でもヒューマンが沢山いるところに行ってみたら、やっぱりそれぞれ違うんだよ、魂の匂いが。ま、全部が全部村を襲った連中と同じじってわけじゃあないさ』

「そうか」

ヒューマンが同族で殺し合う、一枚岩では無い種族だということも既にフォグは理解していた。

『まああれだけいれば、臭い奴も結構いて……ガイウス、ちょっと待った』

ガイウスはマイリー号に減速を命じ、急に身体を起こしたフォグの方を振り返る。彼女の耳はピン、と立ち、険しい表情をして何かを探っている様子だった。

「どうした、フォグ」

『怒鳴り声と呻き。あと、血の匂いもする。左の方』

停止した馬車から降り、フォグが告げた方角を見やるガイウス。

目を凝らすと。街道から外れた林の手前に、数名の集団がたむろしているのが確認できた。

「ただ集まっているのでは、ないな」

そう判断したのは、単純な理由である。集団は武装し、何かを取り囲んで足蹴にしているからだ。

「……物盗《ものと》りか」

衛兵のいる都や街、相互監視や自警団のある村と違い、野に人の目はない。それに乗じて盗みや殺人を行う者がいるのが、現実だ。そのため領主や王侯というものは街道を整え警備し、往来の安全を図る。街道の治安はいわば統治のバロメータであり、見栄《みえ》と名誉のために諸侯が競うほどの事柄なのだ。その街道、しかも街から然程《さほど》離れぬ場所で白昼堂々と。不逞《ふてい》の輩《やから》が徒党を組み「仕事」に励んでいるというのは、ノースプレイン侯爵領の統治が綻んでいる証《あかし》であった。

『ヒューマンってホント、ああいうの好きだねえ。で、どうすんだい？』

「見過ごせん。すまぬが、少し待っていてくれるか……ん？　どうしたフォグ」

フォグは荷台から御者席に身を乗り出し。肘をついたまま、クスリと笑う。

『んふふー、アンタのそういうトコ、嫌いじゃないよ』

「ん？　そうかね？」

ガイウスは首を傾げると、街で買った箒《ほうき》を手に取り、のしのしと駆け出していくのであった。

＊

「おぉぅい、そこの君たち」

獲物を囲み、いたぶっていた男たちは、突如としてかけられた声に振り返った。

見れば、男が一人駆け寄ってくる。掲げて左右に振っているのは、武器ではなく箒のようだ。

「どこの馬鹿だ」

頬に火傷《やけど》跡のある中年男が吐き捨てる。彼はこの物盗り集団の年長者であり、頭目であった。

物盗りと言えば柔らかめに聞こえるが、街の外では強盗もする。必要に迫られれば人殺しもやるし、実際、そうしてきた。目下彼らは強盗中であり、そして証拠隠滅のために必要な措置を施そうとしていたところである。そこへのこのことやってくるのだから、随分と間の抜けた話だ。

「物狂いですかね、ありゃ」

隻眼の男が、頭目に問いとも言えぬような言葉を投げる。確かに領内の現状を理解していれば、正気の者は路傍の剣呑《けんのん》に関わろうとは思わないだろう。

「さあな。何にせよ現場を見られたのは面倒だ。まとめて始末するぞ」

半殺しにした獲物は放置し。六人の盗賊たちは迫ってくる男へと向き直り、剣を構えた。

「もし本当に狂人なら暴れられると厄介だ。囲んで一気に胴を突……」

頭目は目に埃《ほこり》でも入ったかのように瞬きを繰り返し、目を細める。距離感が、おかしい。

「ヒューマンなんですかね、えらい大男ですが……身体つきも……」

「それにあの顔を見ろよ……まともじゃねえぞ」

ざわつく手下たちに、頭目が舌打ちする。

「ビビるんじゃねえ！　多少ガタイが良いからって何だ。相手は丸腰同然だぞ？　いいから殺せ」

気を取り直し「応」と返答した手下たちは。男へ走り寄ると、素早く取り囲んだ。

「よし掛かれ！」

号令と共に盗賊が一斉に突きかかり。哀れ、大男は五本の剣で串刺しに……はならなかった。彼は囲んだ五名が調子を合わせて突くより素早く踏み込んで刃を躱すと、手に持っていた箒の柄で目前の者、その喉を突き倒したのだ。

そして四名が体勢を立て直すより早く、隣の者の首を後ろから打ち据え、その意識を絶つ。

残る三名がすんでのところで同士討ちを回避しながら向き直した時。既に大男は箒を肩に担いで、声をかける機会を待っている状態であった。

「あー、念のため尋ねるが。君たちは盗賊、ということで合っているかな？」

「怯《ひる》むな！　続けろ！」

質問を遮り、頭目が命じる。瞬く間に二人を打ち倒した相手の力量を、手下たちが理解し臆する前に決着を急《せ》いたのだ。幸い今の位置関係ならば、大男は頭目と手下に挟まれる形になる。

（大丈夫だ、今ならまだ、やれる）

そう考えた頭目が踏み出した瞬間。目標は素早く屈《かが》み込《こ》むと、先程彼に打倒され気を失っている者の足首を左手で無造作に掴み上げ、まるで洗濯物の水気でも切るかのごとく振り回したのだ。

残った手下三名は横一閃《いっせん》で薙《な》ぎ倒《たお》され。そのまま気絶者を投げ捨てた大男が、頭目へと向き直る。

逃走に移るために急停止した彼が、気を失う直前に見たものは。

自らの鳩尾《みぞおち》を抉《えぐ》りに来た、箒の柄であった。

＊

気を失った者、悶《もだ》える者。行動不能の盗賊たちを尻目に、ガイウスは彼らが囲んでいた場所へ歩く。予想通り、そこには彼らの「獲物」があぐらをかいて座り込んでいた。

盗賊たちから手ひどいもてなしを受けたらしく。その顔はひどく腫れ上がり、ところどころから血を流していたが、意識ははっきりとしているようだ。どうやら最悪の事態は避けられた様子である。

旅装姿の小柄な、いや、小さな男だ。おそらく立ち上がっても、その背丈は子供ほどしかないだろう。その割にはがっちりとした肩幅だが、半面足は短く、ずんぐりむっくりとした印象を受ける。

「君、大丈夫かね」

「すげーな！　圧倒的じゃねーか！　しかも箒でかよ！」

声をかけたガイウスに、男は興奮した様子で答えた。ひどく腫れた顔からは分からなかったが、声が若い。どうもまだ少年のようだ。彼はそのまま、まくし立てるように言葉を続ける。

「ありがとなオッサン！　俺はグレートアンヴィルの戦士ドワスケの息子、ドワーフのドワエモン！　そしてゆくゆくは大勇者として名を馳せ、酒池肉林の大ハーレムを作り上げる男だ！」

……ドワーフ。【大森林】の中心にそびえるグレートアンヴィル山、そこに住まうと言われる屈強な種族。ドワーフ自体の人口が少ないこともあり、南方諸国群ではまず見かけぬ者たちである。

だがそれでも【世界の守護者】【生粋戦士】【特殊文化の信奉者】等の表現で、イグリス王国でも存在は広く知られていた。他所から伝わる英雄譚《たん》の大半には、どこかに彼らが登場するからだ。

ドワーフとは。いわば、伝説に最も近い種族なのであった。

「ドワーフには初めてお目にかかった。珍しい。南方諸国群はヒューマンばかりなものでな」

「そういうオッサンもトロルの混血だろ。四分の一くらいか？」

「おや。分かるのかね」

一発で見抜かれたことに、ガイウスはやや驚く。

「グレートアンヴィルには色んな種族が集まってるからな。すぐ分かるさ。商店街の八百屋の嫁さんがトロルだったたし、ウチの三軒隣の奥さんもトロルだったんだ。こう、筋肉質で引き締まってるのにオッパイはバイーンとしてて、たまらんよな！　トロルのねーちゃんってさ！」

「うーん？　そうかもしれんな」

生前の母親をおぼろげに思い出しながら、頷く。が、すぐに気を取り直し。

「ああ、申し遅れた。私はガイウスという。買い出しの帰りに偶然通りがかった者だ」

「ありがとよガイウス！　いやー、南方は治安悪いって聞いてたけど、予想よりひどかったわー」

「特にここ、ノースプレインは政情不安だからな。子供が一人旅をしていい場所ではない」

「俺はもうじき十五だぜ、ガキ扱いしないでくれ」

これは失礼をした、と苦笑いするガイウス。

「それよりもドワ……エモン？　大分手ひどくやられたようだが、傷の手当てをしないか」

抵抗し一層の暴行を受けたのだろう。顔は腫れ上がり、粗い岩のようだ。骨折も危ぶまれる。

「大丈夫大丈夫。こんなの唾つけときゃ治るから。家から持ち出した治癒の魔法薬、残り少ないし。知ってるかいオッサン、ドワーフは首を落とされでもしなきゃ、そう簡単には死なないんだぜ？　首だってすぐ合わせりゃくっつくって話だ。ま、試したことないけどな！」

ふんぞり返るように。自慢とも冗談とも分からぬことを口にする。

「なあ。ところでオッサン、あの強盗たちはどうするんだ？」

「縛ってから街に戻ってガードに突き出す。君も一緒に、街まで送っていこう」

「オッサンはその後どうすんの」

「村に戻るが」

差し伸べられた手を摑んで立ち上がったドワエモンは、顎に手を当てて少し考えていたが。

「……なあ、オッサン。オッサンの村って、美人の娘はいるのかい？」

神妙な顔をして、ガイウスに尋ねる。するとガイウスは、ぱぁっ、と表情を明るくして、

「いるぞ！　美人もいるし、何より可愛い子が多い！　しかも皆親切で、優しくてな！　私も毎日が楽しくて楽しくて、仕方がないのだ。はははははは」

嬉しそうに、語った。

「そうか。そうか、そうなのかー。うんうん」

「うむ。そうなのだ」

「なあオッサン。俺もその村に寄ってもいいかな？」

「どうだろうな。私も村では新参でね。同行者に尋ねてみ……」

『ガイウス！　何か来るよ！　道沿い！』

馬車から声が上がる。フォグが何らかの気配を察したのだ。彼女が伝えてきた方角をガイウスが見ると、街道沿いに三体ほどの騎馬が迫ってくるのが確認できた。

「フォグはそのまま隠れていてくれ」

『分かった！　気を付けるんだよ！』

「え？　何？　また山賊か何か？」

腫れた瞼で目がよく開かないドワエモンは、指で広げるようにしてその方角を見ている。

ガイウスも同様に注視していたが、やがて警戒を解くよう息をつき。肩の力を抜いた。

「いや、あれは賊ではない……騎士だな」

＊

「私はワイアット。ノースプレイン侯ジガン家当主ケイリーの騎士であり、ライボロー冒険者ギルドの管理者を務めている」

三名の騎士の中で最も役職が高いと思われるその男は、そう名乗った。身の丈は六尺（約一・八メートル）と少し。精悍《せいかん》な顔つきをした、立派な体格の騎士だ。歳は、ガイウスよりやや下といったところか。

鎧の胸についた、籠手《こて》をモチーフとした紋章にガイウスは見覚えがあった。ジガン家の紋章で間違いはない。紋章の無断使用は死刑もありえる重罪だ。また、身なりと様子からしても、彼の言に偽りはないだろう。

そんなワイアットへ向け、ガイウスは跪《ひざまず》いたまま口を開く。

「私はガイウスと申します。この度はライボローへの買い出しの帰り、たまたま賊を取り押さえまして。これから街へ戻りガードに引き渡そうと思っていたところです」

ガイウスの背後では、ドワエモンが縛り上げた強盗たちが並んで座らされていた。

「たしかあの、頬に火傷痕のある男……手配書が出ていたかと。容疑は殺人と強盗です」

傍らに控えていた若い騎士が耳打ちする。ワイアットは頷きながらそれを聞いたうえで問う。

「お前一人で、六人も取り押さえたのか」

「多少、武術の心得がありましたもので」

「顔の傷跡は、戦傷か？」

「そうでないものもありますが、大方はそうです」

「五年戦争には？」

「イグリス王の軍に、従軍しておりました」

「私は今と同じだ。もっともあのころは一兵卒だったがな。スネーク・ブッシュの戦いには？」

「はい。参加しておりました」

「ははは、そうか！　いやあ、何だか懐かしいな」

ワイアットは機嫌良さげに笑う。

「ガイウスよ、ご苦労であった。それでは共に街へと向かおうか。報酬も出るぞ」

「いえ、ギルド長殿。私は買い出しの途中故、このまま村へ帰りたいと存じます。そのため、大変厚かましいのですが……この賊どもの身柄を、引き受けていただけると助かるのです」

「それは構わぬが、報酬の受け取りはどうするのだ」

「荷物もありますので、村に帰るのを優先したく。謹んで辞退させていただきます」

「無欲だな。相分かった。引き受けよう」

「ありがたく存じます。では、私どもはこれで」

ガイウスは片膝をついたまま、さらに頭を下げ謝意を示した後、ドワエモンを伴い歩き始める。

「オッサン、褒美はいらねーの?」

「いらんいらん。苗も積んでいるし、早く村に戻りたいのだ」

と、やりとりしながら歩く二人の後ろ姿を見送るワイアットであったが。

「ガイウスか……」

呟くように口にした後、一瞬目を見開き。慌てた様でガイウスの背中へと声をかけてきた。

「待たれよ! おま……いや、貴殿は、ガイウス=ベルダラス男爵ではありませぬか⁉」

呼び止められたガイウスが、ゆっくりと振り返る。

「思い出しましたよ! その左頰の模様! 【イグリスの黒薔薇】、【五十人斬り】、【味方殺……」

ワイアットはそこまで言いかけて口ごもり、咳払いをしてから言葉を続けた。

「イグリス王家直属の鉄鎖騎士団《チェインメイルズ》団長、ベルダラス男爵でありましょう⁉」

ガイウスは「あー」と、きまりが悪そうにこめかみを掻いた後。

「確かに私はガイウス=ベルダラスと申します。そんな渾名《あだな》の時期もありました。ですが……」

「おお、やはり!」

興奮した様子で、ワイアットが駆け寄ってきた。鼻息は荒く、目も心なしか輝いているようだ。

彼の部下とおぼしき二人の若い騎士は、その様子を困惑した顔で見ている。

「こんなところでお会いできるとは、光栄です、ベルダラス卿!」

「お止め下さい。私はもう男爵でも騎士団長でもありません。今はただのベルダラスなのです」

「なんですと?」

「中央での勤めにも疲れまして。とうとう先日職を辞し、爵位もお返しして、故郷へと帰ってきたのですよ。今は貴族でもなんでもありません。無職の平民です」

ははは、と。きまり悪そうに小さく笑いながら後頭部を掻くガイウス。

「馬鹿な⁉　貴方は五年戦争の英雄ではありませんか！」

「私は英雄などではありません。ただ、生き残らせてもらっただけです」

「ですが、歴史あるイグリス王直属の鉄鎖騎士団長の座、そして爵位まで得たのでしょう⁉　『剣に依《よ》って立つ』、これぞまさに武人の本懐！　何も貴族の地位まで捨てずとも！」

ガイウスの話によほど動揺しているらしい。ワイアットは、早口に喋り続けた。

「まあ元々、ああいうのは苦手でしたので」

「そんな」

「というわけで私は今、故郷近くの村にお世話になっているのです。樵や畑仕事なども教わったりしていますが、何分不器用な質《たち》でして。なかなかうまくいかないものですな」

「【イグリスの黒薔薇】が、樵ですと⁉」

「はい。ではギルド長殿。私たちはこれで失礼を。賊の引き取り、感謝致します」

ガイウスは深く頭を下げると。ドワエモンと共に馬車に乗り込み、街道沿いに去っていく。

ワイアットはそれを、愕然《がくぜん》とした表情で見送っていた。

＊

ずっと機会を窺《うかが》っていた若騎士が、「ワイアット様」と呼びかける。振り返った上司は部下にそれまで見せたことのない不機嫌な顔をしており。ぎろり、と睨めつけるように彼らを見た。

「……何だ」

その目に萎縮する部下たちであったが、うち片方が勇気を出して口を開く。

「そろそろ、戻りませんと。この者たちは歩かせねばなりませんし」

一呼吸置いてから頷いた後、ワイアットは賊へ向き直る。

「確か、この者たちの罪状には殺人も含まれていたな」

「はっ、その通りです」

「死罪は免れまい」

「そうかと思われます」

拘束された強盗たちが、諦めの呻きを上げた。

「ならばまあ、ここで始末してしまっても構わんのだろう？」

「首だけのほうが、軽いですしね」

強盗たちからの、絶望の叫び。そんな彼らへワイアットがツカツカと歩み寄り、剣を抜く。

……それは所謂、【魔剣】であった。

刀身自体が薄く虹色の輝きを見せるのは、ミスリルを含んだ魔法合金ならではのもの。熱や冷気を帯びていない様子から、魔法の剣と言うよりは、強化魔術が組み込まれている類なのだろう。

鍔《つば》から刀身にかけては赤い紋様が刻まれており、何らかの呪術的な処置までも施されているのが見て取れた。魔術と呪術を一本に集約した複合魔剣。ミスリル銀の含有量も、通常の魔剣より相当多いはずである。高価で、希少な一振りだ。

ワイアットはそれをもって、賊の首筋にぴたりと刃を当てるが。

「……いや、やめておこう」

予期せぬ中断に、強盗たちが安堵の息を吐く。

「何故です、ワイアット様」

「例の任務に使えるかと思ってな。こいつらなら、足もつきにくい。この手の『人材』を冒険者から見繕うのに、難儀していただろう？」

「ああ、確かに」

部下はそう返答し、同僚と目を合わせ互いに頷いた。

ワイアットは彼らを一瞥した後、屈み込んで賊の頭目と視線を合わせる。

「さて、強盗諸君。君たちにはどちらかを選んでもらおう。このままこの【ソードイーター】の錆《さび》となるか、それとも私に従い、新たな戸籍と金を得て別人として生きるか、だ。強制はしない。好きに選ぶといい。ただし返答は素早くな。私は今、ここ数年で最も機嫌が悪いのだから」

＊

『ほら、動くんじゃないよ、えーと、ド……モン？』

馬車の荷台。白いコボルドが、ドワーフの少年に手当てを施している。当初治療は要らないと言っていたドワエモンであったが。フォグの迫力に押され、今では大人しく従っていた。

「あだだだだ！　オバサン、もっと優しくしてくれよ！」

『ああん？　誰がオバサンだい！　えーと、ド、ドラエ……？』

「そんなに言いづらいなら、エモンでいいよ、いててて」

『ほら、この薬塗って終わりだからじっとしてな！　仕方のない子だねえ』

フォグは、どうにもエモンのような少年が放っておけないらしい。丁寧に手当てを施していたが……既にその腫れは引き始めているようにも見えた。錯覚でなければ、とんでもない再生力である。ドワーフは首を斬ってもくっつくという彼の話も、あながち冗談ではないのかもしれない。

「そういえばオッサン、貴族だったのか？　俺は坊さんだと思ってたよ」

荷台から御者席へ身を乗り出し、エモンがガイウスに話しかける。

「おや、どうしてそう思ったのかね」

「そのほっぺた、入れ墨じゃなくて呪印だろ？　どこの地方でも坊さんがよく入れてる、去勢魔法の術式。でもそれ、暴発してるよな？」

「その通りだが、随分と詳しいな」

「上から五番目のねーちゃんが呪印師やってるんだよ。昔はよく尻を練習台にされたぜ……あの鬼め。呪印って、しくじると線が弾けてグッチャグチャになるんだよな。しかも解呪が難しくなったりして……落書きみたいだ、って学校で笑われたもんさ」

「私も呪印師がヤブだったらしくてな。おかげで今も【薔薇】などとからかわれて、困っている」

後頭部を掻きながら、はははと笑うガイウス。

「……しかしオッサンが男爵様だったとはねー。全然貴族っぽくないよな！　さっきの騎士のほうが、よほど貫禄《かんろく》があったぜ？」

「ああ、あの冒険者ギルド長か」

あの騎士、ワイアットは姓を名乗らなかった。名乗らなかったのではなく、無いのだろう。姓のある平民はいても、無い貴族は存在しない。それは、彼が平民出であることの証左であった。

騎士学校の無い地方領では、騎士への取り立ては通常、貴族の縁故による。もしくは、よほど実力を認められた者を取り上げるか。おそらく、ワイアットは後者なのだ。

「……あれは、貴族というより武人としての貫禄だな。しかも相当な使い手だぞ」

「そんなの分かるの？」

「立ち方と歩き方で、大体な。後はまあ、勘だ」

ほーん、と。分かったような分からぬような相槌を打つエモンであったが。

「ま、貴族とか王族とかどーでもいいわな！　うちのカーチャンだって、北方《ほっぽう》のお姫様だったんだぜ？　でも今じゃただの太ったオバンよ」

そういって、けらけらと笑った。

『アンタがお姫様の息子〜？　嘘《うそ》くさいねえ』

片付けを終えたフォグも、御者席に寄ってくる。

「本当だぞ？　ドワーフウソツカナイ」

『アンタが言うと、既にそれが嘘くさい』

「ひでえー」

ガイウスは笑みを浮かべながら、そんなやりとりを心地よさげに聞いているのであった。

第四章　追いかけてきた者たち

公安院に所属する騎士ダークは、三ヵ月ぶりに王都イーグルスクロウに戻ってきていた。

随分と久しぶりになってしまったのは、王領《ミッドランド》の南にある港湾都市で、密輸案件の身分秘匿捜査に加わっていたからである。

「東方諸国群を経由して、ドワーフの秘宝を密輸入しようとしている商人がいる」との密告に基づいて数ヵ月に及ぶ潜入捜査を行った末、押収された物は。ドワーフが作った大量の卑猥《ひわい》な像や、多様な性癖で描かれたいやらしい書籍群であった。ある意味秘宝だが禁制品ではない。

どうやらガセ情報を流したのはライバルの輸入商だったらしく、怒り狂った現地の公安支局員が今頃は物理的に犯人を締め上げていることだろう。

潜入捜査中は当然、知り合いと連絡を取ることなどできない。だからダークは、その間にガイウスが役宅を引き払い、王都を離れていたなど。まったく知る由も無かったのだ。

＊

ガイウス宅とは違う役宅の玄関。

「おお、久しぶりだな」

そう言ってダークを迎えたのは、ガイウスの先輩騎士であるウィリアム＝キッドだ。彼は騎士学校でガイウスの二年上級であり、鉄鎖騎士団《チェインメイルズ》で五年戦争を共に戦った人物だが、戦後は国土院で机仕事を続けていた。時期こそ重ならないが、ダークにとっても鉄鎖騎士団の大先輩と言える。

下級とは言え貴族らしからぬ気さくさを持つ人物で、親しい者からはフルネームを縮め「ビルキッド」と呼ばれている。ガイウス宅に居候していたダークもまた、懇意にしてもらって長い。

そのビルキッドの横にちょこん、と立つ可愛らしい少女は、キッド家の長女であるニース嬢だ。

「ビルキッド殿、ご無沙汰しております。ニース嬢も相変わらず可憐《かれん》でありますなぁ」

ケケケと笑いながらニースの頭を撫でるダーク。少女は嬉しそうに掌へ頭を預けている。

「ガイウスのことだろう？」

「いかにも。あのオッサンは一体どこへ行ったのでありますか？」

「あいつなー、騎士辞めて爵位も返しちまったんだよ」

「あー、それで役宅を出ていったのですな」

頷くダークの顔には、「やはり」と言わんばかりの苦い表情が浮かんでいた。

先々王の娘たるルーラ姫の警護役を務め、先王からも信任が厚かったガイウスは、現王の周囲を固める宰相派からずっと疎まれていたのだ。主だった部下は他へ異動させられ、逆に監視役ばかりが増やされていった。いつかはこう追い込まれるとダークは予想していたのである。

「……分かってはいましたが、限界が来たのですなあ。あの人、政治できませんからな」

「まあ、あの宰相相手じゃどうしようもない。やっこさん、お前さんにも何度か連絡を試みていたが、全部公安院で止められてて駄目だったみたいだぞ」

「内偵中は無理ですな……それで、ガイウス殿はどこに引っ越したのでありますか？」

「ああ、そのことについては手紙を預かっている」

ビルキッドから手紙を手渡されるダーク。

「はあ、手紙ですか……うっわー、相変わらず汚い字であります」

眉をひそめながら便箋に目を通すと。

《ダークへ

騎士辞めたので田舎に帰る。

また連絡する。

ガイウスより》

「えふっ」という変な咳《せき》と共に、ダークの鼻から水っぱなが盛大に垂れる。

それほどに動揺した様をビルキッドはあまり見たことが無かったらしく。「おいおい大丈夫かお前」と心配そうに声をかけてきた。

ニース嬢は慌てて背伸びをしながら、ダークの鼻水を手拭き布で拭おうとする。良い子だ。

「……重大事項が簡潔を通り越して適当に書かれている……」

腰を屈め、少女に鼻水を拭ってもらいながらダークは溜息をつくが。すぐに立ち上がり。

「さて、こうしてはいられないでありますな」

後頭部を掻きながら、面倒臭そうに呟いた。

「何だ、まさか追いかけるのか」

「当然であります」

「おいおい。そんなことしても、ガイウスの奴は喜ばんぞ？　お前もいい加減、親離れしたらどうだ。それにお前、子供のころからの夢が叶って、騎士学校を出てやっと騎士になったんだろ」

ビルキッドが腕を組み、苦言を呈する。

「あー、そのことでありますか」

「ああ」

「あれ、嘘であります」

「んふっ」という咳とともに鼻水を出したのは、今度はビルキッドのほうであった。

ニースはそれに対し一瞥すらしない。思春期の少女は、父親には冷たいのだ。

「嘘ってお前」

「騎士なんて、どーでもいいのですよ。正直面倒臭いだけであります。ケケケ」

「えぇぇ……」

「さあて、と。あっちのほうが面白そうなんで、とっとと騎士なんか辞めてくるであります」

「仮にもお前は今、公安院所属なんだぞ？　そう簡単に辞めさせてくれないだろ」

「大丈夫大丈夫。適当に誤魔化します故。自分、嘘は得意でありますから」

ダークはそう言ってケケケと蛙《かえる》のように笑い。

「では、自分はこれにて！　落ち着き先が決まったら、また連絡するでありますから！」

勢いよく拳を胸に当て、敬礼姿勢を取ったかと思うと。あっという間に駆け去ってしまった。

呆然《ぼうぜん》とするビルキッドの脇で、ニースは応援するように手を振っている。

……公安院に辞表が提出されたのはその直後だ。当然、受理などされなかった。

だがダークはそんなことはお構いなしに、その日の内に王都を出奔してしまったのである。

*

「よくも、騙《だま》してくれたなぁァァ！」

涙を流さんばかりのその悲しげな声に驚いた鳥たちが、森の木々から飛び立っていく。

コボルド村の広場。地に手をつき絶叫するドワーフ少年を、村人が心配そうに見守っている。

「どうした、エモン」

声をかけたのは、到着した途端に大量の子供たちに蹂躙され、這いずる毛玉と化したガイウスだ。

「どうした、じゃねーよ！　何が『美人、可愛い子が多い』だよ！　嘘ついてんじゃねーよ！」

「いや、別に嘘などついておらんが。ほらこの子たちも可愛いし、あそこの娘さんも美人だろう？」

「犬じゃねーかああああ！」

「コボルドだよ？　そんなこと言うと噛《か》まれるぞ」

「バッキャロー！　娘さんっていうのはな、もっとこうあれだ！　ヒューマンとかオーガとかトロルとかそーいうのを言うんだよ！　チクショー！　素朴で純真な田舎娘と夜這《よば》いの風習のある村で

『こういうの怖かったんだけど、貴方とならとか言われていやらしい流れになったり、年上のお姉さんが少年の筆おろしをするシキタリがある村でいやらしい交流をしたり、外部の血を取り入れるという名目で綺麗所《きれいどころ》からいやらしい歓待を受ける展開を期待していたのに！　くそお！」

膝をつき、叫びながら地面を拳で殴りつけるエモン。話の内容さえ聞いていなければ、青少年が無念の嘆きを漏らす悲痛な光景に映ったことであろう。

「はっはっは。若者は想像力が豊かでよろしい」

「よくねええぐぼあ⁉」

エモンの絶叫を断ったのは、フォグによる後頭部への平手打ちだ。

『荷物降ろすの手伝いな！　泊めたげるんだからその分働いてもらうよ！　ほれ、ガイウスも！』

「すまぬすまぬ。ほら、子供たち。降りて降りて」

「おお痛え、分かったよ」

後ろ頭を擦りながらエモンが返事をした。先日は顔面骨折まで疑われるような重傷であった彼だが、今ではその形跡すら無い。恐るべきはドワーフの生命力である。

『夕飯の支度はこれを片付けてからだよ、腹が鳴る前に終わらせるからね』

「「はーい」」

息を合わせたように答えた二人は、早速行動を開始する。

エモンの絶叫劇を見守っていたコボルドたちも、笑いながらそれを手伝い始めるのであった。

＊

『嫁探しの旅だって？』

「そうさ。俺たちドワーフの男は適当な時期が来るとグレートアンヴィル山から出て、運命の相手を見つける旅に出るんだ」

「ほほう。なかなか情緒があるな」

『へえ。いいじゃない、そういうの』

夕時。囲炉裏を囲んで、家長のフォグ、息子のフラッフ、姪のブロッサム、客人のガイウスとエモンが食事をとっていた。

今日の夕食はコボルド式ごった煮。所謂【コボ汁】である。内容はお察しの通り、ありあわせの野菜や肉などにコボルド伝統の発酵調味料を加え、一緒くたに煮込んだものだ。コボルド族の一般的な家庭料理であるが、その手軽さから、主婦が忙しい時の定番メニューとされている。

買い出し品の分配と整理に時間をとられたため、フォグはこの献立を選んでいたのであった。

「だろー？　俺も早く美人で優しい嫁さんを見つけて、爛《ただ》れた生活を送りたいんだ！」

『……台無しだよアンタ』

『タダレタセイカツ？　よくわからないけどエモンにーちゃんすげー！　カッコイイ！』

『フラッフ、たぶんカッコよくないからねこれ』

白い子コボルドは従姉弟《いとこ》に窘《たしな》められるも、首を傾げるだけであった。

「でも、俺たちドワーフみたいな不細工、普通にやってたら嫁なんか見つからないからさ！　こう、冒険の旅で何かすごいことをして有名になったり、戦で武勲を立ててモテる必要があるわけよ」

『不純すぎやしないかい』

「少々武勲なんぞ立てたところで、女性からはまったく相手にされんぞ？　私が良い例だ」

「確かに、不細工仲間のオッサンが言うと説得力あるな」

苦笑いしながら「まあな」と返すガイウス。

「だからよー、俺はノンビリしているわけにはいかねーんだ。きっと旅の先には、美人で巨乳のお姫様や女将軍、女騎士、女軍師、女戦士、尼さん、踊り子さんとの心と股間の温まる淫蕩《いんとう》な出会いが待っているはずだからな！　色々世話になったが、明日にでも西方へ出発するつもりだ」

『えー、エモンにーちゃんいっちゃうの？　もっとあそんでよ！』

「すまねえなフラッフ。だが、俺にはヤらなきゃいけねえことが沢山あるんだよ」

『そんなー』

フォグとガイウスはそんなやりとりを聞き、顔を見合わせると。

互いに『「ふふふ」』と微笑むのであった。

＊

数日後。

『エモンにーちゃん、あそぼーよ！』

『あそびましょう』

千切れんばかりに尻尾を振ったフラッフと、ブロッサムがエモンに声をかけていた。

「おういいぜ！　今日は何して遊んでやろうか？」

『もりのてまえに、でっかい、ウンコがあった。たぶんアレ、いっかくイノシシのウンコ』

鼻水を垂らしながらぼつぼつと喋るのは、フラッフの一番の友達フィッシュボーンだ。

『だから、いまからつっつきにいこうよ！　ウンコ！』

「いかねーよ！　なんでだよ！」

『『えー』』

「分かった分かった。代わりに【おばあちゃん歩き】って遊び教えてやるから、ウンコはナシな」

『なにそれおもしろそう！　おしえて！　おしえて！』

「おう、まずな、鬼が木に顔を向けている間に他の奴が……」

まとわりつく子供たちの頭を撫でながら、エモンが玄関へ向かう。

結局あれからも、彼は村に留まっていた。理由は分からないが、どうも子供たちから非常に好かれる質らしく。近所の子供たちにもドワーフの遊びなどを教えて、懐かれているようだ。

『暗くなる前に戻ってくるんだよ』

フォグの声に、はーいと返事をしつつ、家を後にするエモンたち。暇を持て余していた近所の子供たちがそれを見つけ、ぞろぞろと付いていく。臨時の子守役といった体であろうか。

＊

広場の木で【おばあちゃん歩き】に一行が興じていると、何やら少し離れたところが騒がしい。

『なんだろ？』

『なんだろーね？』

興味の対象が移った子供たちが、幼児特有の喚声を上げながら四足で走っていく。

遅れて現場に着いたエモンが見たのは、狩りから帰ってきた大人たちのグループであった。彼らは寄ってきた村人たちと一緒に、輪を作って何かを囲んでいる。

「何か珍しいものでも捕れたのか？」

『お、フォグの客人か。いや、罠に掛かっていたんで捕まえたんだが、どうしたものかとな』

応じてくれたのは、狩りグループの若者である。

「へー、どれどれ」

エモンが興味深げに覗き込むと、そこにはロープでぐるぐる巻きに縛られ、唸りながらのたうち回る「獲物」の姿があった。

体長はエモンより少し大きいくらいだろうか。赤い毛、長く尖った耳。牙の有無は分からないが、肌はまるで少女のようであり……というより、これは少女そのものだ。

「ええい！ 私はサーシャリア＝デナン！ 痩せても枯れても武門デナン家の出、元イグリス鉄鎖騎士団員！ 獣人どもの辱めなど受けけん！ 殺せ！」

『え？ 殺すの？』

サーシャリアと名乗った少女の言葉を受けて、狩りメンバーの一人が思わず口にする。

「ぎゃー！ 来るなー！ 私なんか食べても美味《おい》しくないわよ!? てか何かしたら噛むわよ？ 噛むからね？ 私噛んだらすごいんだからね!?」

陸に上がった魚のように前後に反りながら、絶叫する彼女。先程の強がりはどこへやら。整った顔立ちの少女だが、鼻水を垂らして泣き叫んでいるため色々と台無しである。

『う、うん。止める』

その迫力に押されたコボルドが、後ずさりしながら頷いた。周囲の者たちも、どうしたものかと顔を見合わせている。どうやら完全に持て余している様子だ。

エモンはその光景をしばらく見ていたが、一息つくとコボルドたちを掻き分けて歩み寄る。

「エルフの子供じゃねーか。なんでこんなの連れてきたんだよ」

囚《とら》われの少女……サーシャリアはその姿を見るやいなや、ぱあっと表情を明るくし。

「あ！　ヒト！　ヒトもいるのね!?　良かった！　ああ良かった！　ねえ君、ちょっとこの子たちに、私を食べないように言ってくれない？」

「いや、誰もお前なんか食べないだろ」

「そう？　そうよね!?」

興奮しながらも、彼女はゆっくりと息をつく。

だがそこにやってきたフラッフは、首を傾げながらエモンの裾を引っ張ると、

『ねえエモンにーちゃん。たべないなら、にーちゃんがいってた「イヤラシイ」ことをするの？』

「いーやー!?　このスケベ！　変態！　痴漢！　不細工！　公然猥褻《わいせつ》！　インキンタムシ！　私に指一本でも触れてご覧なさい！　舌を噛《か》み切《き》って死んでやるんだから！」

『え、やっぱり死ぬの？』

先程、サーシャリアの迫力に慄いていたコボルドがまた口を開く。

「ぎーやー！　たすけてだんちょー！」

再度の絶叫。完全に錯乱していて話にならない。

「これだからエルフは嫌いなんだよ……」

溜息をつくエモン。その背後から、ドスドスと重量感のある足音。

「ちょ、ちょっと待ちなさいブロッサム。用を足していたところにいきなりどうしたのだ」

『いいからおじさま！　こっちです！　こっち！』

少年が振り返ると。ズボンの裾を引かれつつ、大男がベルトと着衣を直しながら歩いて来る。

「おーオッサン。いいトコに来たな。何か面倒臭いのが来て困ってるんだよ」

『あのひと、おじさまのおしりあいじゃないですか？　おじさまのにおいがすこしするんです』

横たわったサーシャリアと、ガイウスの視線が合った。

「ぬおぅ⁉　デナン君⁉」

「だ」

ぴょこん、と身体を起こし、尺取り虫のように這いずりながらガイウスへと急接近するサーシャリア。悲鳴を上げて、周囲のコボルドたちが逃げ出す。

「だんちょおおお」

「どうしたのかねデナン君、こんなところへ」

「お会いしとうございましたあああ」

屈み込んだその胸板に、飛び込むように顔を押し付け。眼鏡が、地面の上にぽすんと落ちた。

彼女が泣き止《なや》むまでの間、ガイウスは身動きが取れず。時折肩や背中を撫でてみたりして、サーシャリアが落ち着くのを待つのであった。

手を洗い忘れていたガイウスが青くなるのは、しばらく後のことである。

＊

「私、ベルダラス団長の副官を務めておりました、サーシャリア＝デナンと申します！」

「はっはっは。デナン君は、私が騎士団時代に秘書として色々助けてくれていたのだよ」

フォグ家にて。落ち着きを取り戻したサーシャリアが、ガイウスと並んで自己紹介をする。

家の中にはフォグ一家。入り口からは、村人たちが興味深げに覗き込んでいた。

「子供なのに？」

「あのー、私一応二十三歳なんですけど？　半分エルフだから多少成長が遅いだけですけど？」

疑問を呈したエモンに対し、サーシャリアは頬を膨らませ気味に説明を入れる。

「いや、ハーフって言ったってお前、エルフ、しかもハイエルフのハーフだろ？　耳を見りゃ分かるよ。二十三歳だったら、ヒューマンで言えば十一、二歳くらいじゃないか」

エルフはヒューマンの二倍、ハイエルフは四倍の寿命なので、サーシャリアの成長速度はエルフと同程度になる。個体差や環境によって内面の振れ幅がどちらかの種族に寄ることもあるが、エモンの言うように、本来であれば軍人などさせていい年齢ではないのだ。

「俺のカーチャン、エルフだからな。ハイエルフも近所にいるし」

「ハイエルフ……デナン君は、小柄なだけかと思っていたよ」

ガイウスが驚いたようにサーシャリアを見ると、赤毛の半エルフは慌てて反論を始めた。

「いえ！　団長！　子供ではありません！　私は騎士ですよ？　武人ですよ!?　戦士であり、だから大人なのです！　それ以上でも？　それ以下でもありませんから！」

どうしてもガイウスから子供扱いされたくないらしい。身振り手振りを交えた必死の弁である。

エモンは続けて何か言おうとしたが、彼女から怒気が滲んだ目で睨まれ口ごもってしまった。

『そんな子がはるばるこんなところまで。一体どうしたんだい』

フォグが白湯《さゆ》を入れた器をサーシャリアに勧めながら、問う。

「ほら、私、団長の一番の副官ですから？　お側《そば》でお支えするのは当然かと思いまして！」

「しかしデナン君。私はもうとっくに君の上官ではないのだよ。貴族でも、騎士ですらない」

「あ、それは大丈夫です！　私も騎士を辞めてきましたので！」

何が大丈夫なのかさっぱり分からないが、自信満々に答えるサーシャリア。

「えええええー⁉」

ガイウスはがっくん、と筵に落ちんばかりに顎を開く。

「君は由緒ある武家の名門、デナン家の出身で、騎士学校を次席で卒業し、将来を嘱望されている身ではないか！　それなのに、どうして」

「何をおっしゃいます！　私がお仕えするのは団長のみ！　宰相や現王ではありません！」

ガイウスは何かを言おうとしたが、彼を見上げるサーシャリアの輝く瞳がそれを封じ込めた。

フォグはそんな二人を交互に眺めていたが。すぐにピンと来たらしく、ニヤニヤとした表情になり。入り口にたむろっている女コボルドたちも同様の笑みを浮かべている。

『アタシも若いころを思い出すわぁ。昔はダンナとねえ……』

『微笑ましいわねー』

『オバサン、応援しちゃう！』

女性陣にこの手のネタが好まれるのは、どの種族でも変わらないのだろうか。

……こうしてサーシャリア＝デナンはなし崩しにコボルド村三人目の客人となったのだ。

当然長老は『ドワーフはともかく、半ヒューマン二人目なぞ、とんでもない！』と文句を言っていたが。この意見はコボルド村最強派閥と称される主婦連合からの袋叩《ふくろだた》きに遭い、あっという間に封殺されたのであった。

＊

サーシャリアがコボルド村に来てから、数日が経過した。こんなところで副官の事務仕事などあるはずもないので、とりあえず彼女はフォグ家の家事を手伝って過ごしている。

「水汲みは終わったし、薪も集めておいたし。さて、と。どうしようかしら」

フォグ邸の中を見回すと。狩りに出る前にガイウスが脱いだ服が、隅に寄せてあった。

（そうだわ！　まだ時間もあるし、もう一度湖へ行って洗濯しておきましょ！）

「ふん！　は！　ふん！」と謎の鼻歌を歌いながらガイウスの服を手に取り、家の外へと向かう。

……はずであった。そうすべきであったが、サーシャリアは動かない。いや、動けないのだ。

「……これが、団長の……」

手に取った肌着を見つめ、ごくりと唾を飲み込み。そしてもう片方の手を自身の懐に入れ、小さな巾着を取り出す。その中身は、一枚の手拭き布。騎士団時代にガイウスが「紛失」したものを彼女が拾い上げ、ずっと肌身離さず持ち歩いていたものである。

それはサーシャリアにとってあらゆる神を上回る御守《おまもり》であり、辛くなった時の心の支えであり、ややけしからん気分になる秘宝であり、時々匂いを嗅いで恍惚《こうこつ》とするための麻薬であった。

だが。彼女の手には今。その秘宝を上回る伝説の装具が握られていたのである。

(団長の生！　肌着ッ！)

再びサーシャリアの喉が鳴った。

(駄目よサーシャリア！　ハンカチーフならいざ知らず、肌着の匂いを嗅ぐなんて変態的行為！ましてやそれを失敬しようだなんて、乙女の、いえ武人の行動ではないわっ！)

だが身体は既に、布地に顔を押し当て息を吸い込んでいた。理性とはかくも無力なものである。

(ああ、これが団長のナマの香り……！)

吸い込んで。吸い込んで。まだ吸い込む。

「……くさっ！」

むせる。普通に臭かった。加齢臭という奴である。あと体臭自体もきつい。

激しく咳《せ》き込《こ》みながら「やっぱりこんなことするモンじゃないわね」と呟き、素早くもう一度嗅ぐ。理性に対して心と身体は正直である。

……自制心を置き去りにしてかなりの時間を費やした後。

ひとしきりその異香を堪能した彼女が満足げに視線を動かすと、足元には興味深げに彼女を見つめる白い子コボルド……フラッフの姿があった。

「……見てた？」

『サーねーちゃんもおじちゃんのニオイかいでたのー？』

「いえ、これは効率的な洗濯のために衣類の汚染具合を測るという必要な行為だからね？　これにより洗浄にかける労力を必要最低限に抑えることができるから、時間的、経済的にとても有効なの。つまりこれで重要な資源である水の消費を抑えるとともに有限である時間の浪費を避けることができるわけ。イグリス王家直属の、歴史ある鉄鎖騎士団に所属していた私がこういう行動を取るのは必然であり必要であり運命なの。端的に言うと、この行為に不純な意図は無いのよ？」

早口で弁解するサーシャリア。しかしフラッフは首を傾げるだけで、言っている意味はまったく分かっていないらしい。彼女自身が何を言っているかまるで分からないのだから、当たり前ではある。

『ボクもおじちゃんのふくのニオイ、つい、かいじゃうんだけど。すごくクサイよねー！』

うひゃひゃ、と子供特有の笑い方をするフラッフ。

「え？　ええ」

『だよね、クサイよねー！』

「そ、そうね。そうかもね。クサイわよね。あはは」

乾いた笑い声を上げて、フラッフに合わせるサーシャリア。しばらく二人がそうしていると、フラッフが耳をピン、と立て、サーシャリアとは反対の方向を向いた。

『あしおとたくさん！　おじちゃんたち、かりからかえってきたね！　もうちかくだよ！』

「え、ええ。そう？　じゃあ、やっぱりお洗濯は明日にしようかしら？　オホホホ」

フラッフは『うん！』と返事をすると、家の外へ駆け出していく。

（なんとか誤魔化せたわ）

安堵により、サーシャリアの肺から空気が押し出されていった。

『おじちゃん、おかあさん！　おかえり！』

「おやフラッフ。ただいま。今日はお母さんが一角イノシシを仕留めたんだぞ」

『すごーい！』

『いやー、ガイウスから貰った剣がすごい切れ味でねぇ』

ガイウスやフォグたちの声が壁越しに聞こえる。どうやら無事に猟を終えたらしい。

サーシャリアも迎えに出ようと、玄関へ向かった矢先。

『あのね、おじちゃん！　サーねえちゃんもおじちゃんのことクサイっていってたよ！』

サーねえちゃんは、家の中で盛大にすっ転んだ。

＊

『よし、肉が焼けたね……って、あれ？　エモン、そう言やガイウスはどこ行ったんだい？』

「ああ、オッサンなら身体を洗いに湖へ行ったぜ」

『はぁー？　わざわざこんな時間に水浴びかい？』

「さあ？　えらい落ち込んでたけど」

『なんでまた？　まあいいや、先に食べちまおう。ほら嬢ちゃん。その肉はもう火が通ってるから、焦げない内に取って』

「あは、あはは。はぁ。いただきます……」

原因を作った元女騎士はそう力なく笑い、おずおずと串に手を伸ばすのであった。

＊

かしん！　と乾いた音を立て、木の棒が落ちる。

それを弾いたもう一本の棒が、ひゅっ、と風を切りドワーフ少年の喉元を捉えた。

「そこまで！」

瞬間、声を発したのはガイウスである。それに応じてサーシャリアが、得物を収めた。

「エモン。貴方、私より弱いって相当なものよ」

「だ、だってお前一応、元軍人だろ⁉」

溜息をつくサーシャリアに対し、痺れた手を押さえるエモンが食い下がる。

「誰が『お前』よ。私のほうがずっと年上なんですからね」

こつん、と棒で額を小突く。

「エルフの子供呼ばわりしていた相手に剣で負けてるような坊やが、勇者王だかなんだかになるのは、難しいと思うけど？」

「ぐぬぬ」

そう、一同はエモンに剣の稽古をつけていたのだ。

「大勇者になって女にモテモテになる」と大言壮語を吐くエモンについて、一体どれほどの力量なのかと心配になったガイウスが立ち合いをしてみたところ、エモンはまったく相手にならなかった。

ならば、ということで白羽の矢が立ったのは背丈が比較的近いサーシャリアであったのだが、エモンはこの細身の半エルフにすら太刀打ちできなかったのだ。

「なーオッサン、何かこう、強くなるコツとかないの？　必殺技とかさ」

ないない、と笑いながらガイウスが首を振る。

「エモン、君が行こうとしている西方諸国はここよりもずっと危ないのだ。南方諸国群では近年は大きな戦争も起きていないが、西方はずっと戦乱が続いている」

「……知ってるよ。だから機会があるって思ったんだ」

頬を膨らませながら、エモンが応じる。

「だが、その腕では名を挙げるのは難しいな。事実、野盗程度に殺されかけていたではないか」

「ぐう」

「まあ丁度良い。君がこの村にいる間に、血反吐《ちへど》を吐くくらい少し鍛えてあげよう」

「オッサン今血反吐って言わんかったか⁉」

「はっはっは。言った言った。私も昔はよく吐いたものだ。そこのデナン君だって、休みの日も欠かさず鍛錬を重ねていたのだぞ」

急に視線と話を向けられ。キョトン、とするサーシャリア。

「え、なんでです？」

確かにガイウスの言う通り、彼女は騎士になってからも、欠かさず鍛錬と勉強を重ねてきた。

体格も筋力も一般より大きく劣るという不利を、技術で補おうとしたのも。王立図書館や戦史資料室の書籍を片っ端から読《よ》み漁《あさ》り知識を蓄え続けたのも。青春の休日までも全て費やしてきたのは、いつかガイウスの役に立つため。その傍らに並んで立つためなのだ。与えられた希望に対する恩を返すその日のために、彼女は全てを抛《なげう》ってきたのである。

だが勿論、そのことをサーシャリアがガイウスに話したことなど、ない。身体や掌が痛む日でも、極力察せられないように努めていたのだ。親しい友人もいない彼女は、誰かに内心を吐露したこともない。だからこそ、その努力を彼が知っていたことにサーシャリアは驚いたのである。

「掌を見れば分かる。あれは大分無理をしながら剣を握っていた手だ。だが最近は少々、サボっていたようだがな。はっはっは」

サーシャリアは鼻の奥が熱く、痛くなり、顔を逸らした。今視線を合わせたら、温かいものがこぼれてしまいそうだ。

「だからエモン、君も精進したまえ。ドワーフの力に技術がつけば、いい剣士になれるぞ」

「どのくらいになれば大丈夫なんだよ」

「そうだなあ。立ち合いで十回に一回くらい、私から一本取れればいいんじゃないのかな?」

「お！　そうか、それくらいなら、すぐっぽいな！」

「うむ。すぐだ、すぐ」

はっはっは、と二人して笑う。

背中越しに話を聞いていたサーシャリアは鼻を啜りながら、「何十年先になるのかしら」と震える声で呟いていた。

＊

夕食も終わって、一同が囲炉裏を囲んでいる。賑《にぎ》やかなフォグ家の団欒《だんらん》だ。

「買い出しですか」

『そうだよ嬢ちゃん。村の皆から、色々頼まれてるんでね』

　ガイウスとフォグによる街への買い出しは、既に四回を経ていた。コボルドたちも人間製の道具を扱うことに抵抗が薄れ、前回はレッドアイとレイングラスが同行したほどである。

『今回はアタシとガイウス、あとエモンの三人で……』

「私も行きます！」

　だろうと思った、とでも言いたげな笑みを浮かべるフォグ。

『別にー？　嬢ちゃんは来なくても大丈夫だと思うけどー？』

「いえ、このサーシャリア＝デナン、団長の副官ですから同行するのが当然です！　それに会計や物資管理は秘書たる私の専門分野！　私を連れていかずして誰を連れていくというのです！」

　腕を組みながら鼻息荒く答える。

『分かった分かった。一緒に行こう。いいだろ？　ガイウス』

「え？　あ、ごめん。聞いていなかった」

　膝の上でフラッフとブロッサムを構うのに夢中であったガイウスからの、間の抜けた返事。

『まったく……ホントしょうがないねえ、ガイウスは。嬢ちゃん、こんなウスラボンヤリの部下だったんだろ？　大変だったろ、こいつのお守りは』

「むぅ、否定できぬ」

　後頭部を掻くガイウス。膝の上の子供たちが、それを真似《まね》する。

「そ、そんなことありません！」

ムッとして否定するサーシャリアが面白いのだろうか、フォグは調子に乗って言葉を続けた。

『何せこのボンクラ、昨日の晩飯も覚えてないんだからね』

「そんなわけないでしょう！」

『どうかね？　ねえガイウス、昨晩何食ったか覚えてるかい？』

ガイウスは顎に手を当て、少し考え込むと。

「ん？　あー、えーと、コボ汁だったっけ？」

『木食い蜥蜴《とかげ》肉の野菜炒《いた》めだろ』

「むう」

ほらね、とほくそ笑む兼業主婦。

『ま、仕事の付き合いだけだと、こういう素のダメなところなんか、なかなか知らないだろうけどさ』

「は⁉　はぁー⁉　私のほうが団長と付き合い長いんですけど？　副官ですから当然、ダメなところも沢山理解してるんですけど⁉」

突っかかられたことにややムキになったフォグが『へえ、嬢ちゃんがねえ？』と鼻で笑う。

「団長はいっつも提出書類の書式忘れて書き直ししてましたし？　城への報告届けなんか期日しょっちゅう忘れてましたし？　机の上も中も散らかしっぱなしだから印章とかよくなくして探し回ってましたし？　会議の時は私がいないと何かしら資料忘れていきますし？　道具の説明書読まないからよく使い方間違ってますし？　『仕事で使えそう』って街の雑貨屋でよく分からないもの買ってきますし？　しかも買ってきたこと忘れて同じもの買ってきますし？　街の子供の童唄に出てく

る【鬼】が自分のことだと知って一ヵ月くらい落ち込んでましたし？　若い団員の子から【ガッちゃん】って呼ばれたりして、叱りながらも裏でちょっとニヤけてましたし？　孤児院への慰問に行く時に動物型の飴を買い込んでおいたら陽が強くて渡す時にはデロデロになってましたし？　てか泣かれて渡せてませんでしたし？　あと猫が……」

『へ、へえ。なかなかやるじゃないか。じゃあ、アタシだってねえ』

「なあ、オバサンたち」

それまでずっと黙っていたエモンが、ぼそりと。話に割り込んでくる。

「何よエモン、今大事なところなのよ⁉」

『そうだよ、坊主は黙ってな！』

息を吐き出しながら。エモンがガイウスを親指でくいっ、と指した。

「……オッサン泣きそうだから、そろそろ止めてやれよ」

*

ライボローのとある鍛冶屋。そこの主人である親方と、大柄な男が対面している。

作業に励んでいた弟子たちはいない。この凶相の客人を避け、裏へ逃げてしまったからだ。

その一方で、大男の側にはフードを目深に被った少女が付き添っている。この男らしからぬ同伴者を親方は不審に思ったが、詮索よりもまず本題に入ることを優先したのだろう。小さく息を吐いただけで、視線を大男へと戻した。

「旦那、頼まれていた物は全部できてるぜ。この後、宿に届けさせるからな」

客人は見本に出された槍の穂先や剣といった、小ぶりに作らせた品々を手に取り眺めていたが。

「いいできだ。親方ほどの腕前は、王都の大鍛冶でもそうはいないだろう」

「へへ、素直に嬉しいぜ。ところで」

親方の視線が、客人の脇に立つ少女へと移る。

「槍だの剣だのを小さめに作ったのは、ひょっとしてその嬢ちゃんが使うためかい？」

「ん？　ああ、いや違う。もっと小さい子たちが使うのだ」

「なん……だと……」

親方は絶句した。

「そんな子たちを戦わせるってーのか」

「なに、小柄だが皆、張り切っている。いい戦士になるだろう」

「人間のやることじゃねえ」

裏稼業の人間だとは分かっていた。だが、そこまでする男だとは思わなかったのだ。

「ははは、ヒトではないよ」

客人が頬を釣り上げる。親方はそこに、まるで牙を剝いた獅子がいるかのような錯覚を覚えた。

生まれてこの方、獅子など見たこともないというのに。

こいつは鬼だ。正真正銘の、闇世界の住人だ。そう、親方の意識内で自らの声が木霊《こだま》する。

彼は足から力が抜けていく感覚に陥り、尻餅をつくように椅子へ座り込んだ。

「では親方、後で宿の方へ。機会があればまた、頼む」

「あ、ああ」

だがそんな親方を他所に。客人はそう告げると、少女を伴い鍛冶場から立ち去ってしまった。

……そのまま親方は、うなだれたように椅子に座っていたが。やがてふらふらと立ち上がり。そして台所から酒瓶と盃《さかずき》を持って帰ってくると、険しい顔をして酒をあおり始めた。

しばらくして、客人が帰ったことを察した弟子たちが鍛冶場を覗き込んでくる。

「親方、どうしたんです。急に酒なんか」

親方はじろり、と弟子を一睨みすると、また一杯飲み干す。

「鍛冶屋ってのはよぉ……業の深い仕事だなぁ」

「はぁ」

「でもよ、俺はよ、それでも打ち続けなきゃぁ、ならんのよ」

「はあ？」

「悪魔相手でも、人斬り包丁作って渡す！　俺はそのようにしか生きられん、罪深い男なんだよ」

弟子はもう一度「はぁ」と生返事をすると、首を傾げるのであった。

＊

用事を終えた二人が、宿へと向かっている。部屋ではエモンとフォグが待っているはずだ。

エモンは「いやらしいお店に連れていってくれ」と言っていたが、サーシャリアの手刀で黙らされた。そのため留守番なのである。フォグはお目付け役といったところか。

「いやあ。これで狩りに出る皆に、十分に槍が行き渡るぞ」

「それよりも、絶対あの親方、団長のこと誤解してますよ！」

「え？　そうかなあ？」

疑問符をつけたガイウスの返答に、溜息をつくサーシャリア。

「ベルダラス団長はただでさえ誤解されやすいんですから、気を付けていただかないと」

「あー、それなんだが、デナン君」

「なんでしょう、団長」

ガイウスは顎の無精髭を擦りながら、見上げてくるサーシャリアと視線を合わせた。

「私は既に鉄鎖騎士団の長ではないのだ。だからもう、団長と呼ぶのは止めにしないかな」

「あ、確かにそうですね！　分かりました」

「なので、ただのベルダ……」

「では、これからはガイウス様とお呼びします！」

「う、うむ？」

「ですのでガイウス様も、これからは私のことはサーシャリアとお呼び下さい！」

「お、おう？」

「よっしゃ！」

拳をぐっ、と力強く握りしめるサーシャリア。

「え？　何が？」

「いいえ！　なんでもありません！　エモンとフォグさんも待っているはずですし、早く戻りましょう！　ガイウス様！」

半エルフはそう言って、くるりと一回転しながらガイウスの前に移動する。

「そうだな、えーと、サーシャリア君」

「……はいッ！」

何だかよく分からないが。彼女の機嫌が良いので、気にしないことにしたガイウスであった。

＊

宿に戻ると、鍛冶屋とは別の買い物をした商店からの納品が丁度来ていた。ガイウスは業者を馬車に案内してそのまま積み込ませ、サーシャリアは先に部屋へと戻ることに。

（上司と部下から一気に名前呼びに昇格だわ！　オホホのホ）

鼻歌を歌いながら階段を上る。部屋に近づくと、足音を聞きつけたのか、エモンが待ちかねていたようにドアを開けてサーシャリアを迎えた。

「お、サーシャリア帰ってきたか！　オッサンの知り合いが来て、さっきから待ってるんだよ」

「知り合い？」

と尋ねると、エモンが小声で「なんかスッゲーいやらしいオーラがプンプンしてるネーチャンなんだけどさ」と耳打ちしてくる。

「はあ？　思春期拗《こじ》らせすぎじゃないの貴方？　って、不用心に人を部屋に入れちゃだめよ」

念のため剣の柄に手を掛けながら部屋に入ると、ベッド脇の椅子に剣士が一人腰掛けていた。

まるで死人のような生白い肌。つば付き帽を被った頭は闇夜のような黒い髪。それが襟首で切《き》り揃《そろ》えられている。同じ色をした瞳、扇情的な目の下にはひどいクマが目立ち、病的ですらあった。

だがその一方で、胸の豊かな膨らみと臀部《でんぶ》の曲線が男物の服では隠しきれない色香を匂わせていて。決して美人とは言えないが……不健康さと豊満さの不均衡が逆に、全体をしてなんとも淫蕩な雰囲気を漂わせているのだ。

そしてサーシャリアは、その彼女に見覚えがあった。いや、見覚えどころではない。

「貴方、ダークじゃないの！」

剣士の名はダーク。サーシャリアとは騎士学校時代の同期であり、また、鉄鎖騎士団で共に働いた同僚でもあった。もっともサーシャリアにとってのダークとは、いつも飄々《ひょうひょう》としていて何を考えているのかよく分からない人物であったのだが。

「いやぁお久しぶりです副官殿！　揃《そろ》って鉄鎖騎士団から異動させられて以来でありますかな？」

ダークはケケケと笑いながら立ち上がると大仰に拳を胸に当て敬礼し、握手を求めてきた。

「え、ええ。そうなるかしら……って、なんで貴方がここにいるの⁉」

狼狽《うろた》えながら握手に応じるサーシャリア。だがダークはそれには答えない。

「サーシャリア殿が国土院を辞めたとは聞きましたが、やはり団長殿を追いかけていたのでありますなぁー。いやはや、恋する乙女は一途《いちず》でありますな！　ケケケ」

「は⁉　はあ⁉　何言ってるの貴方⁉　馬鹿なの⁉　馬鹿じゃないの⁉」

「んー！　真っ赤になって否定するところがまた、お可愛らしい！」

事実その通りの様子で、サーシャリアが地団駄を踏む。

「いいから質問に答えなさいよ！　なんで公安院所属の貴方がここにいるの⁉」

「あー、それはでありますなー」

がちゃり、とドアが開き。

「こらこら君たち、少し静かにしなさい。他のお客さんの迷惑になるだろう」

入って来たガイウスが室内を見回し、「あ」と驚く。

「ああ、ガイウス様。よく分からないんですけどダークが……」

そしてそう言いかけたサーシャリアの目の前を、ツカツカとダークが横切り。

「お」「と」「う」「さ」「ま」「あ」「あ」「ん」

と。しなを作りながらガイウスへと歩み寄っていった時。驚きでむせたサーシャリアの右鼻から鼻水が飛び出したのだ。さらに、そのダークをガイウスが優しく抱きとめるのを見た瞬間。左鼻からも同じ粘液が噴き出すのを、サーシャリアは抑えることができなかったのである。

「おお。あの話を受ける気になったのか」

胸板からダークの顔を引き剝がし、ガイウスが言う。一方彼女はカクン、と首を傾け。

「は？　何がでありますか？」

とぼけるように言葉を返した。

「何がって、養子の件だろうが」

「あー、あれでありますか」

「そうだ」

「嫌であります」

「じゃあなんでそんな」

「少し、からかっただけでありますよ」

ダークは少し頭を動かして横目でサーシャリアを見ると、ケケケ、と笑う。

「昔からお前は、まったく……」

ガイウスは息を吐いて肩を落とす。彼は自身がからかわれたと思っているようだが、サーシャリアにはダークのその戯れが誰に向けてのものなのかは、ハッキリと分かっていた。

しかし。歯ぎしりするサーシャリアにはまったく気付かずに、ガイウスは皆へ紹介を始める。

「遅れてすまん。サーシャリア君には言うまでもないが、こいつの名前はダーク。騎士学校を卒業するまで私の家に居候していたのだ。一時期私と同じ騎士団にもいたが、今はイグリス公安院に勤めていて……そういえばお前、なんでここに？」

「あー、飽きたから辞めてきたであります」

「えええええ⁉」

ガイウスが素っ頓狂な声を上げる。

「というわけで、行くトコないのでまた養って欲しいでありますよ、お・と・う・さ・ま」

くねくねと身体を捩《よじ》りながら、ガイウスの胸元を渦巻状に人差し指でなぞる。

「あぁ、こんなことなら、とっとと嫁ぎ先でも探しておけばよかった……」

「えー？　専業主婦とかめんどくさーい、であります」

例の笑い声を立てながら、ガイウスの背中をバンバンと叩く。

その機に合わせたように、ベッドの上で丸まっていたフォグが大きく伸びをした。

『あーあ、警戒して損した。ガイウスの娘みたいなもんか。なら犬のフリはもう止めていいよね』

「うお⁉　犬が喋ったであります⁉」

「はっはっは。彼女はコボルド族のフォグだ。私は今、彼女の家にお世話になっているのだよ」

「これはこれは。『うちの』ガイウスがご迷惑をおかけしているであります」

これみよがしの身内強調。サーシャリアの頬が引き攣る。

「なーんだ、娘じゃないのか。道理で、オッサンの血縁にしちゃ色気がありすぎると思ったよ」

「あ、こちらの少年からは自己紹介してもらっております故。ブサイク族のドワーフだと」

「ちゃうわ！　ドワーフ族のブサイクだよ！」

あれ？　とこめかみに指を当てて首を捻るエモンを他所に。ダークは一同を見回した後、ぺこりと一礼。笑顔を作った。意図してなのかせざるものなのか。垂れた目尻と、唇の釣り上げ具合がなんとも猥《みだ》りがましい。とても、ガイウスの預かりだったとは思えぬ人物である。

「これから皆さんとご一緒させていただく、ダークであります。何卒《なにとぞ》、よろしくお願い致します」

＊

「ふ、副官殿！　ちょ、ちょっと待って欲しいであります！」

ベッドの不足で追加した部屋へ、サーシャリアがダークを連行する。鼻息荒くドアを開けダークを押し込むと、ばたりと勢いよく閉め。次いでガチャリ、と鍵をかける音が室内に響いた。

「ちょっとダーク⁉　どういうことなの⁉」

「何がでありますか？」

艶かしく目を細める。同性に対してもこのような仕草の彼女に、サーシャリアは結局今まで慣れることができなかった。だが、そんなことを気にしている場合ではない。

「その、貴方、昔ガイウス様のお宅にいたとか！　養女がどうとか！　騎士学校時代も、鉄鎖騎士団時代も、全然そんなこと言わなかったじゃない！」

「いやー、だって。騎士学校時代は正直、副官殿とはあまり親しくありませんでしたしー。鉄鎖騎士団に入団した後は、『私が後見人だったということは伏せておくように！　職務中もそのように扱うし、扱われるように！』と、ガイウス殿からそれはもう、きつーく、言われていたであります」

確かに学校時代サーシャリアはダークとあまり口を利いたことが無い。彼女にとってダークとは、教室の隅であの笑みを浮かべている、顔色の悪い級友という印象しか残っていなかったのだ。そしてガイウスの性分を考えれば、公私混同もありえない。娘のような騎士が入ってきたからといって特別扱いなどせず、却《かえ》って他人のように扱っていたのも納得できる。今にして思えば、あのガイウスにしては、部下の扱いがダークに対してのみ、やや冷淡にすぎた気すらしてくるのだ。

「ど、どうやって追いかけてきたのよ！」

「副官殿と同じだと思いますよ？　ガイウス殿の故郷の場所は存じておりますし、村や街で『馬鹿でかくて人相の悪い男』の話を聞き集めれば、ベルダラスの名を出さなくても簡単に情報が集まるであります。自分は、ガイウス殿が買い出しに来るのを待っていたクチですな」

それもダークの言う通りであった。サーシャリアも同様の手口で追跡していたのだ。違ったのは、サーシャリアはガイウスの故郷まで足を運び、車輪の跡からさらなる追跡を試みたことである。外縁とはいえ【大森林】に踏み入るのは危険すぎると、後でガイウスから窘められたものだ。

追及する言葉に詰まったサーシャリアを見て、ダークがにやりとしながら反撃を開始する。

「……それにしても、『サーシャリア君』に『ガイウス様』ですかー。いやー、自分が目を離している間に、一足飛びに名前呼びでありますかー」

「も、もう上司と部下じゃないんだから当然でしょ！　貴方も『副官殿』って、もう止めなさいよ！」

「じゃあ、【押しかけ奥方様】？　あ、自分がガイウス殿の養子縁組みを受けたら【御義母様《おかあさま》】になりますかな⁉　お、これは面白いですな！　このためだけに養子縁組みを受ける気が出てきたであります！　では自分、早速隣の部屋に行って来ますので！」

「だ！　か！　ら！　なんで私がガイウス様の⁉」

頰を赤らめながら、掌を突き出し、ぶんぶんと交差するように左右に往復させる。

「あー……デナン嬢の懸想を、当時の団で知らないのはガイウス殿本人だけでありますよ？」

「はー⁉」

「他の騎士は勿論、後から来た新人、研修で来てた魔法学校の生徒、出入りの業者のオジサマ方、果ては近所のオバサマたちまで、皆様よく、ご存知熟知合点承知であります」

「いーやー！」

両手で頭を抱えるようにしてしゃがみ込む。後ろに纏《まと》めた髪が強く引っ張られ、露出されている額が一段と広がる。騎士団時代【おでこちゃん】と裏で呼ばれていたのを彼女自身は知らない。

「だからガイウス殿を追いかけてきた、とエモンから聞いた時は得心しました。いや自分、実は以前より、ガイウス殿の伴侶にはデナン嬢が良いのではないかと目をつけていたのでありますよ」

「は？」

掌を被せたまま、頭を上げるサーシャリア。

「デナン嬢は何せ貴族のお家柄。爵位はないけれども、武門で名高いあのデナン家の出！　加えて騎士学校を次席で卒業した才媛！　そして、まだいささか幼い面立ちではありますが、抜群の器量良しときております！　あと数年もすれば、さぞ見目麗しいご婦人になられることでしょう！」

家の名を出されて、眉をひそめるサーシャリア。

「私は病死したお兄様の『繋ぎ』で家に連れて来られた庶子よ。しかも異種族とのね。それも、弟が生まれたらすぐに用済みとして騎士学校に放り込まれたんだから、デナン家と言っても」

「それでも名門には違いありません！　それに、エルフの混血がなんだというのです、ガイウス殿とて御母堂は半トロル！　お家《うち》に連れてこられた経緯もよく似ておられるのですよ」

「……知っているわ」

ガイウスはグリンウォリック伯ベルギロス家の前当主と、半トロルの女戦士との庶子である。母親の死後、世継ぎを確保するため一度は家に迎えられるも、父親はすぐ病死。相続争いの際、ガイウスは庶子を理由に追放され、そこを先々王夫妻に救われたのだ。今のベルダラス姓は、ベルギロス本家筋の断絶した古い家名を、彼が自身の武勲によって先王から下賜されたものであった。

「家柄！　才覚！　器量！　どれも良し！　デナン嬢御本人のお気持ちも問題なし！　これほどの優良案件、そうはないであります」

腕を組み顎に拳を当て、うんうん、と頷くダーク。

サーシャリアは黙ってそれをしばらく見ていたが、

「……そんなこと言っておいて、貴方はどうなのよ」

そう、ぼそりと口にした。

る。

「はて？」

「貴方だって、養子がどうとか言うけど、どう見たっておかしいじゃないの、あんなの」

ガイウスの胸元に指を這わせていたダークの姿を思い出しながら。サーシャリアが声を荒らげる。

「あー？　ん？　ああ。あはは。はっはっは。それは大丈夫。大丈夫でありますよ。デナン嬢」

「何が大丈夫なのよ」

「自分とデナン嬢の利害は、食い合いませぬ。むしろ我々は協力できるのでありますよ」

「どういうこと？」

「デナン嬢は、最終的にガイウス殿の奥方になるのが目的でありましょう？」

「は？　はあー!?　わ、私は同じ軍人……武人としてあの方を尊敬しているだけよ！」

「ハハッ、ではそういうことで。ですがまぁ、自分が欲しいのは、妻の座ではございませぬ」

「妻の座ではない？」

「ですから、デナン嬢は安心して欲しいのでありますよ」

「安心」

「自分が欲しいのは、ガイウス殿の童貞なのであります」

「童貞」

「ちなみに童貞とは、性交したことがない男性、の意味です」

「そそそそれくらい知ってるわよ！」

バネが伸びるように立ち上がり、赤面しながら裏返った声を上げる。

「デナン嬢。ははは、お静かにお静かに。隣室の皆が心配します故」

馬を宥めるように、どうどう、という仕草をする。

「ですので、二人で協力してガイウス殿を罠に嵌《は》め」

「罠」

「ガッチリ拘束！」

「拘束」

「ガイウス殿の去勢魔法呪印を解呪！」

「解呪」

「自分がまずズブリといった後に」

「ズブリ」

「すかさずデナン嬢がガイウス殿に告白！」

「告白」

「自分はガイウス殿の童貞を収奪。晴れてお二人は結ばれ、これにて物語はめでたし」

「めでたし」

ぱちぱちぱち。と、サーシャリアの手を摑んで拍手させるダーク。

「なことできるわけないでしょ!? させるわけないでしょ!?」

「えー？　そうでありますかー？　いい考えだと思うのにー。自分、そのためだけに頑張って解呪の勉強もしてきたのでありますが」

「魔法学校からの研修生と妙に仲良くしていたのは、そういう理由だったのね……」

疲れたように息を吐く。一方でダークは、ははは、と笑いながら自らの後頭部を掻いていた。

そしてサーシャリアはこの時。学生時代、騎士団時代に何度か見たこの仕草は「ガイウスの真似」だったのだ、と初めて気が付いたのである。

「とりあえず、自分は初回特典さえいただければ満足なので。それさえ踏まえてもらえれば、存分にお手伝い致します」

先程までと同じ、妖しい笑み。

だがその瞳を見て、サーシャリアは背筋に寒いものを感じずにはいられぬのであった。

「あの頰の薔薇を散らして良いのは、このダークだけでありますゆえ故」

＊

こけーこっこっこっこっこ！　こけっこーこ？　こここここ！

布を被せた籠で狭くなった馬車で、エモンとダークが膝をつき合わせるように話をしていた。

彼らの会話を聞き取りづらくしている鳴き声の主は街で買った鶏たちで、コボルド村の食料事情改善のために集めたものである。コボルドたちは農業は営んでいるが畜産という概念は無く。それに気付いたサーシャリアが導入を提言していたのだ。

鶏は家畜の中では比較的育てやすく、飼料に関しても野草や昆虫を自力で探すためコストが低い。何よりコボルドの体格で対応可能な家畜、というのが大きかった。一般的な品種であるこの鶏の産卵頻度から考えても単一で食料源には成り得ないが、補助としては期待できるだろう。

「……たまにさ、股間がこう痒《かゆ》くなったり、爛《ただ》れたり、かぶれたり、膿《う》みたいなのが出ることがあるんだよ」

「でありますか」

「気になって本で調べてみたら、どうも性病の症状と似ているような気がしたんだ」

「勉強熱心でありますなー」

「実は俺、こう見えても童貞なんだけどさ。おかしいよな？　童貞なのに性病とか」

「心配せずとも、全方位的に立派な童貞以外の何物でもありませぬ。喜ぶといいでありますよ」

「俺は、これが夢魔の仕業じゃないかと疑ってるんだ。ほら、サキュバスっているだろ？」

「見たことも会ったことも無いでありますが、夢魔の話はまあ、有名でありますな」

夢魔とは、眠っている人間に対し淫猥《いんわい》な行為を行う低級悪魔……というのが、一般的な伝承である。サキュバスは女性型の夢魔を意味する言葉であり、やはり伝説上の存在とされていた。

「おそらく、俺が眠っている間にサキュバスが現れて、卑猥なことをしていったんだ。その結果、知らない間に俺はサキュバスから性病を感染させられていた……というのが、研究の末に俺が導き出した結論なのさ。つまり俺は、自分でも気付かない間に童貞を喪失していたことになる」

「そんな発想に至った男は初めて見たであります」

「エモンは、想像力が豊かだなあ」

御者席で手綱を引いているガイウスが楽しげに笑う。

「ガイウス様、駄目です！　こんな頭の悪い会話に混ざったら、馬鹿がうつります！」

眠るフォグの頭を膝の上に抱え、ガイウスの近くに座っていたサーシャリアがガイウスを窘めた。

「ひでぇ！　俺は真面目に話しているんだぞ⁉」

「真面目なら尚更《なおさら》悪いわよ！」

「あんまりだ！　姐《ねえ》さんも、あのチビエルフに何か言ってやってくれ！」

ダークは短時間でエモンを手懐けたらしく、いつの間にか姐さん呼びである。

「エモン、落ち着くであります」

「だって……」

「まず、残念ながらエモン。お前の推理は惜しくも外れであります」

「惜しいの⁉」

サーシャリアが叫んでいる。

「確かに性病で股間がそのようになることは多いであります。でも、旅などで不衛生な環境が続いた場合、その辺で『毒』を拾って病気に似た症状を引き起こすことは、ままあるのでありますよ。ねえ、ガイウス殿」

「ん？　あー、そういえば。戦争中はなかなか風呂に入れないから、私も結構……」

「ちょっとダーク！　そんな話、ガイウス様に振らないでよ！」

「うーん、デナン嬢はお堅いでありますなー」

「貴方が緩いのよ！」

髪を逆立てんばかりにして反論するサーシャリア。一方、話の主役であるエモンはとてつもなく落胆した表情で、力なく俯《うつむ》いていた。

「じゃあ俺は……」

「残念ながら童貞のままでありますな。大方、毎日ちゃんと洗っていなかったのでは？　今後は、しっかり綺麗《きれい》にするように心掛けるであります。使用後は綺麗に洗う！　これ大事であります」

「……分かったよ姐さん！　俺、毎日キチンと洗う！」

「うむ。分かればいいであります」

優しく微笑むダーク。会話の内容さえ聞いていなければ、若者に助言を与える年長者という微笑ましい構図に見えるだろう。

サーシャリアが「貴方たち馬車から降りなさいよホント」とボヤいているが、彼らの耳には入っていない。

「あー、でもそれに気をつけていれば薬の無駄遣いをせずに済んだのになあ」

「薬？」

「これ、俺が家から持ち出してきた治癒の魔法薬なんだ」

鶏の鳴き声の中、エモンが鞄《かばん》から取り出した小瓶。内部には、少量の赤い液体が波打っていた。

「ほう、ドワーフの秘薬でありますか」

「ねーちゃんが軍の支給品を持ち帰ってきたあまりなんだけど、これ、飲んでも効くし、塗っても肉が盛り上がって傷を塞ぐんだ」

「ほう？　こんな薬液にそこまでの効果が？」

傷を癒やす魔術は存在するが、万能ではない。

強制的に肉を盛り塞いだり止血する魔術は、魔術士なら誰でも使えるわけではないのだ。魔素の操作が巧みな治療術師の手でこそ可能なのである。特に内部の傷へは対応が困難であり、専用設備の整った所で処置ができるかどうか。勿論、医療の知識も必要とされるのは言うまでもない。

程度は不明だが薬液によってそれを実現するというのだから、まさに神秘の領域であり、魔素を操作する【魔術】を超えた、正真正銘【魔法】の範疇《はんちゅう》だ。もしこれがエモンの吹聴ではなく事実であるならば、ドワーフたちがいかに高い技術を有しているかということになろう。

「本当だって！　ドワーフウソツカナイ！　現にこれまでだって、股間が爛れた時には、この薬をちょっぴり塗って治してきたんだから」

「貴方、そんな貴重な秘薬を何に使ってるの⁉」

「まあ、秘薬だけに秘所に塗るのは必然、ということでありますかな？」

「ちょっとダーク、何『うまいこと言ったであります』みたいな顔してんのよ！」

したり顔のダークを、眉をひそめてサーシャリアが咎《とが》めた時。彼女の膝枕で眠っていたフォグが不意に目を覚ました。

『んー？』

「あ、ごめんなさいフォグさん！　起こしてしまって」

『いや、違うよ嬢ちゃん。馬鹿騒ぎはガキどもの相手で慣れてるからね。そうじゃあ、ないんだ』

「どうしたのだ、フォグ」

『臭いんだよ』

エモンが驚いたように自らの股ぐらを覗き込むが、フォグはそれを一顧だにせず。低い声でガイウスに告げる。

『火と煙の臭いさ……生き物も焼けてる、ね』

第五章　暗雲

『あっちだよ』

馬車を停め、一同が降りる。フォグが指し示した方向を見やると、林の向こうに黒い煙が幾筋も立ち上っているのが確認できた。

「煙？　野焼きかしら？　でも生き物って？」

「あー……」

「どうしたの、ダーク」

サーシャリアが彼女の顔を見上げるが、そこにはいつもの飄々とした笑みは無い。

「あの煙の立ち方は、家屋が焼かれているやつですなー。むかーし、何度も見たでありますよ」

口調こそ、軽口を叩くような調子ではあるものの。忌々しげな眼差しで煙を眺めている。

サーシャリアは、ダークに過去を尋ねたことはない。だがその目を見れば、何かがあったであろうことは容易に推察できた。十五年前の五年戦争時。サーシャリアは東方諸国にいたため戦とは無縁であったが、この僚友は戦火を知っているのだろう。おそらく、「思い知らされる」ほうで。

そう察したが故、ダークの言葉に相槌を打つこともできず。目を逸らすようにサーシャリアは顔をガイウスの方へと向け。そして息を呑んだのである。

……それは、憤怒《ふんぬ》であった。目を見開き、唇を噛《か》み締《し》め。全身からまるで湯気が立ち上る錯覚を起こしそうなほどに、ガイウスは怒気を漲らせ、かの方角を睨みつけていたのだ。そして彼は素早く荷台から愛用の剣フォセを取り出すと、ダークを一瞥し、投石機で岩が打ち出されるかのごとく猛然と駆け出していってしまったのである。

残された者たちはあっという間に小さくなっていくその背中を呆けたように見つめていたが。

やがてエモンまでもが口笛をピュウ、と吹き、剣を掴んで追いかけていってしまった。

『あの馬鹿坊主！　ああもう！　男ってのは後先考えないんだから！　アタシも行ってくる！』

「待ちなさいエモン！　駄目ですよ、フォグさんも！」

サーシャリアも慌てて武器を取ろうとしたが。それはダークによって制された。

「ちょっと！　何するのよダーク！」

「駄目であります。自分はデナン嬢をお守りするよう、ガイウス殿から命じられました」

「ガイウス様はそんなこと言ってないでしょ⁉」

「目で言われました故」

「目で、って……何よそれ」

「ご理解いただきたい」

いつになく、強い口調で言われたサーシャリアは戸惑い、呻き。そして、静かに肩を落とした。

（私が行っても……足手まといなんだ……）

＊

小さな村だ。ある程度の村というものは街道沿いに宿や酒場を用意するよう領主から命じられるものなのだが、まだそのことも問われぬような、そんな小規模な集落であったのだ。住民の数も、おそらく二十に満たない。いや今、あの家の中で手下が嬲《なぶ》っている女どもを含めれば、ぎりぎり二十人に届くだろうか？

そんなことを考えつつ、その若い騎士……ロシュ＝マクアードルは、柔らかい物の上に腰を下ろした。椅子代わりの「それ」は、先程彼が斬殺した初老の男性の上に、さらに若者の死体をもう一つ乗せ、高さを調節した代物である。

「この村は皆殺しでもいいはずだったな」

膝に肘を乗せながら頬杖《ほおづえ》をついて、ぼそりと呟き。そして、家の中で行われている行為が終わるのを待つことにした。彼がそれに加わらないのは、泥臭い農民女を相手にするのが疎ましかっただけであって、別段良心によるものではない。

（まあ、逃げ延びた奴がいたらいたで構わん。少数の「証人」を用意しておくのも任務の内だ）

溜息をつき、民家から略奪した酒をあおる。その姿から、警戒心や緊張は感じられなかった。

それもそのはずである。住人はあらかた殺してあるし、火付けもほぼ済んだ。もう近辺に脅威や課題と呼べるものは何もない。村が焼ける煙を見て、わざわざ寄ってくる行商人もいないだろう。本来であれば治安機構の巡回部隊でも警戒するべきであろうが、その心配もない。何故か？　理由は単純だ。そもそもこのマクアードル自身が、治安を維持すべき立場の人間なのだから。

不味《まず》い酒だ、と思いつつもう一口含むと。燃える家の陰から手下が一人、のっそりと現れた。

鎧こそあてがわれたもので、それなりの物ではあるが……その中身……やや呆けたような表情の下卑た顔からは、知性と教養、そして良識が著しく欠けているのが容易に見て取れた。明らかに、装具と中身の釣り合いが取れていない。マクアードルが「部下」とは認めず「手下」と内心で呼称するのは、彼らのその、心身の醜さ故であった。

男は左手に少年を引きずっており。そしてその子供の頭部は殴打によって膨らみ、また、落とした葡萄《ぶどう》粒のように窪んでいた。既に息はしていないし、していたとしても最早《もはや》生きられぬだろう。

「へへへ竈《かまど》の中にコイツ隠れてたどうせ家焼くから同じなのに」

「そうか」

「殴るのは愉《たの》しんでから最後にすれば良かった勿体無い」

「そうだな」

「ああでも今からでも愉しめばいいのか」

「……構わんが、私の見ていないところでやってくれ」

「あいじゃあまた後で」

男が醜悪な笑みを浮かべ、ゆっくりと向きを変えた。マクアードルは口中が急に不快になり、死体に腰掛けたまま地面へと唾を吐く。そして、顔を上げた刹那。

不意に現れた大きな影。醜いあの男の身体へ、袈裟懸《けさが》けに突き刺さる一閃。そのまま鉄塊を咥《くわ》え込んだ身体が持ち上げられ、今度は振り回すかのように勢いよく壁面へと叩きつけられる。斜めの回転を加えながら浮かび、飛んでいく上半身。

そう。

胴鎧を着た人間が両断される、という馬鹿げた光景を。若騎士は目にしてしまったのである。

……同僚との手慰みに、果物を置いて据物《すえもの》斬りをしたことがある。ショートソードが薙《な》いだ刹那。刃に引っ張られるようにして、半分になった果実が飛んでいったのを覚えている。そう。あれは確か、林檎《りんご》だったはずだ。林檎だから、ああできたのだ。

だが。マクアードルの眼前で、分離し、浮かび、回転し、そして落下したのは紛れもなく人間の半身であったのだ。しかも、装甲を付けた人体である。そして、その「作業者」は一息つくと。

「……何をしておるか」

漲る怒りを抑え込むかのように、低く、太く、そして荒い声で問うてきたのだ。

(何をしているかだと)

こちらの台詞《せりふ》だ、とマクアードルは思った。何故、この人物がこんなところにいるのか？　一体、何をしに現れたのか？　……心臓が激しく鼓動し、背筋を冷たい感触が這う。それは、マクアードルがこの男に見覚えがあったからである。

「何をしておるかと、聞いておるのだッ！」

ヒューマン離れした巨軀。猛獣のような貌。そして、左頰に刻まれた薔薇の印。

(ガイウス＝ベルダラス……何故ここに！)

だが、それは相手も同じだったようだ。

「貴様、確か先日の……」

反射的に立ち上がるマクアードルに、判断力が蘇《よみがえ》った。剣を抜き後退しつつ「敵だ！」と叫ぶ。すぐに家から三名の手下が出て来た。反応が妙に早かったのは、順番待ちをしていたからか。

荒事には慣れた連中である。マクアードルとの連携ではなく、経験からすぐにためすべきことを察し。直ちに大男……ガイウスを囲むように位置取った。右後背、左後背、そして、牽制のために前面から。三点による半包囲攻撃だ。

後背に回った二名は構えとも言えぬ上段持ち。前面の者は剣を顔の高さまで上げ、切っ先を相手に向けた、所謂【右雄牛の構え】である。おそらくこの者のみが、剣術修行の経験があるのだろう。防御への対応が柔軟なこの構えを選択したのは、引き付け役に徹するならば体格差も問題ない、と判断したからに違いない。

だがガイウスは相手の目論見《もくろみ》を容易く蹂躙した。彼は相手の反射対応を遥かに上回る速度で前面へと踏み込むと、水平に、強烈な斬撃を加えたのだ。

防御を行おうとした相手のロングソードごとその頭部を文字通り吹き飛ばし、付いた足を基点に素早く向きを変え、右後背の敵へと躍りかかる。

左脇腹からの逆袈裟《けさ》斬りで次の相手の腕と首を斜めに切り離すと、認識と体勢直しが追いつかない残り一名めがけて急接近し、大ぶりの鉈のようなその剣を、胴へと横薙ぎに叩《たた》き込《こ》む。

刃は胴半ばで止まり、相手はまるで仕込み中の野菜のような姿で動きを止められた。しかしガイウスは、食い込んだ剣を両手で相手ごと持ち上げると、これまたまるごと地面へと叩きつけ。先程同様、まさに「薪割《まきわ》り」の要領で人体を両断してしまったのである。

マクアードルは手下の上半身が転がっていくのを、目を剝くようにして見ていた。

「これが【イグリスの黒薔薇】……!?」

尾ひれの付いた昔話だと思っていた。上司があんなに興奮していたのも。年輩者にありがちな、懐古に対する過大評価なのだと。だがマクアードルはその考えを改めざるを得なかった。そして、次の犠牲者が自分であるという認識も加えなければならなかったのである。

しかし、運は彼を見放していなかった。マクアードルが幸運を手にできた理由は、二つある。

一つは彼我の実力差を認めて、全ての思考を逃走へと注ぎ込《つぎこ》んでいたこと。

もう一つは、この時に残りの手下たちが家から出て来たことである。

「斬り伏せろ！」

マクアードルはそう命じておきながら、自身は背を向け走り出す。元よりこの手下たちは使い捨てなのだ。彼らに対する情や義理など、マクアードルは髪一本の重さすら持ち合わせていなかった。

「ひ、ひぃぃぃ!?」

憤怒の表情を露《あら》わにしたガイウスが手下たちを肉片へと加工している間に、マクアードルは集落外れの木に結びつけていた馬へと辿り着き。追撃に使われぬためと、手下たちに時間を稼がせるため、自分の馬以外は全て解き、追い払う。背後は確認しない。振り返る時間すら、惜しかった。

マクアードルは震える手足を懸命に動かし、なんとか鞍《くら》に跨《また》ると。そのまま馬を走らせ、全力で遁走《とんそう》したのである。

＊

『まったく馬鹿な子だよ、後先考えずに飛び出して』

顔が陥没せんばかりの蹴りを凶賊から受けたエモンが、フォグから手当てを受けていた。彼はガイウスを追って村へ来たものの、賊の一人と交戦し、あっという間に敗れていたのである。

エモンを救ったのは、後を追ってきたフォグ。彼女はガイウスから贈られたダガーを用いて、敵を倒していたのだ。調整済みとは言え、不慣れなはずのヒューマン用武具を早々に使いこなし戦えるあたりは流石、コボルド村一番の戦士と言うべき技量であった。

「大丈夫か、エモン」

そこに。敵の首格を取り逃したガイウスが、肩を落としながら現れる。

「前が見えねーけどな！」

「……まあ、君は大丈夫だと思っていたが」

『この子は頑丈だからね。アンタは？』

「私は問題ない。それよりもダークを呼んできてはくれぬか。生き残りの女性を介抱させたい」

フォグは軽く頷くと、馬車の方へと駆け出していく。ガイウスはしばらくその後ろ姿を見送っていたが。やがてフォグが倒した賊へと近づき、片膝をついて屈み込んだ。そして死体の兜《かぶと》の面当てを外し、顔を確認すると。苦々しげに舌打ちして、自らの後頭部を掻いたのである。

「どうしたんだ、オッサン」

「見てみろ、エモン」

「って、こいつは……」

エモンは、この男の顔を知っていた。浅黒い肌に、汚れた髭《ひげ》。頬に大きな火傷痕の目立つ、中年男の顔。そう。それは以前、エモンを襲った強盗団の頭目であった。

「逃げた敵の首格は、同じ日に会った冒険者ギルド長、彼の部下だ」

「え……？　どういうことだ、オッサン」

ガイウスは即答を避けた。彼自身、まだ推論でしかないことを理解しているからだ。だがその予想はおそらく当たっているであろうし、的中したところで何一つ良いことはもたらさないだろう。

死体の面当てを再び閉じ。ガイウスはゆっくりと立ち上がり、呟く。

「もうライボローには、買い出しに行けぬな」

＊

「貴方たちは！　何を！　やって！　いるんですかッ！」

サーシャリアに怒鳴られたガイウスとエモンが、肩を落として小さくなる。

「しかし、事情が事情なのだ。どうか許して欲しい」

「すいません……」

前者がエモン。後者がガイウスの言葉である。エモンは即座にサーシャリアから「口答えするか貴様ッ！」と怒濤《どとう》の三往復平手打ちを受け、涙目に追い込まれた。

……ここは、集落のすぐ近く。ガイウスとエモンは馬車の脇で正座させられ、サーシャリアから説教を受けていたのである。ダークとフォグは、生き残った女性の介抱をしているところだ。

「あまりにも、あまりにも軽率にすぎます！　何が起きているかも分からないのに！　敵の数も、構成も、状況も！　そして敵が何者かも！　何一つとして分からないのに！」

「ごめんなさい……」

「それにコート・オブ・プレートも着けずに、普段着そのままで斬り込んでいくなんて！」

「つい、カッとなってしまって……」

「ガイウス様は、村へ物資を持ち帰る役目がおありでしょう⁉　もしものことがあったら、村の皆さんへの申し開きは、どうなさるんですか！」

「申し訳ないです……」

「それに、もし予想が当たっていたらですが……これでガイウス様が、ノースプレイン侯ジガン家のお家騒動に巻き込まれる危険性だってあるんですよ！」

「はい、本当に迂闊《うかつ》でした……」

くどくどくどくど、ガミガミガミガミ、と。しばらくの間、サーシャリアによる説教は続き。

二人が解放されたのは、足も痺れて来たころになって、であった。

*

「亡骸《なきがら》を、埋葬してきます……」

足の痺れにふらつきながら。ガイウスがシャベルを持ち、しょんぼりと集落へ向かっていく。

エモンはさらに痺れがひどかったのだろう。立ち上がることもできずにその場で悶絶《もんぜつ》していたが。まだ苛立っている様子のサーシャリアを見て、おずおずと声をかけてきた。

「やっぱりオッサンは、こんな面倒には関わらずに素通りするべきだったのか？」

「はあーあーああーあ⁉ 貴方何言ってるの⁉ ガイウス様がそんな薄情な真似をなさるわけが無いでしょ⁉ ふざけないでよ⁉ ふざけるんじゃないわよ⁉ 殺すわよ⁉ ぶっ殺すわよ⁉ 死ぬの⁉ 貴方そんなに死にたいの⁉ 馬鹿なの⁉ 馬鹿じゃないの⁉」

「お前一体、何にキレてんだよ！」

物すごい形相で詰め寄るサーシャリアに恐怖したエモンが、悲鳴じみた声を上げる。

「さっき散々、説教垂れてたじゃねえか！　お前結局、オッサンにどうして欲しかったんだよ！」

うう、とサーシャリアは小さく呻いた後。溜息をついて、エモンの問いに答え始めた。

「……そりゃあ、ガイウス様に危険が及ぶのは避けたいわ。でもね、こうなるのは分かっているの。仕方ないの。あの人がああいう人だっていうのを、私たちは知っているのよ」

「じゃあ、別にあんなに言わなくてもいいじゃねーか」

「駄目よ」

きっ！　とエモンを睨みつける。

「分かってても、言わなきゃいけないの！　止まらなくても、止めなきゃいけないの！　やらなくても、やらせなきゃいけないの！　それが私の役目なの！　そのためにあの人の側にいるの！」

「何だよそりゃ」

「別に分からなくてもいいわ。私だって、言っててよく分からないんだから」

「面倒臭いやっちゃな、お前」

「う」「る」「さ」「い」「わ」「ね」と連続で叩き込まれる手刀。打撃の数だけエモンが悲鳴を上げる。

「だから、ガイウス様が駆け出していった時。残念だったけど、でもやっぱり、嬉しかったわ。ああ、この人はやっぱり、こういう人なんだ、って再確認できて」

ダークに制せられた時に感じた焦燥については、伏せておくことにした。

「よく分からんけど、オッサンのあの調子は直りそうにないのか。面倒見てるお前も大変だな」

「良いのよ。賢しいだけの上司や、強いだけの上役なんて欲しくもないわ。あの人はああだからこそ、追いかけてまで側にいる価値があるのよ」

「まー、俺もあの時？　確かにちょっと？　オッサン、カッコイイじゃねーかとか思ったけどさ」

少年は照れ臭そうに、もそもそと言う。

「まあ貴方も、勇者王でハーレム大爆発とか目指すなら、それくらいの男にはなってみなさい」

サーシャリアはクスリと笑うと。エモンの額を軽く、指で弾いた。

……結局。集落の生き残りは女性が二名と、女児が一名だけであった。そのまま放置するわけにもいかず。また、襲撃の背景を考えるとノースプレイン領内に残すことも躊躇われた。

だが丁度、隣領のゴルドチェスターに彼女らの親族が住んでいるという話だったので、一行は予定を変更し。大きく迂回《うかい》して彼女たちを送り届けてからの帰還となったのである。

*

家の中。洗濯物を取り込み終えたサーシャリアが、曇った表情で手に持った「それ」を見つめていた。それは、一つの紋章。先日の村を襲った賊の鎧から、ガイウスが剝ぎ取っていたものだ。

籠手《こて》が交差するように描かれたその模様は、ジガン家の物。ただし、ノースプレイン侯として封じられる以前に使用していた古い紋章である。イグリスに関わる紋章をほぼ全て記憶しているサーシャリアには、記録書を見ずとも特定が可能だったのだ。

ジガン家は先年当主が病没して以降、後継者争いが水面下で続いていた。争っているのは長女のケイリー＝ジガンと、その弟で次男のドゥーガルド＝ジガンだ。長男は早々に後継者争いから離脱したため、現在ノースプレインは長女派と次男派の二つに分かれて睨《にら》み合《あ》っている。

ケイリーが掲げるのは現ジガン家の【籠手の紋章】であり、ドゥーガルドが旗印とするのはジガン家古来の【交差の籠手】である。「手」と「手」がいがみ合う様を、イグリス王都の役人や騎士たちは「組手」などと揶揄《やゆ》していたのだが。

(ガイウス様の話では、ライボロー冒険者ギルド長……騎士ワイアットはケイリーに仕えているはず。なのに、その部下や捕らえた罪人がドゥーガルド派の紋章を付けて村を襲っていたなんて)

考えられるのは一つ。次男派による長女派村落への攻撃、という偽装だ。何のためか? それは簡単な話である。長女派は、理由が欲しいのだ。次男派を攻撃するための、内外に対する言い訳が。おそらくは「自らに与《くみ》しない領民に対する暴虐を働いた次男を討つ」といった類の文言になるであろう、大義名分を欲しているのだ。

真実はどうでも良い。事実があれば事足りる。謀略とは常に、そういうものなのだから。

ケイリーの勢力下にあったあの村は、そのための生贄《いけにえ》にされたのであろう。

(連中にとっては、自らの民草すら焚付の木切れ程度でしかないのね)

嫌悪感に眉をひそめつつも、大貴族の政争に対してサーシャリアにはどうする術もない。彼女にできるのは、ガイウスがこれ以上巻き込まれぬように注意すること。それだけだったのである。

*

ガイウスの槍で手負いとなった木食い蜥蜴が向きを変える。後ろへ突撃するかのごとき豪快な撤退行動に踏み潰されぬよう、囲んでいたコボルドたちが包囲に穴を開けた。

「そっちへ行ったぞ!」

『おうさ！』

草を揺らし、白い影が跳ねる。槍を捨て、猛然と進む木食い蜥蜴の背に飛び乗ったのは、コボルド族一の女戦士、ホワイトフォグであった。

彼女は器用に体勢を維持したまま蜥蜴の背中に立つと。一振りのダガーを両手で摑み、狙い通りの場所へと鋭く突き立てる。虹色の光沢を持った刃は木食い蜥蜴の鱗《うろこ》を貫通し、彼女の技量により頸椎《けいつい》を避けつつ、頸動脈《けいどうみゃく》を正確に突き破った。木食い蜥蜴の心臓は腹部に近く背中からは狙えないため、フォグは重要血管を狙ったのである。

手応えを感じた彼女は素早く短剣を抜き取り、回転跳躍。蜥蜴の背を脱出し、華麗に着地。

木食い蜥蜴は傷口から血を噴出させながらもしばらく突進を続けていたが、やがて前脚から崩れ落ちると、木に衝突。そのまま地面に伏して動かなくなってしまった。獲物の体内構造を熟知した狩人《かりゅうど》による、まさに、必殺の一撃である。

男衆がどよめく中。フォグはガイウスへと向き直り、片目をつぶり剣を立て戦果を誇った。手に持つそれは、刃渡り一尺五寸（約四十五センチ）の、ダガーとしては気持ち長い程度の代物だ。

一般例に漏れず刀身はまっすぐであるが、先端部が三角錐《さんかくすい》で刃の中程は両刃という、多目的な拵《こしら》えになっている。刃に浮かぶ虹色の光沢からミスリル銀を含んだ合金であることが見て取れるが、それは実際、低度の強化魔法と充填式の仕掛け術式が組み込まれた魔剣であった。

銘は【スティングフェザー】。ガイウスが王都から持ち出した刀剣の中から、彼女へと贈られた一品だ。フォグはこれに手を加え、彼女の体格に合わせてロングソードの様に用いている。武具蒐集《しゅうしゅう》家の気があるガイウスだが、死蔵するのは趣味ではないらしく。コボルドたちが使えそうな小さいものは、どんどん分配してしまっていたのだ。

「お見事！」と拍手のガイウス。フォグは満更でもない様子でふんぞり返る。

『どうだいガイウス、カッコよかっただろ？』

「うむ、見惚《みほ》れた見惚れた」

『やだねえ、惚れるんじゃないよ』

笑い声を上げながら屈み込んだガイウスが緩く突き出した掌を、フォグが軽く叩き。ぱしん、という小気味の良い音が周囲に響く。組み始めて短い期間ながらも二人の息はまさに阿吽《あうん》のものであり、この二人が主となって仕留めた魔獣は、既にかなりの数に上っていた。

『こんだけ大物なら今日はこれで十分だろ。さ、さっさと捌《さば》いて運ぼうか』

「そうしよう。おーい、皆、始めようか」

二人が、仲間へと手を振り呼び寄せる。コボルドたちは笑みを浮かべ、それに応えるのであった。

*

「んごおおおお！　もう駄目だもう動けねえ！　腕が痛え！」

木剣を放り投げながら。エモンがごろん、と草の上に横たわった。

「はっはっは。まだまだ。そんなことでは勇者帝王など夢のまた夢」

こちらは薪雑把《まきざっぱ》を手にしたガイウス。自らの肩を叩きつつ、不肖の弟子に立ち上がるよう促す。

「俺は！　努力とか！　苦労とか！　嫌いなの！　痛いのも！　疲れるのも！　ヤなの！」

「確かに。まあ無理はよくないしな。じゃあ、あと立ち合い十回で休憩にしようか」

「オッサン俺の話聞いてる⁉　てかオッサンの修行ってキツすぎない⁉」

「いや、私の師匠はもっと……」

急にげっそりとした表情になるガイウス。昔のことを思い出して、気分が悪くなったらしい。

「私に武術を教えてくれたのは先々イグリス王のお妃様《きさき》だったのだが」

「いやそれ……どんな王妃だよ」

「元騎士バリバリの武闘派でな。当時の王様がまだ少年だったころに一目惚《ひとめぼ》れし、『僕を守って下さい！』と熱烈に求婚されたほどだ」

「身分高いというか、階層高いというか、レベル高いな」

「まあそんなお方だったので、姫の警護役に選んだ私に文字通り血の滲むような鍛錬を……うぐ」

吐き気を催したのか、口に手を当てている。

「逆《さか》さ吊《づ》りになって地面の樽《たる》から足元の容器まで椀《わん》で水を汲《く》み上《あ》げたりとか、構えたまま器を各所に載せられ長時間その姿勢を維持させられたりとか、大瓶に乗ったまま手桶《ておけ》で水を汲《く》み替えたりとか、王妃様を腹に乗せた状態で長椅子のように体勢を保持させられたり、火の付いた香の上で腕立て伏せ、とか色々とな……少しでも姿勢を崩したり遅れたりすると、踏まれたり蹴られたり、鞭《むち》で叩かれたものさ」

「その王妃様って美人だったのか？」

「んー？　ああ、そうだな。先々王が一目惚れされただけあり、お美しい方であった」

在りし日を懐かしげに思い出し、遠い目をするガイウス。だがやはり修行の記憶が優先的に蘇るらしく、「うえっぷ」と再び嘔吐《おうと》を堪えていた。

「ヴァヴァヴァ、ヴァッキャロー！　それ修行じゃなくてただのご褒美じゃねぇか！　自分は愉しんでおいて、俺には辛い修行とか理不尽にもほどがあるだろーが！　俺にもこう、激しく優しく責めて罵ってくれる美女をあてがえよ！　熱く切なく！」

「何を言っとるのだ君は」

「魂の叫びだよ！」

と、そんな師弟を見ながら。一足先に鍛錬を終えたダークとサーシャリアが汗を拭っている。

「何だかんだで、エモンへの稽古は欠かさないわよね、ガイウス様」

「ま、ほっとけないんでありますよ。あのまま西方諸国群へ送り出しても速攻死ぬのは目に見えておりますからなー。それに、息子みたいな年頃の子に稽古をつけるのが楽しいんでしょうな。ほら、鉄鎖騎士団って、近年の配属は女性騎士ばかりでしたし。自分もまぁ、一応女でありますしね……お、エモンが息子で自分が娘でデナン嬢がお母さん！　面白い家族構成になりそうですな」

「やめてよ」

げんなりした表情で返すサーシャリア。

「でもデナン嬢？　頑張りませんと『母親』の部分がフォグ殿になりかねませんぞ？」

「何を馬鹿な」

とは言ったものの。実際フォグとガイウスの馬が合っているのは、サーシャリアも感じている。狩りの時でも日常でも。自分よりも親密で、まるで長年共に過ごしてきたかのような仲の良さなのだ。二人の掛け合いなどを見ていると、サーシャリアは時々、嫉妬すら覚えるのである。

「いくらガイウス様が種族とか気にしないからって、そこまで……」

「だといいのでありますがねえ。ケッケッケ」

＊

『おや』

「あら」

『『おいしー！』』

同じ意の様々な反応を受け、ダークが軽くお辞儀をする。

「御気に召していただけたようで、幸いであります」

『驚いた、臭みが強くて硬い一角イノシシの肉が、随分変わるもんだ』

「近くで摘んだ香草を使ったり、肉も叩いてほぐしておいたのでありますよ。あとは脂を引いて焼いただけ。あ、ソースはこちらの調味料を利用させてもらいまして。ガイウス殿が持ち込むまで金属の平底鍋が無かったのですから、こういった焼き方はコボルドの皆さんは未経験でしょうし」

『アンタひょっとして、料理得意なのかい？』

「ええまあ。ベルダラス家の家事一切は、昔は自分がやっておりましたので。今日は簡単に済ませましたが、ご希望であればもっと色々作るでありますよ」

『森の外の料理、アタシにも教えておくれよ！』

「喜んで！　実はご近所の奥様方からも頼まれておりまして。良ければご一緒に」

ガシッ、と手を組むフォグとダーク。

（いつも何考えてるか分からないのに、ホント抜け目ないんだから）

料理上手という響きに若干の劣等感を感じながら、サーシャリアはその二人を見ていた。ダークは純血ヒューマンでありながら、いつの間にかコボルドたちと打ち解けていた。ガイウスの娘同然という触れ込みも手伝って、今では他の来訪者共々、すっかり村の住民である。

当然ながら長老だけは大反対であったが、彼は主婦連合から二度目の包囲攻撃を受けて、敢え無く沈黙させられていた。その様子は遠目に見ていたサーシャリアが気の毒に思ったほどだ。

やはり奥様方は、コボルド村において最強なのである。

＊

食事を終えた一同が休んでいると、フラッフがエモンのところへトテトテと、四足で歩み寄ってきた。フォグからは『二本足で歩く練習をしな』と言われているものの。幼いフラッフはまだまだバランスを取るのが苦手なのだ。

『エモンにーちゃん！　また、ギガボンをよんでよ！　【イワノシン】のつづき！』

戯画本とは、グレートアンヴィル山のドワーフたちが好んで描く、コマ割りされた絵本の形式だ。ドワーフ以外の執筆者はあまり見ないが、南方諸国でも少数が流通している。

【鋼鉄騎士イワノシン】は好男子イワノシンが弱きを助け強きを挫《くじ》く冒険活劇であり。先日エモンが戯れに読み聞かせたそれを、フラッフはいたく気に入った様子なのであった。

「勘弁してくれ。夕方の稽古でクタクタなんだよ。今度な」

『えー、ケチー。いいよ！　じぶんでよむもん！』

軽く鼻に皺を寄せると、フラッフはエモンの鞄の方へ向きを変えた。

「お前、字読めないだろ……って止《よ》せ、おい！」

『これいつものほんじゃないやー。はだかのヒューマンが？　なにしてるのこれ？』

フラッフが鞄から取り出した数冊のそれは、【姫の隠し部屋】【鎧を脱いだら】【女神官の第二懺《ざん》悔《げ》室】などといった、想像力を掻《か》き立《た》てるタイトルといかがわしい表紙絵の戯画本であった。

「ぎゃー！　ちょっとフラッフ！　こんなの見ちゃいけません！」

たまたま近くにいたサーシャリアが、真っ赤になってそれらを取り上げる。

『えー!?　なんでー!?』

「こんなの読んでると、エモンみたいになっちゃうわよ!?」

『エモンにーちゃんカッコイイからいいよ』

「どこが！　これっぽっちもカッコいい要素なんてないでしょ！　絶対駄目よ！」

掲げた手からすっぽ抜けた本が回転しつつ放物線を描き、寝転がっていたガイウスの顔に命中する。悶絶するガイウス。慌てふためくサーシャリア。エモンはその隙に素早く御宝を回収する。

だが一息ついた少年の肩を、ぽん、と叩く掌があった。

「どうしたんだい、ダークの姐御《あねご》」

「いやー。ちょっと前に、お前たちドワーフの御宝のせいでひどい目に遭ったのを思い出したもんで。明日は自分が剣術稽古つけてやるから、覚悟しておくであります」

「え!?　なんでだよ!?」

困惑し抗議するエモンであったが、ダークの眼力に押され、そのまま黙ってしまった。こういう目の女性に逆らうとろくなことにならないのを、彼は自身の姉たちから理不尽に教育されていたからだ。

「震えて眠れであります」

……ドワエモン、災難の日であった。

＊

コボルド村の外れ、ある日の稽古。今回は村の男たちや子供も加わって大教室の様でもあったが、どうも今は休憩中らしい。各自座ったり、水筒で喉を潤していたり、談笑したりしている。

森へ香草や山菜を採りに行っていたフォグ、サーシャリア、ダークの三人は、丁度その稽古場の脇を通るところだった。

「今日はえらく賑やかね」

『ガイウスがエモンに剣を教えてやってるのを見て、男衆も気になってたみたいさね。子供たちはまあ、新しい遊び程度にしか思ってないだろうけど』

「ガイウス殿は武器全般使いこなせますからな。槍の鍛錬ならば狩りにも役立つでありましょう」

そう話しながら遠巻きに眺めていると、男衆が不意に立ち上がり、ある一点に集まり始めた。

「あら、何かあったのかしら？」

どうやら地面に何か落ちているらしい。ある者は興味深げに眺め、またある者は棒切れで突っついている。やがてガイウスが木の枝でそれを刺し、持ち上げると。周囲の大人も子供も、喚声を上げながら慌てて距離をとるのであった。

『……魔獣か動物のでっかいフンを見つけて騒いでいるらしいね』

「アホでありますな」

「童心に返るガイウス様、素敵！」

「デナン嬢、眼鏡の度、大丈夫でありますか？」

キャーキャー騒ぎながら他のコボルドたちも同様に木の枝の先にそれをつけ、不要に過剰な緊張感を創り出したチャンバラに興じ始める。確かにあんなもので一本取られたら堪ったものではない。

『なんで男ってああなんだろうねえ』

「逃れきれぬ業、という奴でありますかねえ」

「何カッコつけて言ってるのよ……あ、長老が来たわ」

見ると、男衆の方へ長老が歩いていくではないか。

「あの乱痴気騒ぎを注意しに来たのかしら」

「で、ありますかね」

だが長老は両手に枝を持つとフンに突き刺し。見事な糞撃《くそげき》二刀流で、別の村人と剣戟《けんげき》を始める。

『馬鹿だねえ』

「バカでありますな」

「バカね」

帰ろうか、と女三人が向きを変えようとしたところ、てとてとと二つの小さな影が走り寄ってきた。フォグの息子フラッフ。そしてその一番の友達、フィッシュボーンだ。

「おやオチビたち、どうしたんでありますか」

『おねーちゃん、それ、かして』

フィッシュボーンが、ダークの手に握られた採集用の小さなスコップを指差す。

「これでありますか？」

『うん！』

元気よく頷いたのは、フラップのほうだ。

「ああ、あのフンを片付けるのね。そうね、早いとこ埋めちゃったほうがいいもの」

『ううん、ちがう』

サーシャリアの言に、フィッシュボーンが首を振る。

『あのウンコを、これで、すくって』

「掬《すく》って？」

『はこんで』

「運んで？」

『なげつけるの』

『止めな』

「止めるでありますよ」

「止めなさい」

盛大に却下を食らい、子供たちは『えー』『うー』と不満の呻きを上げ男衆の方へ戻っていった。

「どうやったらあんな恐ろしい戦術を思いつくのかしら」

「それよりも、あのウンコへの熱い情熱は一体どこから来るんでありましょうな」

『ちょっと！　こっち見るんじゃないよ！　別にアタシの教育のせいじゃないからね⁉』

そして女衆は「『はぁ』」と合わせたように溜息をつくと、村の方へと歩き出す。男衆がチャンバラ合戦から水浴び大会に移行するまで、もうしばらくの時間を要した。

＊

夕暮れ時。村のすぐ北東にある、湖。村の大事な資源であり、自然にとっては森の中へ流れていく何本もの川の中継地点である。ガイウスの故郷へと続く枯れた川はここを水源とした流れの一本であり、何らかの事情により土砂が丘のように盛り上げられ、その流れが湖側で堰《せ》き止《と》められたために干上がっていたのであった。その場所で、先程まで迫真の模擬戦に臨んでいたコボルドたちが水を汲み、身体や服を洗い清めているのである。

「ああ、サッパリした」

ガイウスが水を滴らせながら、フラッフを拭いているフォグの脇に座った。

『何だいアンタ、濡れっぱなしじゃないか』

「今の時期なら、放っておけば乾く」

『なんで男って濡れたままでいるのかねえ。ほら、もう一枚あるから。ちゃんと拭きな』

「かたじけない」

彼にフォグが手拭いを渡している隙に。水気を拭き取り終わったフラッフが「ぶるん」と身体を一震わせし、駆け出していく。どうやらまだ元気が有り余っていて、遊び足りないらしい。同じく母親に身体を拭ってもらっていた親友と合流すると、そのまま村の方へと向かっていった。

『ああもう！　良い時間なんだから早く家に戻るんだよ！』

『『はーい』』

聞いているのかいないのか。元気の良い返事だけをして、子供たちは村へと走り去っていく。まあ、もう夕食時だ。フラッフたちも腹が減ってすぐに帰ってくるだろう。

「元気が良いな」

『元気ばっかりで頭のほうはちっとも追いつかないけどね』

苦笑いするフォグ。

『……まあ今でこそあんなブサイクでお馬鹿だけど、産まれたばかりはそりゃあ可愛くてねえ。あの時アタシゃ、この子たちのためなら何だってできるって思ったもんさ』

亡くした子のことも思い出したのか。言葉に少し、力がない。察したガイウスが無言で頷く。

『ありがとね、ガイウス。アンタのおかげで村の増築も順調だし、森の外の道具で色々便利になった。魔獣狩りも順調だから犠牲もほとんど出てないし、食い物も不自由してない。知ってるかい？食料事情がよくなって、村で最近産まれてくる子供の数は前より増えてきてるんだよ』

「そうなのか。それは良かった。村が賑やかになるのが、楽しみだな」

フォグは穏やかに微笑む。

『これからも、あの子たちのためにも、村の皆のためにも。アタシももっと強くならないと。だからガイウス、アタシにもエモンみたいに稽古をつけておくれよ。剣も、槍も』

「勿論だとも。喜んで引き受けよう」

『何せアタシャ、コボルド族一の戦士だからね。皆をぐいぐい引っ張ってかなきゃ。アンタから武術を習ったら、アタシはそれをコボルド向けに手直しして、村の奴らをどんどん鍛えてやるのさ』

それはいい考えだ、とガイウスは頷いた。

『だから、ア、アンタさえよければだけどさ。これからも？　ずっと？　村にいて？　アタシと組んで？　皆を鍛えるのも？　いいんじゃないかとか？　思うんだけどね？　どうかね？』

「……私はこれからも、村にいてもいいのかな」

『当たり前さ！　村の連中だって、そう思ってるよ。クソボケジジ……長老だって口ではあんな風だけど、もう分かってるはずさね』

「そうか。良かった」

『じゃあ、決まりだね』

ひょい、と飛び上がるようにしてフォグが立ち上がる。

「うむ。よろしく頼む」

『ああ。これから忙しくなるよ！　アタシたちで、コボルド村をもっと立派に、もっと強くするんだ。村の奴らのために、そして、これから育ってくる子供たちのために』

今度は、にぃ、と歯を剝いて笑う。

そして、夕日に照らされたその笑顔を見て。ガイウスは彼女を美しいと思ったのだ。

国家の威信や利権争い、外交手段としての戦い。命令だから。任務だから。騎士の誓いだから。家の名誉や栄達、金のためでもなく。はたまた、先の襲撃事件のような謀略、陰謀でもない。

ガイウスが今まで見てきた戦いと、戦う理由と。そのどれにも、彼女は当てはまらなかった。

戦士ホワイトフォグは、ただコボルドたちの生存と未来のためだけに武器を取るのだ。それは、ガイウスにとってひどく純粋で、とても気高く。そして美しいものに感じられたのである。

「フォグよ」

『何だい』

「君は、美しいな」

『ななな何言ってんだいこのお馬鹿は!?　馬鹿だねえ、ホント馬鹿だよ。ばーかばーか』

ガイウスには分からぬ紅《あか》い頬で、フォグがまくし立てる。

『確かにアタシゃ死んだ旦那からも「黙ってれば美人なのに」って褒められたりしたけどさ！』

「ははは、そうだな。君は、いい女だよ」

牙を剝いた猛獣の貌で、ガイウスは答えた。フォグは既に、この表情が微笑みだと知っている。

「だから、頼みがあるのだが」

『何さ、改まって』

首を傾げるフォグに、ガイウスがゆっくりと右手を差し出す。

「私と、友達になってはもらえぬだろうか？」

白く美しいコボルドは彼の申し出を聞き。しばらくキョトンとしたままであったが、やがて。

『……アンタ、ホント馬鹿な男だねえ』

小さく苦笑しながら、差し出された手を握るのであった。

『アタシゃ随分前から、そのつもりでいたんだけどねえ』

＊

ライボロー冒険者ギルドの裏手にある酒場、【銀の柄杓亭《ひしゃくてい》】。

お世辞にも層が良いとは言えない客たちの喧騒《けんそう》、アルコールと揚げ物の匂いが充満しているその片隅で、冒険者セロンと仲間たちは席を囲んでいた。

卓上には質の悪い蒸留酒やビール等が料理とともに並んでいるが、そのどれもがあまり進んでいない様子である。だがそれも、彼らの暗い表情を見れば納得がいくだろう。

「金を、作らないと」

独りごちるかのように口を開いたのは、前衛担当の一人グラエムだ。浅黒い肌の身体は筋骨逞《きんこつたくま》しく、重い鎧と武具を十分に扱い切る頼もしい男だが。肩を落とし、ただ盃を見つめている様からは、そういった力強さはまったく感じられなかった。

「ヒューバートの奴、来月までに金を返せだなんて、無茶よ！」

ややヒステリックな声を上げているのは、線の細い神経質そうな女性。セロンの妻でチーム唯一の魔術士である、ディビナだ。イグリス王都の魔法学校に通った経験は無いが、地方の魔法使いに育てられたため、初歩的な魔術を身に付けていた。

高価な魔杖無しに魔素を練られる魔術士であれば、近年の軍事傾向からいって容易に魔術兵の勤めを得られるし、実際、一時期彼女もグリンウォリック伯の軍で働いていたこともある。だがその性格故に組織には留まれず、今では冒険者に身をやつしていた。

その横で黙ったままそれを聞く、槍使いのモーガン。昔は娼館《しょうかん》の用心棒をしていたという、寡黙な男だ。彼がそれ以上過去を語ることは無かったし、周囲も深く聞こうとはしない。メンバーにとって必要なのは、彼の腕前だけなのである。

「だからどうするか考えているんじゃない！　今更そんなこと言ってもしょうがないでしょ⁉」

噛み付くように言葉を叩きつけた女性の名は、アビゲイル。手先が器用で、解錠や罠解除という技術に長《た》けている。まるで盗人《ぬすっと》まがいの特技ではあるが、実際彼女は王領《ミッドランド》では窃盗犯として手配されている身だ。セロンが妻に隠れてこのアビゲイルと関係を持っているのは、ディビナ以外のメンバーにとって公然の秘密であった。

「まあ喧嘩は止せ、仲間じゃないか。こういう時は助け合って危機を乗り越えるんだ」

セロンが長い前髪を掻き分け、整った顔に笑みを浮かべながら女性陣を仲裁する。アビゲイルとディビナはまだ何か言いたげであったが、軽く呻いただけで口論の矛を収めた。

揚げ物を口に運びながらそんな様子を横目で見ているのは、元狩人のシリル。セロンと同郷で、付き合いも一番長い。野や森での活動には彼の知識と経験が重宝がられ、評価されるであろう……本来ならば。

「元はといえば、セロンが賽《さい》の目博打《めばくち》を受けたのが原因じゃないか。この間、【犬】の村を掃討して稼いだ分だって、すぐに酒代に使っちまったし」

「誰が口利いていいって言ったよ泥チビ！　ああ⁉」

女性たちへ向けていた笑みから一転、すごみを利かせた顔でシリルを睨むセロン。このリーダー格の男は幼馴染《おさななじ》みを名前では呼ばず、ずっと「泥チビ」と子供のころからの蔑称で呼び続けている。彼の女たちも、それに倣ってシリルを軽んじていた。

「ごめん」

シリルは盃を口に当て飲む振りをし、舌打ち。幸いそれは、セロンには聞こえなかったようだ。残りのメンバーたちは、引き続きああだこうだと議論を続けている。だが実際、シリルの言う通りであった。元々チームはヒューバートに金を借りてはいた。だがそれが手に負えぬほど膨らんだのは、セロンたちが先月博打で大負けした分をさらに借金して穴埋めしたからなのだ。

ヒューバートは粗暴で下卑た男だ。だがライボロー冒険者ギルドの古参であり、そして他の冒険者たちに金貸しをして利鞘《りざや》を得ているやり手でもある。自然、取り巻きも多く発言力も高い。ギルド長である騎士ワイアットからも、冒険者の取りまとめ役としてそれなりに重宝がられていた。

彼に逆らってはライボロー冒険者ギルドではやっていけないし、返済期限の延期を願い出れば、それをダシに危険な仕事の盾に使われたり、何か危ない橋を渡らされるのは目に見えている。

踏み倒したままライボローに留まれば当然、牢屋《ろうや》行きだ。いや、見せしめのためにヒューバートに殺される……同じく借金で従わされた冒険者を使われて……危険性だって高い。

「もういっそ、他の領地へ逃げようか」

グラエムの提案に、シリル以外のメンバーが首を振る。

西隣のゴルドチェスター辺境伯領で、セロンは殺人、ディビナは横領、モーガンは傷害致死で手配されている。南の王領《ミッドランド》においては、セロンが婦女暴行、殺人。アビゲイルは窃盗。グラエムが放火。東隣のグリンウォリック伯領でも、強盗殺人犯セロン、詐欺師グラエム、といった名目で追われている身だ。このチーム、いや、セロンにとって、近隣ではこのノースプレイン侯領だけが、大手を振って表を歩ける最後の土地だったのである。

……長大な防壁でも無ければ、このように他領から無頼の輩が移ってくるのを防ぎ切ることはできない。これは、どの時代、どの地域でも自治体が必ず正対せねばならぬ問題である。

「ならば、入ってきてしまった者たちに敢えて危険な仕事をあてがうことで、治安の向上を図れば良い。登録させて情報も得るので管理もしやすくなる」という当時としては画期的なこの仕組みを考案したのは百年以上昔のイグリス貴族であり、実際成果も上がったのだが。これはあくまで「自領」に対してのみ効果を期待するものであり、「他領のことは関知しない」という視点での制度であった。その結果現在では、各地の自治体が冒険者ギルドを設けるに至っている。

【冒険者】。そう言えば聞こえは良いのだ。だが、実際はセロンたちのようにある国、ある領地では冒険者ギルドに登録して活動をしているものの、隣の領地では犯罪者として追われている、という例も決して珍しくはなかったのである。

「またあれをやるしかないか。泥チビ、場所は把握しているんだろう？」

腕組みをしたセロンが、シリルに問う。

「ああ、あれから三回【大森林】に潜って、見つけておいたよ。でも犬っころは村を潰してから日が経っていない。まだ早いと思う。去年やった二件のゴブリン村は、あれ以降どっちも居場所が摑めていない。多分、こないだの冬で全滅しているんじゃないかな」

開拓村の狩人として育ったシリルは、単独で【大森林】に踏み込み、探索し、帰還できる力量を備えている。こういった仕事であればチームへの貢献度はかなり高いはずだが、内部の人間関係故に、彼への評価は不当に低い。

「チッ、使えねえ奴だな」

横暴だがシリルは反応しない。言い返せば激高させるだけなのを、彼はよく知っているのだ。

「それに今刈り取れば、多分村はもう立ち直れない。資源としては今後使い物にならなくなると思うよ。僕はお勧めしないね。もう一年は寝かせたほうがいい」

内心ほくそ笑みながらシリルは淡々と語る。博打に参加しなかった彼自身は借金をしていない。

「問題は先じゃねえ、今なんだよ！」

ドン、と叩きつけるようにテーブルに盃を置くセロン。

「【大森林】で暮らしてる社会性モンスターなら、必ず狩りをしている。量は少なくても、角や肝、羽根とかを蓄えているはずだ。ひょっとしたら、竜の物もあるかもな」

一角イノシシの角や蟲熊《むしぐま》の肝は薬の原料として、森の外では高値で取引されている。槍孔雀《くじゃく》の羽根も装飾品として人気は高いし、森クジラのヒゲは楽器や衣類の材料として需要は高い。森林竜の角や牙などは、貴金属を拾うようなものである。とにかく【大森林】の魔獣からとれるものは、その狩猟の困難さもあって人界では珍重されるのだ。

実際、数ヵ月前に彼らが壊滅させた【犬】の村からは多量の珍重品を得られたため。チームは当時抱えていた借金を完済した上、近日まで放蕩《ほうとう》三昧で過ごすことができたのであった。

「今までは【大森林】に入るってことで念のため人数を集めていたが、今回は俺たちだけでやる。獲物が少ない分、うちだけで総取りだ」

それならば。多少実入りが少なくとも、全てを返済に回せばなんとかなるだろう。グラエムとモーガンも頷いている。女二人は元より、セロンの計画に反対するつもりが無い。

「場所が分かってる上に、道も枯れた川を遡りゃいいんだろ？」

「そうだけど、僕は反対だな。相手はあの【大森林】だ。潜るなら、人数は揃えて欲しい」

腕を組み、正論をぶつシリル。普段、高圧的に接してくるセロンへせめてもの意趣返しである。

「お前、俺に逆らうってのか」

「いや、僕はそんなつもりじゃないよ。ただね」

「いいぜ、お前が故郷で何をして来たのか、全部バラしてやるぜ？　簡単さ。俺が一筆書いて送るだけだ。お前のお袋さんと親父《おやじ》さん……妹もいるよな。なんて思うかな？　村の人気者、あの可愛いリリーをお前があの日……」

瞬時に血の気を失ったシリルが、跳ねるようにして椅子から立ち上がり、言葉を遮った。

「分かってるよ！　大丈夫だよ！　しっかり協力するさ！　やだなあ、僕がセロンの力にならないわけが、ないじゃないか！　僕はただ、君を心配してただけさ！」

「だよな。だーよーなー！　それでこそ心の友よ！」

こちらも腰を上げ、ツカツカと心友へと歩み寄ると、ガッシと肩を抱く。

片方は愉快そうに、もう片方は引き攣った顔で。「ははは」と声を上げる。

「俺たち、友達だもんな！」

「ああ、僕たちは友達さ！」

【銀の柄杓亭】の隅で。偽りの笑い声が、まだしばらくの間響いていた。

＊

翌々日。準備を整えた一行が、ライボローの街を後にする。

【大森林】に潜るとはいえ、今回の道のりは簡単なものだ。相手は犬モドキ。おそらくは脆弱《ぜいじゃく》なゴブリンの亜種であろう種族だ。しかも前回の時より大幅にその数は少なく、戦える者はさらに限られるはず。容易い仕事。楽な相手。問題は、【犬】たちが期待に添うだけの物を備蓄しているかだけ。

セロンたちの懸念は専ら、それが借金を返すに足るかどうか、ということのみだったのである。

*

「はっはっは、逃げるでない」

「何だよその木の人形！」

「これは木人剣という修行法でな、私もかつて、今は亡き王妃様からだな」

「絶対しんどいからヤダー！」

などと師弟がやっている間。

一足先に鍛錬から上がったダークとサーシャリアは、家の中で汗を拭っていた。

「いやー、今日もガイウス殿からは一本取れませなんだ。これでは組み敷いて無理やり致す方向では、やはり難しいですな」

上半身の汗を布で拭きながら、ダークがケケケと笑う。サーシャリアは曖昧に返事をしながら、その裸身を横目で見ていた。

服の上からでは分からなかったが、ダークの身体には焼きごてを当てたような火傷跡が幾つも痛々しく残っている。その他にも、何か鞭のような物で叩かれたのだろうか。皮が一度裂け、引き攣ったように塞がった跡もやはり複数見受けられた。左胸の先端にも、虐待の痕跡がある。

(思えば彼女、学校時代も騎士団でも、いつの間にか人がいないところで着替えを済ませていたわ)

昔であれば「色々な経歴の者がいる」とだけ思い、ダークの傷跡にも然程《さほど》注意を払わなかっただろう。だが彼女がガイウスの娘同然だと知った今、気にせずにはいられぬのが道理であった。

そんな視線に気付いたのか。ダークは胸を隠すように腕を組み、身体をくねらせ。

「デナン嬢に視姦《しかん》されるとは、なかなかゾクゾクするでありますなー。自分、興奮して参りました。いやあ！　下着を替える前で良かったであります！」

「違ぁぁう！」

「えー？　ミルドレッド嬢なんか喜んで見てくれたでありますのにぃー」

しなを作りながら、からかうように言うダーク。

「へ？　ミルドレッドって、騎士学校の同級生の？」

「ええ。ピルチャー子爵のご長女の」

「金髪が縦にくるくる巻いてあった、あのお嬢様？」

「そうであります」

サーシャリアの脳裏に級友の姿が浮かぶ。家柄もよく秀才で、級長も務めた生徒であった。歴《れっき》としたイグリス名門貴族だが、半エルフである自分への虐待には加担してこなかったのを記憶している。

「なんで？」

「そりゃあ、寮が同室の自分が、籠絡してましたので」

「籠絡？」

「賤民《せんみん》出の自分が、貴族だらけの騎士学校でイジメも受けずに学生生活を過ごすためには、強力なオトモダチが必要だったのでありますよ」

「はあ」

「なのでこう、隙を見て手籠めに、ね。後は自分も昔取った杵柄《きねづか》というか、手練手管であります。いやあ彼女素質がありまして。楽しかったナー。デナン嬢もお誘いすればよかったですな！」

「ぎゃー！　ち・か・よ・る・なあああああ！」

尻餅をついて、そのまま隅へと後ずさるサーシャリア。

ダークはその様子を見て、目を細める。

「ケケケ、ご安心下さい。ほぼ本当のことです故」

「何がご安心だあああああ！」

ぽいぽいと着替えを投げつけるサーシャリアをひとしきり笑った後。

「あー、で、ですね。これらはガイウス殿に付けられた傷ではありませぬので、大丈夫ですよ」

ぼつぼつと呟くように、ダークは口にした。心中を見透かされていたことに気付いたサーシャリアの頬が、微《かす》かに熱くなる。

いや、見抜かれたことを恥じたのではない。過去に傷を負わされたダークを案ずるよりも、その犯人が意中の人ではないかと危惧した自己中心的な思考を、サーシャリアは恥じたのである。

（馬鹿だわ、私）

言葉を返すべきだ、と思うも最適解は導き出せず。そのまま気まずい時間だけが、流れた。

「……あのね、思うんだけど」

苦し紛れにサーシャリアが口を開いたその時。

「おーい、いいかね」

入り口の戸越しに聞こえるのは、ガイウスの声だ。女性陣が着替えをしているだろうと察し、問いかけてきたのだろう。まだ稽古着のままのサーシャリアは良いが、ダークは裸である。慌てたサーシャリアがガイウスを制止しようとした矢先。

「いいでありますよー」

当のダーク本人が、彼を招き入れたのだ。

「フォグがな、キノコを採りに行こうと……」

「お、いいでありますな」

乳房を放り出したまま入り口に正対するダーク。対したガイウスは苦々しい顔をすると、一言。

「……お前、また太ったなあ」

「ああ!? 何つったでありますかゴルァ!」

ダークの正拳突きを顔面に受け、ガイウスが後転するように家から追い出される。次いで大きく振りかぶった蹴りを浴びせられ、そのままどこかへ転がされていってしまったようだ。

「実にクソッタレですな。相変わらず、裸を見ても何の反応もねーでありますよ、あのオッサン」

「そ、そうね」

室内に戻ったダークは素早く着替えてしまうと。プリプリと怒気を噴出させながら、がに股で家

から出ていってしまった。サーシャリアはしばし呆然としていたが、やがて、

「私も早いとこ着替えて、キノコ採り手伝おうっと」

と呟き、着替えを始める。下着姿になったところでふと足元を見れば、ダークの手拭いが落ちているではないか。どうやら怒りのあまり、忘れていってしまったらしい。

「そういえば昔、体育着をガイウス様が届けに学校に来ていたのって、あれダークの分だったのね……彼女、意外と忘れ物しがちなのかしら」

まあすぐに取りに戻ってくるだろう、と思った時。再び入り口の戸をコンコン、と叩く音。

(ほら戻ってきた)

「はいはい、いいから持ってきなさい」

ギィ、と軋《きし》みながら戸が開き、中に入ってきたのはガイウスであった。

「フォグが籠を持って来てくれと……ぬおおおう!?」

「へ!?　ガイウス様!?　あ!?　ぎゃあああ!?」

素っ頓狂な声を上げるガイウス。慌てて身体を隠すサーシャリア。

「きゃー!　すすすす、すま、もも申し訳、ごめんなさい!」

謝罪の言葉を述べつつ「ドッ」「ガン」「ゴン」と、入り口や戸に頭や身体を激しくぶつけながらガイウスが転がるように走り去っていく。さらに外でもどこかの家にぶつかったのだろう。コボルドたちが驚く悲鳴まで聞こえてきた。

サーシャリアは呆けたように家の中に取り残されていたが、やがて気を取り直し。

「……何だか分からないけど、勝った!」

一人、拳を力強く握りしめるのであった。

＊

『かけまくもかしこき　だいちとほうじょうのせいの　おおまえに　かしこみかしこみ……』

開墾した畑に向かい、長老が祝詞《のりと》を読み上げる。

『……きょうのいくひのたるひに　とよみけとよみき　くさぐさのたなつものをささげまつり』

農作業をしていた村人たちは小休止を入れ。長老の周囲に集まり、地べたに座っている。麦わら帽子を被ったガイウスも村人たちと並んで正座し、老コボルドの所作を物珍しげに眺めていた。

『もーにょもーにょ　むーにゃむーにゃ』

途中から物すごく適当になってきている気がしないでもないが……おそらくこれはそういうものなのだろう、とガイウスは勝手に納得する。

『ふーがふーが、ぶえっくしょん！』

やがて何やら、緑色のモヤのようなものが幾つも長老の周囲にまとわりつき始めた。ガイウスは「おお」と感嘆の声を上げるが、コボルドたちにとっては別に珍しくもないらしく。あくびをしている者や、雑談している者、鼻をほじっている者までいた。

『え？　何？　森の外の作物は初めてで、自信無い？　まあなんとかなるじゃろ。適当に頼むわ』

いつの間にかただの会話へと移行した祝詞を続ける長老。どうやらこのモヤが、精霊らしい。

『賑《にぎ》やかしに祭りをやれ？　村はのー、今はのー、そんな余裕無いんじゃよー。あー、分かった分かった。収穫時期にやるから、そこんとこ宜《よろ》しく頼むわい。ああ、うん。そんな感じでの』

どうやら交渉は成立したらしく、精霊たちは長老の周りをひとしきり回った後、畑へと飛び込み見えなくなってしまった。それを見届けた長老が『ゴホン』と咳払いをし、

『かしこみかしこみももうす〜』

と締めに入るが。何分途中が途中なだけに、神秘性やありがたみも大激減といったところである。

『ほれお前たち、精霊たちに話をつけておいたぞい。この土でも頑張ってみると言っておったわ』

『ありがとよジイさん。よーし皆、再開するぞー』

号令をかけたのは、フィッシュボーンの父親で畑のリーダーをしているレッドアイだ。彼の声に従い、村人たちが『うーし』『あいよ』といった声と共に立ち上がり、野良作業へと戻っていく。

ガイウスは長老に労いの言葉をかけようとしたが、ヒューマン嫌いの老人は『フン』と鼻を鳴らすと、そっぽを向いて歩き去ってしまった。

『まあガイウス、気にすんな。いつものジジイだ』

「むう」

レッドアイが、ガイウスの尻をパシパシと叩きながら慰める。

『さ、それより畑仕事だ。今日は種蒔《ま》きをさせてやるって言っただろ』

「うむ！」と頷いたガイウスが、畑へと足を踏み入れる。

土を掘り起こし草の根を取り除いて、石をどけ、土を砕き、物によっては灰を撒《ま》き、畝《うね》を整え。

村人たちが懸命に作ってきた大切な耕地だ。力仕事が必要な時にガイウスも手伝ってきたが、街で馬の農耕具を調達してからは、マイリー号による畜力開墾へ一気に発展。何分、疲れを知らず従順

なゴーレム馬である。以降は一気に開墾速度が上がり、耕作面積も飛躍的に拡大してきていた。そのため今日は狩りのメンバーたちも加えて、男衆総出での大作付を行っていたのである。

　ガイウスたちの担当はニンジンの畑。ミッドランドキャロットというイグリス王国では一般的な品種で、普通のものよりも発芽率が優れているのが特徴だ。今植えておけば収穫時期は秋冬ごろ。冬の間ずっと畑に残しておくこともできるので、そのあたりも冬越えに向けて好ましい。

　コボルドたちにとっては初めての作物だが、街で買い求めた農業本をサーシャリアが読み聞かせたところ、レッドアイたちはすんなりと知識や農法を飲み込んでしまったのだ。短い寿命のため時間密度がヒューマンより濃いからだろうか。コボルドたちの学習速度と意欲、そして記憶力には、実際目を見張るものがあった。

『ああ、ほら、そこ、足元！　畝を崩すんじゃない』

「ぬおう!?　すまぬ」

　土に水をかけながら進むレッドアイから、叱咤《しった》が飛ぶ。

『こいつは筋蒔きにするから、もっと短い間隔で蒔いて！　ほら、溝からはみ出してるぞ！』

「お、おう」

『そう、そうやって土を被せて……被せすぎ！　押さえつけすぎ！』

「こ、こうかな」

　手をぷるぷるとさせながら懸命に力加減をし、ガイウスが土かけを行っていく。

『……お前さん、腕っ節以外はホント、からっきし駄目だな』

「まったくもって面目ない」

とほほ、という顔をしながら後頭部を掻くガイウス。直後に手が土まみれだったことに気付き、慌てて髪の毛から叩《たた》き落《お》とし始める。が、余計に土を付けただけに終わってしまったようだ。

「剣は暮らしていく上では何の役にも立たんのだよなあ……」

『まったくだ。お前さんの師匠も、武器と一緒に鍬の使い方くらい教えてくれりゃ良かったんだよ』

鍬をもった自分の師匠の姿を想像し、小さく笑うガイウス。王妃でありながら筋骨逞しい女性であったので、それはそれで似合いそうであった。

『ま、これからは俺たちが教えてやるさ』

「……こんな私でも、できるかな?」

自信なさ気に言うガイウスに、レッドアイが首を傾げながら応じる。

『ん? お前さんこれからも、ずっとここにいるんだろ? 時間はいくらでもあるからな。ま、いくら鈍臭くっても、年月かけりゃ多少はマシになるさ』

ガイウスは一瞬驚いた表情を浮かべたが、すぐ平静に戻り。軽く笑ってから目を伏せ「そうだな」と穏やかに答えた。そして何かの感情を隠すかのように。土に当てた掌を、ぎゅっと押し付ける。

「これからも宜しくご教授願……」

『だから土を強く押さえるなって言ってるだろうがああ!』

柄杓から顔面へと水が飛んできたのは、その直後であった。

＊

『フーラッフー、ブロッサムーねーちゃーん、あーそーぼー』

間延びした声を上げながらフォグ家の玄関に現れたのは、長男フラッフの親友フィッシュボーンだ。その様子もいつも通り。鼻水を垂らしたまま、ぼんやりした顔をしている。

『いーいーよー』

とてとてと彼へ歩み寄り、きゃーきゃー言いながら突っつきあい、じゃれるフラッフ。

『【ゆうきのいっぽんやり】であそぼー。かれがわのほうで、ちょうど、いいのがあった』

『こんどはまけないぞー！』

きゃはは、と笑い合う。

ブロッサムは年上ぶっているのか、二人の傍らで腕を組んで立っている。

『エモンにーちゃんもいこうよ』

「行かん行かん。今日も朝から剣の鍛錬させられてヘトヘトなんだよ」

『ガイウスおじちゃんは？』

「フィッシュボーンの親父さんや皆と畑に行ってるよ」

『ちぇー、つまんないのー』

舌を出すフラッフ。

『じゃあいってくるね、おかーさん！』

『わたしもいってきますわ、おばさま』

子供たちが連れ立って家から出ていく。縄をなっていたフォグは顔だけそちらへ向けると、

『森には絶対に入るんじゃあ、ないよ！　あと、今日は風が強くなるから、その前に帰ってきな！

ブロッサム、お馬鹿たちの面倒頼んだよ！』

『わかりましたわ、おばさま』

『『はーい』』

相変わらず分かったのか分かっていないのか不明な返事をして、子供たちは駆けていった。

それからしばらく、家の中では縄をなう音と、エモンが時々尻を掻く音だけが聞こえていたが。

『そういえばエモン、あの子たちが言ってた【勇気の一本槍《いっぽんやり》】って何なんだい？　危ないモンじゃないだろうね？』

作業を続けたままのフォグが、背後のエモンに尋ねた。

「ああ、危なくはねーな。ガキンチョどもが最近開発した勝負……というか、遊びなんだけどさ」

『へえ』

「まず木の小枝を用意するだろ。次に、各人同じ長さになるように、調整する」

エモンは身体を起こし、人差し指をそれに見立てるかのように、ぴん、と伸ばす。

「それを各自が持って、突き刺していくんだ」

『何に？』

「動物のウンコに」

『またかい』

がくり、と肩を落とすフォグ。

「で、一番ウンコに深く突き刺した奴が勝ちってわけさ。勇気を出して攻めるから【勇気一本槍《スピア・オブ・ブレイブリー》】ってこった」

『馬鹿なんじゃないの？』

「言っておくけど、俺が教えたんじゃないからな」

苦々しい表情で注釈を添えるエモン。

『まったく、どの子が考えついたんだか……ん？　……ちょっと待ちな！　それ、意地張って限界まで挑戦したら、手がアレにつくんじゃないのかい⁉』

「しくじって手に付いた奴が他の子を捕まえる鬼ごっこに発展するとこまででセットの遊びだぞ」

『ちょっと！　すぐ止めさせてきな！　あの子の前掛け、下ろしたてなんだよ⁉』

「えー」

『アタシもこれ片付けたら探しに出るから、先に行って前掛けだけでも外してやっておくれよ』

「へいへい、分かったよ。どうせ枯れ川のあたりだろ」

エモンは面倒臭そうに立ち上がり、伸びをすると。のそのそと家の外へ出ていくのであった。

＊

『フラッフのかち、ね』

『まけたー』

『かったー』

審判役のブロッサムから裁定を下され、がくり、とフィッシュボーンが膝をつく。一方フラッフは、両手を頭上に掲げて勝利を誇示していた。

『つぎおねーちゃんやる？』

『やらない。それよりフラッフ、そのてでわたしにさわったらなぐるわよ』

『ん？　うん』

言われて手の汚れに気付いたフラッフが、前掛けでごしごしと指をこする。

『これでよし！』

よくない。

『あーあ、あとで、おばさまにおこられるわよ？』

『なんで？』

疑問の声を上げるフラッフ。ブロッサムはそれには答えず。鹿の膀胱《ぼうこう》で作った水筒を従姉弟《いとこ》の手の上に差し出すと、水を流して手を洗わせた。用意の良い子供である。

『もっかいやろっか』

『なんでてをあらったあとにやるのよ！　かぜがつよくなってきたから、かえるわよ』

『えー』

『さ、フィッシュボーン。あなたもかえるまえにてをあらいなさいな』

だがブロッサムが彼を見ると、フィッシュボーンは首を傾げたまま、てんで別の方向を見ていた。

それは、枯れた川底が【大森林】へと続いていく方向だ。ガイウスが森の外からやって来た道。そして買い出しに行く際に森を出ていく道。その方角を、怪訝な顔で注視しているのである。ブロッサムも同様に見てみると。川底沿いに誰かが歩いてくるのが、その目に入った。

一人ではない。数名の集団だ。それもコボルドではなく、もっとずっと背が高い者たちである。

『あ！　あれもヒューマンだよね!?　おじちゃんのしりあいかな!?　それともダークねえちゃんのしりあい!?　サーねえちゃんのかな？』

フラッフが歓声を上げ、ブロッサムの脇をすり抜け四足で走っていく。

『あ！　こらまて！』

制止も聞かずに駆け出したフラッフは、すぐに集団と接触した。尻尾を振り、興奮した呼吸でヒューマンたちの周囲をぐるぐると回り、興味を引こうと懸命である。

『ね！　ね！　どこからきたの？　どこからきたの？　だれのともだち？　だれのともだち？』

声をかけられた男が足を止め、白い子コボルドへと向き直る。

フラッフは、普段ガイウスがしてくれるように、このヒューマンも撫でてくれるのだろうと期待して。そしてつぶらな瞳を相手に向け、その手が伸びるのを待ちつつ。鼻を鳴らして軽く匂いを嗅いだのである。

その時フラッフは、違和感に気付いたのだ。

村の中で、母や村人たちから感じられるぬくもり。ガイウスやエモンたちから発せられる感情。そのどれとも違うもの。それは、フラッフが今まで一度も嗅いだことのない【魂の匂い】。

そう。「悪意」の匂いである。

＊

白くふわりとした生き物が毬《まり》のように宙を舞い。放物線を描いてぽすん、と草むらへ落下した。

「あははは！　見たかオイ、結構飛んだな！」

蹴り上げた足を戻し、強風になびく髪を押さえながら。セロンが、上機嫌で仲間に言う。

「次はこいつでやってみてよ。この魚の骨みたいな模様した奴」

アビゲイルが愉しげに進み、別の子犬……子コボルドを摑み上げる。もう一匹琥珀色の子供もいるが、これは恐怖で身が竦んでしまっているため後回しにされた。

『フラッフ！　フラッフー！』

摑み上げられた子供は半狂乱で騒ぎ立てると。身を捩《よじ》ってがぶり、とアビゲイルの腕に嚙み付く。

「痛っ！」

小さな口のささやかな反撃だ。だがそれでも、アビゲイルを激高させるには十分であった。

「このクソ犬が！」

嚙み付いた子コボルドの首根っこを摑んで地面に押し付ける。ばたばたと動くその足をアビゲイルはもう片方の手で乱暴に摑むと、力を入れて捻った。ぽきり。という手応えとともに、肉に包まれた硬い物が折れる。

『ああうううう！』

「私の腕によくもやってくれたね」

激痛にもがく子供のもう一本の足に手を伸ばし、勢いをつけて手首を曲げる。先程と同様の感触、そして音。ショック状態に陥ったその【子犬】が、泡を吹いて力を失った。

続いてアビゲイルは首を掴んだままの手首にゆっくりと体重をかけ、胴体を圧迫し始める。みきみきと胸骨が軋む音が掌から伝わり始めた瞬間。

「何してやがんだテメーら！」

突然の怒声。チームの皆が視点を移すと、一人の少年が駆け寄ってくるではないか。

「……何だあのチビ」

グラエムが顎を撫でながら呟く。肘が動く度に、手甲が厚い甲冑《かっちゅう》胴に擦れて金属音を立てた。探索に向かぬ重装甲であるのは、【大森林】で魔獣との遭遇に備え、前衛の彼が先んじて戦闘装備で臨んでいたからだ。負担や荷重はディビナが支援魔術を定期的にかけることで軽減されている。

本来であれば騎乗を強いられるような重装甲兵に魔術士の支援を合わせて運用するのは、南方諸国では軍事定石の一つであった。勿論それは個人戦闘においても応用されることが多い。

「ヒューマン？　にしちゃ、身体のバランスがおかしいけど」

「えらくブサイクだし」

この冒険者たちはドワーフを見たことがないのだ。そしてコボルド以外の種族がいるという困惑が、魔術士による先制攻撃を躊躇わせたのである。

「フラッフ！　しっかりしろ！　あああ、何てこった、クソ！」

少年はまず白い子コボルドに駆け寄り、抱き上げようとして、すぐ手を止めた。

子犬は、口から血泡を吐いている。おそらくはセロンの蹴撃により内臓に重大な損傷を受けたのだろう。そのままでは死に至ることが明白であったが、経験の少ない少年は重傷者をどのように扱ってよいか分からず、戸惑ったのに違いない。

『エモ……にー……』

「フィッシュボーン！」

別の子犬からの呼びかけに、泣きそうな顔で悲痛な声を上げた彼は、

「ブッ殺してやる！」

と叫ぶと、子犬を押さえつけたままのアビゲイルへ向け猛然と走り出し、腕を振りかぶる。

アビゲイルは腰の短剣を抜いて応戦状態に入るが。刃よりも早く少年を止めたのは、割り込んできたセロンによる一発の蹴りであった。

「うぼあ」

苦悶の息を吐いて倒れる少年にセロンは素早くくると、手甲を付けた拳を叩きつける。一発、二発、三発。命中する度に、組み敷かれた身体がびくりと痙攣《けいれん》を起こす。十回ほど殴りつけたところでセロンは少し手を伸ばし、やや大きな石を摑んだ。

「おい、そいつは犬じゃない。殺しは止めとけ。ノースプレインで手配されたらやばいんだろ」

グラエムが良心からではなく損得の勘定で、セロンを制止する。だが彼は、

「もうここまでやっちまったら、生かしておくほうがまずいのさ。それにここは【大森林】の中だ。咎める奴がいるか？　他にも誰かいたら、それも殺せばいい」

そう答え、組み敷いた相手へ向けて石を振り下ろす。

ごつん、ぐしゃり、ごきり。数回の打撃でその頭は陥没し、身体は動かなくなる。

「死んだか」

セロンは息の止まった少年から身体を離し立ち上がると、手に付着した返り血の汚れを見て舌打

ちをするのであった。

＊

ツー、ツ、ツー。ツツツー、ツー。ツ、ツー、ツー。

『ん？』

『あ？』

畑仕事をしていたコボルドたちの内何人かが、訝《いぶか》しげな顔をして空を見上げ、耳を立てた。

『なあ、誰か霊話《スピリットスピーク》鳴らしてるのか？』

畝を作っていたレッドアイが周囲に声をかけるが、皆、首を横に振る。

『じゃあ、ジイさんか？』

『違うわ。ワシみたいな熟練のシャーマンがこんな五月蠅《うるさ》いもの、わざわざ鳴らさんわい』

水筒から水を飲みながら、長老は答えた。

『こんなの、覚えたての子供がわけも分からず鳴らすくらいじゃろ。で、他の大人にそれが何か教わるのが、お決まりの流れじゃ』

『それもそうか。野良仕事終わって帰ったら、どこの子が覚えたか調べてやらないとな』

ふぅ、と肩を竦めて作業に戻った。そんなレッドアイに、ガイウスが尋ねる。

「【霊話】って、何だね」

『ん？　ああ、精霊魔法というか、技というか、むしろ体質かなあ。シャーマンの素質がある奴しかできないんだが、【霊話】を使える奴にだけ聞こえる音を飛ばせるんだ』

「おお！　すごいな！　遠くの者と話せるのか⁉」

『いや、変な音が出せるだけで何の役にも立たない。誰が出しているかも分からないし、ただ単に五月蝿いだけだな。シャーマンの素質があるかどうかの判別に使うもんだぜ、これは』

「そうか……残念だな」

そのやりとりを聞いていた長老は、ゴホン、と咳払いすると。

『かつて、神祖の力濃きころのご先祖様たちは……』

「おお！」

『おいガイウス。ジジイの話は長いから聞かなくていいぞ。それより、これ以上風が強くなる前に終わらせよう』

「ぬ、ぬう」

やや残念そうな顔をするガイウスの尻を叩き、作業に戻るよう促すレッドアイ。

だが、そうしながらも彼の表情は怪訝そうであった。

『……使ってる本人にとっても鬱陶しいから、子供でもあまり使いたがらんハズなんだがなあ』

＊

村では一番の健脚だと言われていた。実際、男衆と競走しても一度も負けはしなかったのだ。

（なのに、自分の足がこんなに遅いと思うなんて！）

滲《にじ》みそうになる目を必死に見開き、フォグが駆ける。

（油断していた）

前の村からの逃避行、新しい村の建設、食料や住宅問題への取り組み。技術の導入。気を取られて、忙殺されて。のめり込んで。それらを乗り越えていく度に、いつの間にか『もう大丈夫だ』と勝手に思っていた。思い込んでいたのだ。そう悔やみつつ、走る、走る、走る。

（まったく、一番大甘なのは、アタシだよ！）

だが、まだ間に合う。間に合うはずだ。エモンが作ったあの僅かな時間、あれで、あのおかげで、自分の足はあそこまで届く。うん、大丈夫だ。いける。

「剣に慣れたいなら、普段から持ち歩いておくと良い」とガイウスから教わり、帯剣していたのも幸いした。そうだ、運が良い。とても良かった。だからやれるはず。いや、

（必ずやる！）

シュッ、とまるで風を切るような身のこなしで。フォグは恐怖で座り込んだままのアンバーブロッサムの前に駆けつけ、立ちはだかった。

瞬間、周囲を見回し確認する。重体のフラッフ、重傷のフィッシュボーン、生死不明のエモン。

ヒューマンの集団は五人。長髪、鎧の男、槍使い、そして軽装の女が二人。

五対一。だが問題ない。問題は、無い！

しゅらん、と擦過音を立てながら、フォグが鞘から剣を抜く。

『アタシはコボルド族一の戦士、ホワイトフォグ！　これ以上、お前たちの好きにさせるものか！』

そう言い放ち。ガイウスより譲り受けたダガー【スティングフェザー】を右肩につけ、刃を冒険者たちへと向ける。【雄牛の構え】を少し下げた【鍵の構え】だ。

体格差を考えれば構えから斬り結ぶ状況ではないが、次の行動への準備としては意味がある。なおかつ、彼女は斬り込む前に僅かな時間を必要としていた。そのためガイウスから教わった通り、防御を固める構えをとったのである。そして大きく息を吸い込むと。

あおぉぉぉぉぉん

遠吠《とおぼ》えをするかのごとく、天に向かって吠えた。しかし風が強い。距離もある。彼女の声が掻《か》き消《け》されず、村や他のコボルドたちに届くかどうかは怪しいだろう。

だが一々悩んでいる余裕はない。布石と手は打てるだけ打って、後は行動するだけだ。

『ブロッサム！　ここはアタシが食い止めるから、村へ戻って助けを呼んで来るんだよ！』

その指示に姪は従わなかった。いや、従えないのだ。ブロッサムの身体は恐怖で硬直し、思考は混乱の真《ま》っ只中《ただなか》にある。だがそれも無理からぬことだろう。この琥珀色のコボルドは、フラッフたちよりやや年上なだけの子供にすぎないのだから。そのことを十分理解していたフォグは、落胆もせずに目の前の敵へ注意を戻した。

すぐにでも襲い来るかと思われていた敵たちは、未だフォグをじっと見つめている。いや。正確には虹色の光沢を見せる、フォグの【スティングフェザー】を注視しているのだ。

「おい、嘘だろ……あの虹色の光、ミスリル合金だ」

「魔剣か？」

「なんでこんな犬っころがそんなモノ持ってるのよ」

「あれ一本売り払うだけでも、借金が返せるんじゃないの!?」

「……本物ならな」

驚きはしているが、動揺はない。むしろ予定外の収穫に喜んでいる空気が感じられた。

フォグは相手の感情をさらに探るため、鼻を使う。そう、魂の匂いを嗅ぐのである。

（油断してるね、「相手にもならない」って感じだ）

コボルドとヒューマンの戦力差を考えれば、そう思われて当然だろう。嗚呼《ああ》。だがそれよりも。

（前も微かに嗅いだこの匂い！　知ってる！　アタシは覚えているぞ！　こいつら、『あの時』にいた奴らだね！）

夫、兄夫婦、友人隣人、多くの村人たち……そして、逃避行の最中に名前をつける間もなく死んでいった我が子たちの仇。憎んでも憎みきれぬ、その者たちが、今目前にいるのだ。

フォグの血流が沸騰せんばかりに滾《たぎ》る。すぐにでも飛びかかり斬りつけたい。噛み殺したい！

……だが、彼女は怒りに我を忘れはしなかった。

【鍵の構え】を崩し、切っ先を地面へ向ける。それは敢えて頭上の防御を緩めることにより相手の攻撃を誘発する、【愚者の構え】。身長差もあり、相手からはさぞ打ち込みやすく見えることだろう。

（まず相手の攻撃を誘い、反撃から懐へ飛び込む）

この世で最も憎悪する相手。一瞬一秒でも惜しい状況。だがフォグは激情と焦りには流されず、敢えて消極的な構えを取る冷静さを残していたのである。

「絶対に逃がすなよ！　下手すりゃ、村の貯蔵物全部合わせたより高く売れるからな！」

「おう！」

「……分かった」

鎧男は盾を捨てながら片手用のバトルアックス、槍使いはフラメアという古い型の槍で両脇から迫る。まずはリーチの長い槍が到達するが、彼女はそれを目で確認してから身体を逸らし、躱す。

（ガイウスに比べれば、全然大したことない）

そして回避行動を予備動作に軽く跳躍し。槍の柄に飛び乗ったかと思うと、剣を刺突体勢で構え。そのまま敵めがけて、柄の上を走ったのである。

「……なっ⁉」

当然だが、今まで槍使いは相手からこのような対応をされたことがない。

彼は振り払うか手を離し飛び退《の》くかの判断に迫られたが、その選択に一瞬躊躇《ちゅうちょ》してしまったのだ。それが彼の命取りであった。

『貫け《スティング》！』

フォグの声に応じ。【スティングフェザー】の柄に埋め込まれた三つのミスリル球の内、一つが強い虹色に輝く。瞬間その刀身は細長く変形。いや、細まった分、刃渡りが大幅に伸びたのだ。

これこそが、ガイウスがフォグに贈った魔剣【スティングフェザー】に組み込まれた魔法仕掛けであった。魔力に反応しやすいミスリル銀の特徴を生かし、小型の魔力球に充填された魔素を解放することによって一時的にその刃を伸ばす。

高いミスリル含有率、刀工による精巧な拵え、そして魔術だけでなく、神秘性を有した魔法による機構。おそらくは暗殺用に作られたであろう、膨大な手間と大金の投じられた、まさに逸品というべき一振りだ。ガイウスが使わなかったのは、異様に繊細な作り込み故にガイウスの膂力で扱えば壊れてしまうからである。ダークも同様の理由で、このダガーを持つのを拒んでいた。

向けられた一尺五寸の刀身は倍近い三尺（約九十センチ）へとその姿を変え、駆けるフォグと相乗し、瞬時に槍使いの顔面へと到達する。

「……え」

刃先は、驚きの声を漏らしながら仰《の》け反《ぞ》る彼の右眼窩《がんか》へと潜り込み、奥を穿ち、頭蓋まで届き。そして柔らかいその内部を存分に掻《か》き回《まわ》した。

「んごっ」

豚が鳴くような呼吸音と共に。残ったもう片方の眼球が「ぐりん」と上へと回転する。同時に【スティングフェザー】の刃は収縮し、瞬く間に元の長さへと収まった。

槍使いは誰とも知らぬ女の名前を呟きつつ、両膝をついた後に地面へ後頭部から沈み込む。そのすぐ脇に着地したフォグは身を翻しながら素早く剣を構え直し、次へと備えた。敵は目の前の光景に認識が追いついていない。好機はまだ、続いているのだ。

（いける！）

【スティングフェザー】の柄を握りしめ、感触を確かめる。三つの魔力球の内、一つは練習で、一つは今使った。残りは一つ。相手は四人。もう一度くらいは剣の仕掛けが通じるだろうか。そうすれば、あとは三人。内、軽装の女二人が斬り合いに加わってこないところをみると、戦闘要員ではないらしい。弓の類もない。脅威にはならないはずだ。

（大丈夫だ、やれる。やれている）

そしてそれを『やれた』にするため。『やり遂げた』と語るため。

フォグは大地を蹴り、次の標的めがけてその身を躍らせるのであった。

（モーガンがやら

れた、と思考が呟ききる前に飛びかかってきたコボルドを、セロンは横転するように避け。さらにそこから跳ねるように後退して距離を稼いだ。モーガンを倒した一撃を見、その刃が倍近く伸びたことを警戒して、である。そのあたりの対応力は、流石に荒事を重ねてきた冒険者と言えるものであった。だが一息入れる間もなく、【雌犬】は続けて襲いかかってくる。

「グラエム！　盾だ、盾を使え！」

投げ捨てた防具を拾うよう前衛担当に指示しながら、セロンは相手の突きを大きく躱す。あの「伸び」を見た後では、攻撃を剣で捌くことは危険すぎて、もうできない。

意図を察したグラエムは支援を遅らせてでも盾を拾うことを優先し。セロンが攻撃を三度回避している間に、なんとかヒーター・シールドを装備し直した。

「持ったぞ！」

そしてグラエムは「フッ、フッ」と短く息を吐きながら。盾を突き出すようにしてコボルドを牽制する。不格好だが、堅実な動作だ。これならば多少リーチが伸びたところで、盾で十分に対応できるだろう。そして彼が引き付けている間にセロンは反対側へと回り込み、前後からの挟撃体勢を整えることに成功したのである。

「フッ！」

次にグラエムの盾が押し出され、コボルドの注意が向いた瞬間。セロンは前へと踏み出しながら、剣を右から斜め左下へと振り下ろした。

ロングソード剣術で最も単純かつ強力な攻撃、【憤撃】だ。【親父斬り】とも呼ばれるこの斬撃は、注意が逸れた【雌犬】の背中へ刃を叩き込み、その肉を両断する。するはずであった。しかしコボルドは待ち構えていたように振り返り、何とその一撃に剣を合わせてきたのである。

体格差を考慮すれば受けることなど不可能だ。だが彼女はセロンのロングソードの裏に剣を潜り込ませ、受けるのではなく、叩き落とすように。その斬撃を地面へと吸い込ませたのだ。

「何だと⁉」

前へとよろけるように体勢を崩したセロン。その彼の顔めがけて、魔剣の横薙ぎが襲う。咄嗟《とっさ》に手を離し左へと転げるように回避。ヒュン、と風を切る音が追撃の空振りを告げる。

(馬鹿な)

体勢は立て直せていない。剣は離してしまった。盾を前面に押し出していたグラエムの援護は間に合わない。一方でコボルドは右手をぐるりと回し、片手斬りだが次の攻撃体勢に移っている。

回避できない。地面についた手を犠牲に防御する時間すら無い。

(ありえない、ありえない、ありえない！)

加速した思考が、脳が、精神が、対象不明の抗議を連発する。全身が死を予感した。

……だが、彼もコボルドも。剣戟に全神経を集中させていたため気付かなかったのだ。

ロウ……アア……イイ……

まさにその瞬間、ディビナが魔素を練り終えた証である【詠唱】が終わっていたことに。

バシュウ！

ディビナが左掌から放った魔素は空気を裂きながらまっすぐコボルドの腹部へと突き刺さり、その皮と、肉と、そして内臓を貫いた。横一閃をセロンの喉元に加えんとしていた対象は、攻撃魔術が命中した衝撃と、行き場と統制を失った円運動の相乗により、まるで独楽《こま》のようにぐるん、と二回りして地面へと落下する。そして『かはあ』と水から顔を上げた時のような呼吸音を発した後。それはただ横たわり、痙攣するだけの肉塊と化した。

「セロン！」

妻から名を呼ばれた彼は数秒の間事態の認識に手間取っていたが、じき落ち着きを取り戻し。

「ああ、助かったぜディビナ」

安堵の息を吐き出しながら、弱々しく手を振った。

「流石は俺の妻、チーム一の魔術士だ」

「……うちの魔術士はディビナだけじゃないの」

アビゲイルが苦々しげに言うが、ディビナがセロンの窮地を救ったのは否定しようがない。

「間に合って良かったわ」

胸を撫で下ろしながらの、ディビナ。

……彼女が放ったのは【マジック・ボルト】。ごく一般的な攻撃魔術だ。流派によっては【マジック・アロー】や【マジック・ミサイル】等と呼ばれもするが、内容はほぼ同じと思っていい。

神霊や精霊、神秘の力を応用する魔法や呪術と違い、魔術は魔力……魔素を操作し超常の効果を得る技術だ。【マジック・ボルト】のような魔術は体内の魔素を収束、調整、加工した上で攻撃に利用するものであり、魔素を練り上げる際に体内から漏れ出る音がまるで呪文の読み上げのごとく聞こえるため、便宜上【詠唱】と呼ばれていた。一般の者が魔術・魔法の技術者を一様に「魔法使い」と呼称してしまう原因の一つも、このあたりにある。

「……モーガンは、もう駄目だ」

彼を診ていたグラエムが、首を振りながら歩み寄ってきた。

「そうか。気の毒をしたが仕方ない。用事が済んだら埋めてやろう」

「用事、か。やるのか？　まだ」

流石に気後れした様子で、グラエムはセロンに問う。

「ああ。魔剣の値段なんて、持ち帰らないと分からないしな。借金を返せなきゃ意味がない。だから予定通りやる。モーガンの仇さ、焼き払って皆殺しだ。だがその前に……アビゲイル！」

「なぁに？」

アビゲイルは丁度、痙攣を続けるコボルドの脚を掴んで逆さ吊りに持ち上げるところだった。

「そのままそいつを持っていってくれ」

「いいけど」

セロンは地面からコボルドの魔剣……おそらく本来はヒューマン用のダガーであろう……を拾い上げると、手首を二、三回捻って刃や柄を観察する。だが望む情報は得られなかったらしく。舌打ちして、すぐに鑑定を諦めた。

「どうやって伸ばしていたんだ？　これ」

魔剣を弄びながら。セロンは吊られたコボルドへと近づき、そして。

ざく。

刃を無造作に、無遠慮に獲物の腹へ突き立てた。再び腹腔《ふっこう》を抉られたコボルドは『かっは』と息を吐き出し、ぴくぴくとその身を震わせる。

「おい、答えろよ雌犬」

ずぶっ、ずるり。

裂いた腹に親指を入れ、ぐるりと回転させる。指が肉を掻き回す度に【雌犬】の身体が痙攣するが、返事はない。いや、もう既にできる状態ではないのだ。セロンとて本気で聞き出すつもりではなく。ただ、報復としていたぶっているだけなのである。

「言わねーのか言えねーのか知らねえけどさ。まあ、答えないなら、死んどけ」

止《とど》めを刺すためセロンは魔剣を握り直し、コボルドの喉元へと向ける。そしてその時。コボルド越しのずっと向こう側から。迫りくる人影に気付いたのだ。

それは麦わら帽子を被り、野良着を着た男。鍬を肩に担ぎながら、こちらへと駆け寄ってくる。

「……ああ、何だ、あれ」

屈んでいたセロンは立ち上がり、目を細めながら呟く。

「農民か？」

「おいセロン、ひょっとしてここは開拓村でもあるんじゃないのか？　まずいぞそりゃあ」

焦りの色を見せつつ、グラエムがセロンに問いかけた。先程の少年に続き、今度は農夫らしき男までも現れたのだ。この空間には【犬】だけでなく人も住んでいると思って当然だろう。殺人を犯すのに今更抵抗は無いが、ノースプレイン侯領で罪人として追われるのは、困る。

「俺は開拓民出身だから分かるけどな、【大森林】の中に飛び地で村を作る奴なんかいねえよ。危なすぎる。仮に存在するなら、『人里のほうが危ない』はぐれ者だけさ。少なくとも人数はいない」

それを聞いたグラエムが、少しほっとしたような表情を見せた。

「じゃあ、ヒューマンも全員殺しておく方向でいいな」

「そういうこと。さっさと済ませよう」

武装しているわけではないが、随分と体格の良い男だ。先程のコボルドのこともある。念を入れて、距離がある内に先制してしまおう。そう、セロンは考え。

「ディビナ、まだ魔術は撃てるよな？　大丈夫か、よし。じゃあ、十分狙える距離になってから、思いっきり叩き込め」

ロウ……アア……イイ……

彼女は返事の代わりに行動へと移り、体内魔素の練り上げを始める。ところどころの血管に沿って淡い光を輝かせながら、口からは魔素加工の作業音たる【詠唱】が漏れ出す。そして工程を終わらせたディビナは【マジック・ボルト】を発射直前の状態で調整、維持。対象が射程へ入るのを待った。【予詠唱《プレキャスト》】という戦闘技術だ。

その後相手の顔が確認できるほどまで十分引き付けてから、抑え続けていた魔素を解放する。伸ばした腕を利用した直線的な照準は狙い違わず。魔素との急激な摩擦で加熱された空気に、雷鳴に似た音を鳴らしながら【マジック・ボルト】が敵の顔面めがけて飛び。

そしてガキン！　という金属音の直後、それは斜めに地面へと墜落し。土を抉って消滅した。

「え？」

「は⁉」

目を見開き、一様に呆けた声を上げる冒険者たち。だが無理もない。眼前の農夫は、【マジック・ボルト】を鍬で弾《はじ》き飛《と》ばしたのだから。

強固な盾で防ぐ戦法はある。人力に余るほど厚くした鎧を魔術支援で運用し、魔素の威力に耐える戦術も実戦的だ。しかし弾き飛ばすとは。しかも、鍬で！

「も、もう一度だ！　ディビナ！」

認識を現実に引き戻したセロンは妻へ指示を出すと、グラエムにも声をかける。時間を浪費してしまった。もう、近接戦は避けられない。だが相手の得物は所詮農具。加えてこちらは人数が多い上に、ディビナが次に備えている。条件は遥かに有利だ。有利なはずなのだ。なのに何故、背筋がこんなにも冷たいのか。

「グラエムしっかりしろ！　やるぞ！」

「お、応！」

自身を奮い立たせるためグラエムを一喝すると、セロンは挟撃に入るために農夫へ向かい合う。右手からグラエム、左からセロンが回り込み。それぞれが攻撃態勢に移る……はずが。農夫は怯みもせず突進してきた上で、むしろ防具の整ったグラエムの正面へ素早く踏み込んできたのだ。そして、まだバトルアックスを振りかぶったままの彼に対し。その手と盾の隙間を縫って、まるで下から上へと鍬で掬《すく》い上《あ》げるかのような仕草を見せた後。くるり、とセロンへ向き直った。

直後に、グラエムが膝から崩れ落ちる。身体には損傷は見られない。だがその顔面には「顔」が無く、骨や肉、そして眼球が露出していた。信じられないことに、鍬による一撃で彼は顔面だけを掬《すく》い取《と》られていたのだ。

しかし、そんな光景を目の当たりにしてもセロンは攻撃を止めようとはしない。グラエムとの挟撃は崩れたが、ディビナによる【マジック・ボルト】が詠唱を完了し、発射態勢に入ったのを視聴覚で確認していたからだ。むしろこれは最後の好機とも言えるだろう。

なれど農夫はまたも、その目論見を打ち破った。刹那、彼は距離を詰め。セロンの持ち手を握ってあっさりと斬撃を封じると、いつの間にか鍬を捨てていた右手で喉を掴み持ち上げ、もろともに向きを変えたのだ。そしてディビナが農夫の背中へ向けて放っていた【マジック・ボルト】を、セロンを盾にして受け止めたのである。

ずぶっ、という感触。

魔素の釘《くぎ》はセロンのレザーアーマーに突き刺さり、胸板を貫き、左肺を裂いた後、内部の弾力で反射し、さらに気管支まで破壊してから消滅した。無音の悲鳴を上げるセロン。声の代わりに、血が溢《あふ》れる。そして用済みとなった彼は地面へと打ち捨てられ。一回転した後、停止した。

混乱する意識、襲い来る激痛、そして呼吸困難……いや、もう息をすることは不可能であった。そんな状態で草の上に倒れたセロンが目にしたのは、再詠唱を試みるディビナの姿だ。

ロウ……ア

しかし、その【詠唱】は二節目の途中で妨げられた。農夫がディビナの首を片手で掴み、締め上げることで体内魔素加工の精神集中を妨害したからだ。彼は手首の回転だけで魔術士の細首をへし折ると、これもまた無造作に投げ捨てる。

最後に残ったアビゲイルは短剣を捨て既に逃走を始めていたが、これは農夫が投げつけたグラエムの斧により背中を深く割られ、顔から地面へと沈み込んだ。あれでは助からないだろう。

（なんで、なんでこうなった⁉　どうして俺が、こんな目に遭う！）

痛みと酸欠で混濁する意識の中、セロンは叫ぶ。だが口から出るのは、唾液混じりの血泡のみ。

（ああ、そうだ、シリル！　泥チビいるんだろう⁉　助けろ！　助けに来い！）

暗転していく視界の中、眼球を懸命に動かして森の方を見る。そこには、後方警戒に残しておいたシリルが潜んでいるはずだった。

（早くしろ！　早く！　早く！　俺が、俺が死んでしまう！）

この傷ではもう助かりはしない。来たところでシリルの力量ではこの農夫に敵《かな》いはしないだろう。そして何より、シリルがこの好機を逃すわけが無い。助けになど、来るはずがないのだ。

だが、今際《いまわ》のセロンにそんなことが気付けるはずもなかった。

（グズめ！　お前は昔から……）

……使えない奴だった。

セロンの意識はそこまで言葉を続ける前に。永遠に途絶したのである。

第六章　託されたもの

「フォグ！」

倒れた女戦士の元へガイウスが駆け寄る。が、返事は無い。

身体を診る。多数の刺し傷。内臓も損傷しているだろう。幾度も。そう、かつて何度も何人も。

同じ状態の者を、ガイウスは目にしてきた。だからこのままでは助からぬのもまた、分かるのだ。

「君たち！」

声をかけ見回すと、子供たちも傷ついて倒れていた。フラッフは血泡を吐いて気を失っている。目立った外傷が無いところを見ると、踏まれるか蹴られるかしたらしい。危険な状態であることは容易に判別できた。フィッシュボーンからはか細い声。だがやはり意識がはっきりしているとは言えず。その苦しそうな呼吸から、やはりこれも重篤だと思われる。ブロッサムは恐怖で混乱しているが、幸い無傷だ。エモンは頭部をひどく殴打された様子であったが、

「……すまねえ……」

かろうじて顔を向け、ガイウスの呼びかけに応じた。ヒューマンなら死んでいてもおかしくない状態であるが、これがドワーフという種族なのだろう。

「今、村に運ぶ」

「すまん……すまねえ……」

「静かにしていろ」

「ごめんよ……フラッフ……」

ガイウスは唇を噛み締めると。エモンを背負い、手拭いで両手首を縛って自身の首にかけた。手荒いが、こうでもしなければ運びきれないのだ。

そしてフラッフとフィッシュボーン、そしてフォグを両手で抱きかかえると。

「ブロッサム！　迎えをよこす！　そこを動くな！」

そう叫んで、猛然と村へ駆け出すのであった。

＊

『火を焚《た》け！　湯を沸かせ！　そこの連中は水汲み！　器も掻《か》き集《あつ》めろ！　さっさといけ馬鹿者！　それから女衆は汚れの少ない布を持って来るのじゃ！』

騒然となった村に、長老の号令が飛ぶ。

『ホッピンラビットは家から薬を持って来い！　幻惑薬もじゃ！　そこのお前は家の周りでも焚《た》き火《び》！　火の精の機嫌をとって、腐れの精霊を抑えてもらう！　癒やしの精も呼ぶぞ！』

『分かったわ、おじいちゃん！』

『こっちも分かった、おい、他の家からも薪を集めるぞ！』

『おう！』

フォグ家の周りにいたコボルドが、それぞれ散らばっていく。

ガイウスたちやフィッシュボーンの家族は、患者たちの脇で拳を握りしめながら見守っていた。

「私のせいだ。子供たちは私で馴《な》れて、ヒューマンに対する警戒心が薄まっていたから……」

『五月蝿《うるさ》いわ！　黙っとれデカブツ！』

「はい……」

力なく、ガイウスがうなだれる。サーシャリアは慰めようとしたが。彼の顔を見て、声をかけることを躊躇《ためら》ったらしい。

……状態は、極めて悪い。

フォグの傷はやはり腹中まで達している。フラッフも、蹴られて内臓が損傷していた。フィッシュボーンも、胸を強く圧迫されたことにより骨が折れ、臓器を傷つけている可能性がある。かろうじてエモンだけが、ドワーフの恐ろしい生命力で持ちこたえていた。

内臓に損傷を受けた者の治療など、専門設備を整えた場所で治療魔術士か魔法使いの施術があって初めてできる外科処置なのだ。この村に、そんなものはない。長老が精霊に頼んで手を尽くしているが、精霊魔法は傷から入る「腐れ」や「毒」を抑制したり、生来の治癒力を高めるもので、魔術・魔法のように肉を盛り、傷を塞ぐ類の代物ではない。救命は、絶望的であった。

「……サー、シャリア」

目を覚ましたエモンが、近くに座っているサーシャリアに声をかける。

「エモン!?　駄目よ、安静にしてなきゃ！」

「俺、は、大丈夫だ」

「大丈夫なわけないでしょ！　こんなに頭を殴られて」

「大丈夫だっ、つってん、だろ！　ドワーフは、嘘つか、ねえ！」

エモンはそう怒鳴ると、ふらふらと上体を起こし、赤ん坊のように壁際の方へ這っていく。すぐに支えに入ったサーシャリアの手を借りて目的の場所まで辿り着いた彼は、そこに置かれていた自身の鞄をごそごそと漁《あさ》っていたが。やがて目当ての物を摑んで、掲げるように持ち上げた。

赤い液体が入った、小さな瓶である。

「これって、この間馬車で話してた薬じゃない」

「これ、を、使え。ドワーフの神官が、魔力を、込め、て作った、軍用品、だ」

やはり、無理をしていたのだろう。サーシャリアにそれを渡すと、エモンは床に倒れ込んだ。

「塗れば、傷が、塞が、る。飲ま、せれば、身体の、中の、傷にも、効く」

「用量は⁉」

「飲むなら、一瓶、でドワーフ一人分。塗る、なら、傷が、塞がるか、ら効き目はす、ぐ分かる」

「分かったわ、フォグさんたちの体格に合わせて投与する」

「頼ん」

そこまで言って、エモンは再び気を失った。

『精霊たちも、その薬から力を感じると言っておる！　急いで使うんじゃ！』

「デナン嬢、こちらへ！」

ダークが、サーシャリアを促す。だが、一同はその時気付いたのである。

「量が、足りない……⁉」

そう。馬車で見た時同様、瓶の中の薬液はもう僅かしか残っていないのだ。ドワーフとコボルドの体重差、さらに子供であることを考慮しても、残量が十分にあるとは思えなかった。

「少しずつそれぞれに投与して、ぎりぎり生き残れる線を見極めたらどうだろう？」

ガイウスが、サーシャリアに提案する。

「いいえ、これは普通の薬ではありません、魔法薬です。以前城の図書室で読んだ本に書かれていましたが、この薬自体が魔法の手順を再現するものなのかと。つまり、治癒魔法が体内で働くためには対象の身体に応じた一定量を投与する必要があり、量が満たなければ魔法自体が発動しない可能性が高いと思われます」

「それでは」

「外傷には塗り薬としても対応できるようですが、子供たちの腹を割いて中に薬を塗布することはできませんし、本末転倒です。最低限の分量を見極めつつ与えるにしても、順番に一人ずつ飲ませていくしかありません」

サーシャリアの表情がさらに曇る。

つまりそれは、後に投与される者ほど生き残る確率が低くなる、ということなのだ。

「して、ガイウス殿、デナン嬢。どの順番で飲ませるでありますか？」

「それは……」

ダークに問われ、口ごもるサーシャリア。これは、救うと同時に見殺しにする選択でもある。

だがガイウスは即座に返答した。

「決まっておる。子供たちからだ」

「ガイウス様」

迷いなくそう言い切ったことにサーシャリアは若干の驚きを含みつつ、彼の顔を覗き込む。

「ですが、それではフォグさんは」

子供たちを救うためでも。頭では理解しているが、彼女の心はそこまで対応しきれていない。だが、そんなサーシャリアの迷いを払拭するかのように。強い意志のこもった言葉が、彼女の背中に浴びせられたのである。

『……それでいいんだよ嬢ちゃん！　……ハッ！　ガイウスも……たまには、賢いこと……言えるじゃあ、ないのさ！』

「フォグさん！」

「すまん、フォグ。私がもっと早く、様子を見に行っていれば」

長老から幻惑効果のある植物を舌下に含まされ、麻酔代わりとしながら。フォグはガイウスへと言葉を返す。

『来てくれただけ……御の字さ。いいから早く……アタシ、も、ちょっとしんどいんで……ね』

その言葉を受け、ダークが匙で赤い液体をごく少量ずつフラッフの口へ注いでいく。

本来であれば意識の無い患者に飲み込ませるのは困難であるはずだが、流石はドワーフの魔法薬である。口腔《こうこう》に入った時点で術式が発動し、薬液はまるで砂に水が染み込むかのごとく粘膜から吸収され、消えていった。

二度繰り返したところで、フラッフの腹部から呪文のような音と暖かな熱、そして毛皮越しに赤い光が透けて見え。直後から急に呼吸が落ち着いたかと思うと、先程までが嘘だったかのような安らかな寝息へと変わったのである。

「どうやら、うまくいったようであります！」

おお、と一同がどよめく。

「デナン嬢、次はフィッシュボーンを支えて下さい」

同様の処置を行うダーク。フィッシュボーンにもすぐに魔法薬の効果が現れ、危篤状態を脱する。レッドアイとその妻が、我が子を二人がかりで挟むように抱きしめた。

フォグはそれを見届けると、ガイウスを手招きし、耳打ちするように語りかける。

『次はアタシだね……もし、万が一の……ことがあったら、この子たちと皆の……こと、頼むよ。もうアンタは……ここの人間なんだから……ね？』

「……無論だ」

そこまで言って忍耐の限界が来たのだろう。フォグは苦痛と薬で意識を再び失い、目を閉じた。

『幻惑薬を含ませても、本来は耐えられる痛みではない。気を失えるなら、そのほうが良い』

「ええ……」

そして最後の処置。皆が、ダークの手元を見る。

やはり予想されていた通り、瓶に残された薬は少ない。子供たちにそれぞれ投与した分ほどもないのだから、より身体の大きいフォグに飲ませても、治癒魔法は間違いなく発動しない。

「エモンは、塗っても効果があると言っていたが」

「選択の余地はありません。かくなる上は、穿孔部《せんこう》から少量ずつ垂らして個別に対処するしか。それでも中まで届くか、全部を塞ぎきれるかは分かりませぬが……」

『そうじゃな、それしかあるまい。腹の中へは手は伸ばせぬ。治癒の精霊に頼んではあるが、後はやはりフォグの体力次第じゃ』

短い合議を経て、方針が決定した。すぐにダークが処置に取り掛かり、長老はさらなる助力を乞うべく、精霊たちとの会話を再開する。

かくして、一同が見守る中。フォグの命運は、彼女自身の生命力に委ねられた。

＊

『ん……』

まるで昼寝から覚めた時のように、小さな呻きと共にフォグの意識が戻った。傍らには、未だ朦《もう》朧《ろう》としたフラッフを抱えたガイウス、ずっと鼻を啜っているブロッサムが座っている。

「フォグ」

『あー、アタシャ寝てたかい？　そろそろ、夕飯の支度しなきゃねー』

フォグの表情は穏やかで、平静の通りだ。

「ああ、そうだな」

ガイウスが優しげに答える。もうフォグは、自身が何故横たわっているのかも分からないのだ。

『フラッフは……アホ面で寝てんのかい。まあ、アタシもなんかダルくてねえ。ブロッサム、悪いけど夕飯はコボ汁でいいよね？』

ブロッサムが俯いたまま、首を縦に振る。

『もうちっと休んだら作るから、フラッフを寝床に運んで、風邪引かないようにしといたげて』

もう一度頷くブロッサム。

『材料何があったかねえ……うーん』

溜息のような言葉の後、フォグは眠るようにまた意識を失った。沈黙が、家の中を支配する。

……やがて。

びくん！　とフォグの身体が跳ねるように痙攣した。咄嗟に押さえようとしたガイウスの指を摑み、苦しげな表情で強く握りしめている。

血が、足りない。身体がもう、耐えきれない。幻惑植物による麻酔の限度を超えた痛覚が、全身を揺さぶっている。意識は無くとも、痛みはあるのだ。その身は、激痛に苛まれているのだ。

『精霊が、ここまでだ、と言うておる』

長老の言葉に、ガイウスは瞼を閉じることで答えた。

「サーシャリア君、ダーク。ブロッサムとフラッフを連れて、レッドアイの家に行って欲しい」

二人は頷いて子供たちを引き取ると、指示に従い家から出ていった。ガイウスは彼らが遠ざかったのを確認し、長老へと向き直る。

「楽にしてやりましょう」

『ああ、そうじゃな……此奴はもう、十分頑張った。ん……お前が、やるのか』

「ええ」

ガイウスは後ろに手を回し、腰に帯びた短剣を鞘から抜く。そしてそれを両の掌で逆手に握り眼前に掲げると、低い声で続けて答えた。

「介錯《かいしゃく》は、慣れておりますので」

＊

星空に、煙が昇っていく。

地面に立てた杭《くい》が燃え朽ちていく、その煙だ。

全ての魂は星から降りて来て星へと還る、と。

コボルドたちの伝承では、そう伝えられている。

だから彼らは、使者の魂を煙に乗せて空へと還すのだ。

それが、【星送りの儀】と呼ばれるコボルドたちの葬送である。村外れに立つ焼け朽ちた多数の杭は死したコボルドたちの生きた証であり、星空へと送られた名残であった。

そして、星へと還るフォグを、一人の男と二人の子供が眺めている。

ブロッサムはずっと鼻を啜っている。フラッフは意識が戻ったが、認識が追いついていない。

その二人を抱えたまま、ガイウスは燃え立つ杭の脇に歩み寄ると。静かに【スティングフェザー】を地面へと突き立てた。

「フォグ、私からの手向けだ」

そして振り返り、長老の方を見て「よろしいか」と尋ねる。長老は首を縦に振って応えると、背を向けて立ち去っていった。彼の配慮だろう。村の者たちもまた、気を遣い帰っていく。

ガイウスは彼らの背中をしばし眺めていたが。深く息を吐いた後、腰を下ろした。腕から子供たちを膝の上に乗せかえ、ゆっくりと交互に二人の背を撫で始める。子コボルドたちは煙を見上げながら、その指と掌を受け入れていた。ガイウスも、それに合わせるように視線を星空へと移す。

「フォグは、勇敢な、そして偉大な村の戦士であり」

息を吸い込み。

「……そして最後の最後まで、最後のその瞬間まで、君たちの母親であり続けたのだ」

目を、細める。

「ホワイトフォグ。君は確かに、最高に、いい女であったぞ」

ガイウスが視線を下へと向けると、フラッフとブロッサムが彼を見上げていた。

キュンキュンと、鼻を鳴らして首を傾げている。

「……分からぬか。構わぬ。分からずとも良い」

人差し指であやすように、フラッフの頰を撫でる。

「君たちが大きくなった時に、もう一度話してあげよう」

ガイウスは、そう言うと再び星空を見上げた。

フラッフとブロッサムも、つられるように顔を上げる。

そして杭が燃え尽き、煙が消えるまで。

三人は、ずっと、ずっと。

星空へと還る魂を見送っていた。

*

フォグの葬儀も終わり落ち着いたころ。家長や主だった大人たちが広場に集い、輪を作っていた。

今回、そして今後の対応についての集会だ。その中にはガイウスとサーシャリアの姿もある。エモンも出席を希望していたが、周囲により療養を強制され。また、ダークはフォグに代わり傷心の子供たちの面倒を見ていてやるべきだろう。今は誰かがついていてやるべきだろう。

『冒険者、か。全員始末できたのだけはまあ、良かった』

顎を擦りながら言う、レイングラス。幼馴染みであるホワイトフォグの死を悲しんでいるのは彼も同じだが、村を背負う一員としては沈んでばかりもいられない。

賊たちの持ち物に登録証があり、彼らがライボロー冒険者ギルドに籍をおく者たちであることが明らかになっていた。また、コボルドたちに協力してもらい首実検を行ったところ。旧コボルド村を襲撃した犯人の一味、というのも判明している。つまり彼らは、前回と同様に村を襲っての略奪を考えていたのだ。【大森林】で採れる珍重品が、おそらく目当てだったのだろう。

『なあガイウス、ヒューマンからの報復はあると思うか』

「冒険者というのは、自分のためにはどんな悪行にも手を染めるが、逆に言えば益のないことはせん。あるいは実際には彼らなりの仁義があるやも知れぬが……【大森林】に入り帰ってこなかった者たちをわざわざ探しに来るとは考えづらい」

「そうですね、【大森林】で消息不明になったなら、魔獣の餌食と考えるほうが自然でしょうし」

ガイウスの言に、サーシャリアが同意する。

『なら、また村が襲われるとしたら。今回来なかった奴らが略奪に来る場合ということか。だが今回の連中を皆殺しにできたことで、村の秘密は守られたんじゃないかい？』

腕を組みながら言う、レッドアイ。

「今回の者たちが外部の他者と情報を共有している可能性があります」

『そうなると、いつ襲ってくるか分かったものじゃないな』

「ええ。ただ、侵入経路は私たちも馬車で【大森林】の出入りに使う、あの枯れ川になるかと」

『どうしてそう思うんだい、サーシャリアちゃん』

「レッドアイさんたちのように普段から【大森林】で生活しているなら平気でしょうが、不慣れなヒューマンであれば、森はできるだけ通りたくないものです。都合のいい道があるなら、尚更」

コボルドたちは『なるほど』『それもそうか』等と口にしながら、一様に頷く。

「ですから、枯れ川の入り口付近に壕《ごう》を掘って見張りを立てておきます。交代で番をし、常に警戒しておけば侵入者は見逃さないでしょう。狼煙《のろし》が使えれば良いですが、これは相手にも気付かれる上、天候に左右されます。煙は森の木々に邪魔されて見えないかもしれません。連絡要員の確保も含め、念のために三人一組で配置しましょう。できれば二ヵ所に。これなら、最低限の人数でも早期発見が可能かと」

　こうなった以上索敵は欠かせないが、村の運営もある。毎日の狩りに人員も必要だし、畑にも手が要る。住宅建設も、だ。昼夜問わず全方位警戒に人手を割き続けるわけにはいかないのである。

　無理というものは、一時しか利かない。いつ来るか分からぬ……ひょっとしたらこれからずっと続けなければならない……警戒態勢に、常に全力を投入することはできないのだ。それでは、いざという時が来る前に村自体が疲弊してしまう。

『サーシャリアちゃん、意外に頭良かったんだな……』

「いえ、そんなことは……ん？　意外？」

　怪訝な表情を浮かべるサーシャリアを他所に、レイングラスがガイウスに問いかける。

『まあ、ヒューマンが報復に来てもガイウスがいればなんとかなるだろ！　エモンから聞いたけど、【五十人斬り】とか呼ばれたことあるんだって？』

「あれは昔の戦争でついたひどい尾ひれだ。実際一度にそんな人数を斬り伏せたわけでは、ない」

苦々しい表情。

「確かに武器を振り回していた時間が普通より長い分、一日の長はある。あるが、それだけだ。数人なら何とでもする。だが、何十人と同時に斬り合って防ぎきれるかどうかは分からぬ。それに」

『それに？』

……自分が剣を振れる間はいい。いくらでも戦おう。だが、二十年、いや十年先でも同様に戦えるとは限らないのだ。現在ですら、若いころに比べ衰えは否定できない。これに病や怪我の可能性も考慮すると、一人を主力とする防衛体制がいかに危うい綱渡りであることか。ガイウスは、その点に思い至ったのであった。

「いや、すまん。今気にすることではなかったな」

頭を振って、思考を切り替える。村の将来を考えると、やはりフォグが提唱していたように、全体の戦力増強が必要だろう。

ガイウスの見立てでは、フォグのような規格外の戦士はともかく、現状は成人コボルド五、六人がかりでやっと冒険者一人を相手にできるかどうか、というくらいなのだ。等倍にすることは無理でも、その差を埋めることは急務であった。

「警戒を続けるとともに、いざという時に備えて皆も鍛えねばならん」

『そりゃ、もちろんだ』

『頼むぞ、ガイウス！』

『やってやるぜ!』

『俺も俺も』

レッドアイに合わせて、他の者たちも頷く。

だがその中で一人、長老だけが険しい顔でガイウスを睨みつけていた。

『忘れとらんか皆の衆。コイツが来さえしなければ、子供たちはヒューマンどもに近寄りはせんかったのじゃ! フォグは死なずに済んだかもしれんのじゃぞ!?』

ガイウスの肩が小さく震えるが、何も言わない。彼自身、そう思っているからだ。

『ジジイテメエ、いいかげんにしろよ!』

レイングラスが唐突に詰め寄り、長老を突き飛ばす。手加減無しだったのだろう。老体は勢いよく転がり、他の村人にぶつかってから止まった。

『ガイウス無しであの連中が来ていたら、どうなってたと思うんだ!? エモンを連れてこなけりゃ、どうなっていた!? ああコラ! 言ってみやがれ!』

拳を振り上げたレイングラスを、周囲のコボルドたちが必死に止めにかかる。

『ハ! 此奴は所詮ヒューマンじゃ! 本当に危なくなった時はすぐ、森の外へ逃げ出すわい!』

『ジジイ! テメエが言うか! テメエがそれを言うのか!』

『よせレイングラス! それは駄目だ! それ以上は、言うんじゃない!』

レッドアイがレイングラスを羽交い締めにし、他のコボルドたちも彼を押さえつける。

ガイウスは動かず、ただ瞼を閉じ。口をきつく結んで黙りこくっていた。

＊

ライボロー冒険者ギルドの建屋の二階、責任者の執務室。実用一点張りの事務机や椅子に対して、壁には最近流行の画家が描いた風景画が掛けられていたり、年代物の壺《つぼ》が隅に飾られている。だが全体的に統一感が無く、どことなくちぐはぐな印象を持たせるその部屋は、主であるワイアットの写し身とも言えた。

「マクアードルもいい加減、仕事を終えた頃合いか」

机の上に広げた地図、それにつけられた幾つかのバツ印を指でトントンと叩きながら、ワイアットは苛立たしげに呟く。

彼の主であるジガン家長女ケイリーと、対立する次男ドゥーガルドとの跡目争いは数年続いた結果、もう武力衝突が目前だ。

家臣はほぼ二分されたが、兵力はこちらのほうが上回っているので優勢と言っていい。だが次男はその状況を覆すために傭兵団を招く手筈《てはず》を進めており、長女は早急に決着をつける必要に迫られていた。今回ワイアットが次男派の仕業に見せかけてマクアードルに村を襲わせたのは、いわば自作自演の大義名分作りなのだ。

こういった汚れ仕事を積極的に引き受けることで、彼はケイリーの信頼を得てきた。五年戦争で武功を挙げ騎士に取り上げられたとはいえ、ワイアットは平民出身の新参、成り上がりにすぎない。貴族階級の者たちと競り合うためには、その程度の付加価値は最低限必要だったのである。その結果彼は「無能には務まらぬ」と言われる冒険者ギルド長の役目を任じられるに至っていた。縁故もない平民出の一兵卒あがりとしては、破格の出世と言えよう。

彼は武人としてさらなる栄達を望んでおり、そしてその機会は十分に用意されている。これから起こるであろう内紛については、失われて久しい武功を立てる好機だと認識していたし、ジガン家の家臣団が二つに割れたのも、むしろ競争相手を一掃するに都合が良いと考えていた。さらに、ワイアットが主から命じられている「冒険者たちをケイリー派兵力として利用する」計画についても、内戦という状況では貴重な兵力としてより高い評価を得られるはずだ。

ノースプレイン侯領での内紛に対し、盟主イグリス王から介入の恐れもない。そういう密約ができている。そもそもケイリーに入れ知恵をしているのは、現国王の義父たる宰相なのだから。

既に勝ちが決まったようなもの。この戦いの功績があれば、貴族に取り立てられることも決して夢ではない。いや、おそらく実現する望みだろう。

(運は向いて来ている)

なのに、何故こんなにも苛立つのか。いや、分かっている。分かっているのだ。

「ベルダラス卿」

そう。貴族に捨てられた庶子でありながら、己の剣で爵位まで手に入れたあの男。

【イグリスの黒薔薇】は、かつてワイアットの憧れであったのだ。同じく剣に依って立つ者として。上り詰めた者として。

手柄さえあれば、あそこまでいける。武功さえあれば、あそこまでやれる。その事実はワイアットの励みであり、目標でもあった。

(なのに)

あの男は、ワイアットの目指すものを自ら捨てたのだ。何の執着もなく。何の未練もなく。何の価値も見出《みいだ》していなかったかのように。それはワイアットにとって、自己を全否定されるに等しい行為であった。自分の努力を、自分の歴史を、自分の存在を。自分の決意を。汚泥の付いた靴で踏みにじられたかのような感覚。殺意すら、覚えたのだ。

そのことを思い出し。苛立ちが心の縁を越え漏れ出した。ワイアットは舌打ちしながら拳を机に振り下ろすことで、溢《あふ》れ出《だ》したその赤黒い感情を少しでも身体から追い出そうとする。震えた机上で据え置きのインク瓶が微かに跳ね上がり、その反対側では積まれた書物がばさばさと音を立てて床へと崩れ落ちた。

八つ当たりをしながらも、インクが溢《こぼ》れぬ程度に加減する冷静さが彼にはある。盛大に落ちた本は、鬱憤晴らしのための演出だ。墨と違って、本は拾えば済む。

加減した憂さ晴らしで落ち着きを取り戻した彼は、ゆっくりと椅子から立ち上がり、本を拾い集め。そして自嘲を込めて鼻で笑うと、拾いついでに棚へ戻し始めた。

(これは、ここ。こっちは並べ直しておくか)

本棚に空いた隙間へ、次々と書を戻していくワイアット。だが最後の一つを差し込もうとしたところで、その手が止まる。

【鋼鉄騎士イワノシン】。そう題された背表紙。文字もかすれたような一冊が目に入ったのだ。

「はは、懐かしいな。ここに置いていたか」

これは彼の私物で、幼少のころ父から誕生日に贈られたものであった。当時は王国全土でドワーフの戯画本がちょっとした流行になっており、このシリーズもかなりの数が輸入されていた。

鍛えた剣技で悪を斬り、弱きを助け、強きを挫くイワノシン！　……内容は単純明快な勧善懲悪冒険活劇だが、子供のころ友人と回し読みをしながら、文字通り擦り切れるほど読んだものである。そしてこの本との出会いが、ワイアットが剣の修行を始めるきっかけになったのだ。

才能に恵まれていたのだろう。尋常でない、それこそ血の滲むような努力もしてきた。その腕前が戦場で多数の首を挙げ、騎士を何人も討ち取り、今の地位を彼に与えたのである。

「ドワーフは嘘つかない、か。ははは」

イワノシンの決め台詞を口にしながら、ぱらぱらとページをめくる。手垢《てあか》に塗《まみ》れた紙がささやかな風を生み出し、ワイアットの前髪を揺らした。

（この一冊があったからこそ、今の私がある。言うなれば、私の原点だな）

そうだ。この本を読んで剣を習ったからこそ、武勲を挙げ、騎士になり、そして貴族に手が届こうとしている。その後の働き如何《いかん》では、爵位すら、あるいは。

……だが、期待に胸を膨らませて初めて木剣を手に取った少年の日。あの時の自分は。本当は何がしたくて、何になりたくて、道場の扉を叩いたのだろうか。

ワイアットには、思い出せなかった。

＊

【大森林】からライボローへと戻ったシリルは、晴れやかな顔で通りを歩いていた。人の目がなければ、跳ね歩きたい気分ですらあったのだ。

（やった！　やった！　セロンが死んだ！　しかも僕の手を汚さずに死んでくれた！）

これで僕は自由だ！　と心の中で叫び、歓喜で拳を握りしめる。それほどまでにシリルはセロンを嫌っており、憎んでいたのだ。

同年代の幼馴染みでありながら、故郷の開拓村での二人はあまり仲が良いとは言えなかった。元々、反りが合わないのだから。それなのに、シリルは何故行動を共にしていたのか。しかも、各地で犯罪者として追われるようなセロンという男と。

理由は簡単。弱みを握られていたのだ。十八歳の夏。恋人であったリリーの浮気に逆上したシリルは彼女を殺してしまい。死体を森へ運んで魔獣の仕業に見せかけたのである。魔獣の餌にするための工作は、毎日【大森林】へ狩りに出ている彼からすれば簡単なことだった。問題なく死体は蟲《むし》熊《ぐま》に屍肉《しにく》食とされ、証拠は隠滅された。

……ただ一点、セロンにそれを見られていたことを除けば。

かくして急所を押さえられたシリルは、半ばセロンの舎弟として各地を転々とする冒険者にならざるを得なかったのだ。セロンが計画した犯罪の片棒を担がされたことも、一度や二度ではない。だからずっと、シリルは隷属から解放されることを望んでおり。そして、その機会は唐突に訪れたのである。そんな好機を逃すだろうか？　ありえない。それ故に彼は、喜々としてチーム全員を見捨てたのだ。もっとも、シリルが加勢したところで結果は何も変わらなかっただろうが。

「これでやっと、村に帰れるぅ！」

シリルは鼻歌を歌いつつ。セロンたちの死亡報告のため、ギルドへ軽やかに向かうのであった。

＊

「おうシリル、大変だったみたいだな」

元仲間たちの死亡報告を済ませ、自身の登録抹消書類に記入をしていたシリルへ。一人の坊主頭が声をかけてきた。グラエムを上回る巨軀、岩肌のような顔つきをした彼は、冒険者ギルドの顔役たるヒューバートだ。

「ヒューバートさん、どうも。ええ、ダンジョンでも押し出されていないものかと【大森林】に調査に入った際、犬ゴブリンのような連中に襲われまして。不意をつかれて、皆は……」

まるで体内から棘が現れ出るかのように、【大森林】外縁部ではごくたまに、奇妙な方舟《はこぶね》じみた物が地下施設となって、押し出されることがある。大概は空っぽだが、中には珍しい遺物が残されていたり、ミスリル銀のような希少金属が発見されたりする。聖人教団が崇《あが》める【天使】が眠っていた時も何度かあったらしい。

小規模なら冒険者で対応させることもあるし、【天使】のような凶暴な異形がいたなら、軍隊が出動する。その初期段階として冒険者のような者が調査を行い、自治体に報告して報酬を得るのはありふれた民間外注であった。それを専門にしている者までいるくらいだ。

「そうかいそうかい。残念だったな。お前さんも、さぞかし悲しいだろう」

ヒューバートは神妙な顔をして腕を組み、一人勝手に頷いた。だがシリルは、彼がそんな人情に厚い人物ではないことを知っている。どちらかと言えばこの男は、人の不幸を喜んで止《や》まない型《タイプ》の人間だ。だから、あまり関わりになりたいとは思わない。

「ええ、痛み入ります。では僕は申請があるので、これで失礼致しますね」

「まあ、待てよ」

がしっ、と肩を摑まれる。強い、とても強い力だ。小柄なシリルの骨が、軋むかのような。

「セロンたちが、俺から金を借りていたのは知っているよな？」

「え⁉　あ、はい。でも僕自身はヒューバートさんには借金をしていませんが」

「ああそうだな。お前さんはしていない。だが、これを見ろ」

ヒューバートはそう言い、数枚の証書をテーブルの上に置いた。セロンたちが書いた借用書だ。

「保証人の欄に、お前の名前があるだろ」

「はあああ⁉」

シリルが目を剝く。そこには確かに名が記されていた。明らかに、彼の筆跡ではない文字で。

「ぼ、僕こんなの書いていません！」

「そんなこたぁ、俺の知ったことじゃない」

ヒューバートが、にやりと笑う。鮫《さめ》のように尖った歯が乱雑に生えているのが見え、シリルの背筋を冷たくした。

「大事なのは、ここにお前の名前があって、そしてお前は来月までに金を返さなけりゃーいけない、ってことだ」

馬鹿な、馬鹿な！　セロンの野郎！　あの糞《くそ》野郎！　シリルの脳内で罵倒が繰り返される。動揺で視界が歪み、心臓が好き勝手な鼓動を刻む。どうしよう、どうしよう、どうしよう⁉

「逃げられると思うなよ？」

ヒューバートが、ぐぐっ、と顔を寄せて囁いた。シリルの動悸《どうき》は焦りと恐怖で限界に達し、狂騒の一歩手前まで彼を追い込み、そして。

「……いいえ、逃げたりなんかしませんよ。それよりヒューバートさん。その借金を返済して余りある、いい金策があるんです」

土壇場で起死回生の一手を閃《ひらめ》かせたのである。

「ほう、教えてもらおうじゃねえか」

ヒューバートが再び笑みを浮かべる。それに対し、シリルもまた微笑み返した。

(ああ、そうさ)

……そうだ、簡単なことさ。セロンと同じにすればいいんだ。ヒューバートも、あそこに連れていけばいい。あの化物男にぶつけて、殺させればいいんだよ。

(もしヒューバートが勝つようなら、普通に【犬】から略奪すればいいんだし、な!)

冷や汗が、嘘だったかのように引いていく。

害意をにこやかに隠しながら。シリルはヒューバートに「計画」を話し始めるのであった。

＊

「ヒューバートがセロンの仇討《あだう》ちに?」

ヒューバートが仲間を引き連れ、セロンたちを殺したモンスターを討伐に向かうという報告について。ワイアットは軽い驚きをもってそれを受けた。

ワイアットとしてもヒューバートの人格に対してはまったく評価をしておらず、彼がそういった仁義に応じた行動をとるとは思ってもいなかったのである。

「まあ構わん、行かせてや……いや、待て」

一階に戻ろうとした事務員を引き止めると、彼は机上に地図を広げた。

「目的地は【大森林】外縁の、このあたりだったな？」

「ええ、そう聞いております」

顎に手を当て考え込む。

（この方角なら。帰りに例の村々に立ち寄れば、冒険者たちを目撃者として利用できるな）

焼けた家屋、村人の死体、そして僅かな生存者。自分がその場にいれば、村を襲ったのはドゥーガルド派であると、より巧妙に誘導できるだろう。後は勝手に、彼らが情報を拡散してくれる。

好都合。実に好都合ではないか。

「よし。私も同行しよう。ギルドオーダーで人数も用意する。ヒューバートにも、出立の日時を合わせるように伝えてくれ」

＊

あれからしばらく経ったある日の早朝、コボルド村の広場。

「なーオッサン、早く今日の稽古つけてくれよ」

あぐらをかいて木を削っていたガイウスの背中に、すっかり傷の癒えたエモンが声をかける。

「講習を終えた後でな。それに今、教材を作っておるのだ」

ガイウスは横顔を向けてそう答えると、作業に手を戻した。

「棒なんか削ってどうするんだ？　オッサン」

「ああ、これは落とし穴に使うのだよ」

「落とし穴って。原始人や子供の悪戯《いたずら》じゃあるまいし」

「いやあ、そう馬鹿にしたもんじゃない。穴の中にこのような杭を何本も埋めこんでおくと、落ちた敵がその自重で突き刺さるのだ。足をやられた奴は、まずまともに動けなくなる」

「うへ……で、こっちのロープぐるぐる巻きのトゲトゲは何の玩具だ？」

「それは、縄をつけて木の上に置く罠だな。振り子の原理で相手にぶつけるものさ。木々が多い場所にうってつけの罠だよ」

「じゃあこれは？」

「糸に触れると矢が発射される仕組み」

「その隣の棒は？」

「これはよくしなる木を使ったものだ。ヒモを踏んで固定が外れると、元に戻ろうとした木が相手を叩く。杭を何本か結びつけておくと、腹にズブリといくわけだ」

まるで日曜大工で作ったものか何かのように、説明していくガイウス。

「なあ、オッサンって元騎士団長なんだよな？」

「そうだよ？」

「騎士ってもっと、正面から堂々と戦うモンじゃあねーの？」

「はっはっは。それは軍記物のような昔の話……ああ、いや。確かに、そう信じる騎士は今でも多いな。正面決戦、会戦、大合戦！　それこそが騎士、武人の本懐、栄誉ある戦いだと」

「違うのか？」

「私はそうは思わん」

しゅりん、と音を立て。小刀が木片を弾き飛ばす。

「この身とて剣に生きてきたのだ。そういったものに対する憧れが理解できぬわけでは、ない」

「じゃあ、なんで」

「好き者だけでなら、それも結構。気の済むまでやれば良い。だがな、エモンよ。戦に参加している者の大半は、そんな情緒のためにその場にいるわけではないのだ」

次の棒を拾い上げ、これにもまた刃を当てる。

「それ故、それを率いる騎士は……いや、連れて来てしまった者は。自身の名誉だの栄光だのという願望に酔って、その者たちを無為に死なせてはならん。だから私は、騎士らしいとかそういうのはどうでも良いのだよ」

木片が、曲線を描いて飛んでいく。

「ま、戦争で正面からぶつかるのは、相手を上回る大軍をもって蹂躙する時か、選択肢が無い場合だけさ。一番良いのは戦わずに済むこと。無理なら接触する前に退けること、近づかれる前に倒すこと。それだと楽だし、味方に損害も出ない。だがどうしても斬り合いが避けられぬなら、可能な限り背後から、それも不意をついて仕掛けることだ。相手以上の人数で、な」

「元騎士団長の台詞でいいのかそれ……」

「ああ勿論、試合や決闘でやると怒られるからな？」

ガイウスは再び横顔を向けそう言うと、小さく笑うのであった。

＊

「……以上の罠なら、森で採れる材料だけで作ることができる」

ガイウスからの講習を終えて、村の男衆たちが『なるほど』『わかった』等と口にしながら頷く。

『よっしゃ！　早速仕掛けに行こうぜ！』

そう言って勢いよく立ち上がったのはレイングラスだ。

『まあ待て。仕掛ける場所を考えないといけないし、部品も村で作って運んだほうが効率良い』

座ったままのレッドアイが、彼の尻尾を引っ張り窘める。

『ハ！　ヒューマンの浅知恵でこさえたものなど、そうそうよくかかってくれるものか！』

長老はいつもの調子だ。

「ええ、そうですね。広い森の中でそんな都合よく踏んでもらえるわけではありま……」

『ジジイ！　こないだからしつけーんだよ！　何遍言ったら分かるんだコラ！』

先日の爆発を皆に押さえつけられ不完全燃焼のままだったレイングラスの怒りが、再点火した。

周囲の者を押しのけて老コボルドに歩み寄り、すぐ様殴り掛かる。そして長老にあっさり躱され。

キレのいい左正拳による反撃を受けると、ゴロゴロとガイウスの方へ転がっていった。

この御老体。普段は杖つきのくせに、存外動きが良い。

『このウンコジジイが！　ぶっ飛ばしてやる！』

『語彙が乏しいぞ小童《こわっぱ》め！　お前なんぞに負けんわ！』

怒気を噴出しながら立ち上がったレイングラスを、ガイウスが両手で掴み、抱え上げる。そしてあぐらの上にポン、と載せると「ほーれほれほれほれ」と口ずさみながら、彼の腹や首、顔を、わしわしと撫で始めた。

『離せよガイウス！　こら！　コラァ！　離せってば！』

当初は牙を剝いて膝の上で暴れていたレイングラスであったが。いくらもしない内に、

『あへあへ』

と悶えながら、手足をぴくぴくさせて、されるがままになった。

完全にガイウスの手を受け入れたレイングラスはそのまま揉《も》みほぐされ。さらには頬の余った肉をびろーんと引っ張られたり、顔をマッサージされたりしている間にすっかりと蕩《とろ》けてしまい、解放されたころには伸び切った軟体生物へと変態を遂げてしまったのだ。村人たちはそれを、生唾を飲みながら注視していた。

『うわーお』

『何かいいなぁ、俺もやってもらおうかなあ』

『俺も俺も』

『なあレイングラス、どうだった？』

『どうだったんだよ』

口々に言い合い、そして問いかける。

『……もうお嫁に行けない……』

『『気持ち悪っ！』』

油に押しのけられた水のように、一斉に後ずさるコボルドたち。

妙な流れになったが、とりあえず場は収まった。ずっと傍らで成り行きを見ていたサーシャリアが、こほん、とわざとらしく咳払い。神妙な面持ちで口を開く。

「では、罠の設置について……」

『たいへんだああ！』

彼女の発言を遮るように、一人の若いコボルドが広場へ駆け込んで来た。持ち回りで見張り番に行っているうちの、一名だ。一瞬にして場に緊張が走る。溶けていたレイングラスですら起き上がり、険しい顔を見せ。若者の次の言葉を待った。

『ヒューマンだ！　ヒューマンの群れが森に入ってきたんだ！』

＊

まだ、装具を整えた軍を用意するのが困難であったような、ずっと大昔。

当時のイグリス家が苦心の末に鎖帷子《チェインメイル》を揃えた精鋭部隊を編制し、戦場に投入して大きな功績を挙げた軍団が、イグリス王家直属部隊【鉄鎖騎士団《チェインメイルズ》】の起源である。その後、板金鎧《プレートメイル》が正規兵に普及するまでの過渡期、鎖帷子に代わって導入されたものが、鉄鎖騎士団の運用変化と現場の希望で使われ続けていた。

ガイウス、サーシャリア、ダークが今身につけようとしているのは、そんな経緯で使い慣れていた胴鎧だ。革の裏地に金属板を縫い込んだ防具で、装甲着《コート・オブ・プレート》と呼ばれている。鎖帷子よりも製造や手入れが遥かに簡単で、防御力は劣るものの板金鎧より着脱が容易である。体軀に応じた重量調整や形状加工もしやすい。また、外側に革や布を用いているため、装飾も可能で威圧感も薄い。王宮出入りの機会が多い直属集団としては、うってつけの装備だったのである。ただ、使用後はしっかり干さないと臭くなりがちなのが難点とは言われていた。

……まあ、実は干しても臭うのだが。

「これでよし、と」

互いに着装を手助けし合い、武装した三人。胴はコート・オブ・プレート、腕や脚はレザーアーマーやガントレットで防御している。ダークはそれに防御用のマントを羽織り、つば付き帽を被ったスタイルだ。

「では、陣立てですな。広場に行くでありますよ」

ダークの言で、三人がフォグ家を出る。

剣を持ったエモンも、後に続いた。

「腕が鳴るな、オッサン！」

戦意高く、エモンが意気込んだ声を上げる。だが。

「エモン。陣立ての際に説明するが、君は留守役だ」

「はぁ!?　なんでだよ！　俺にも、フォグおばさんの仇を討たせろよ！」

まったく予想していなかったのだろう。エモンが声を荒らげてガイウスに抗議した。

「だから連れていけぬのだ」

「エモン。我儘言わずに、聞き分けるであります」

「ガキ扱いしないでくれよ、姐御！」

食って掛かる。

「エモンよ、仇討ちが今回の目的ではない」

「どういうことだよ」

「撤退を求め交渉する。二度と村に近寄らぬようにな。戦は最後の、本当に最後の手段だ」

「全員ぶっ殺せばいいじゃねえか！」

「事はそう、単純じゃないのよ」

そう言ったのは、サーシャリアだ。

「前回は数人だったわ。でも今回の報告では四十人以上。単純に考えれば、これは村の戦力を上回るのよ。もしそれを撃退できたとして、次にもっと大部隊を動員されたらどうするの？」

「が、頑張って全部倒す？」

「戦えば戦うほど、報復は大きくなる。心情的にも、戦略的にもな。そもそもコボルド村と人間社会では、戦力の分母が違いすぎるのだ。始めは冒険者個人だったものが、やがてはギルドや街まで巻き込み、最終的に軍隊の出動さえも招く事態もありえるだろう。地方を占拠した武装集団、山賊、教団、反乱勢力が数度の戦いの末に鎮圧された例を、私は何件か知っている」

静かに、だがはっきりとした言葉で、ガイウスはエモンに説いた。討伐する側で幾度も参加した経験故の、重みである。

「なので、交渉が成立するまで。もしくは必要になる段階まで、皆は伏せて隠れるのだ。君はまだコボルドたちほど森に慣れていないからな、気取られぬためにも、今回は連れていかん」

なおも食い下がろうとするエモンの肩を、サーシャリアが摑む。

「だからねエモン、貴方は留守番よ。私と一緒にね」

「え？　姐御は行くのに、サーシャリアは行かないの？」

エモンのその言葉にサーシャリアは一瞬動揺した表情を見せたが、すぐに「ええ」と頷いた。そしてその声に活力は無くとも、指に力が込められているのをエモンは察したようだ。やや間を置いて、渋々首を縦に振る。

「いざという時は村人の避難を頼むぞ」

「チッ、今回だけだぜ？」

「次は無いようにしたい。サーシャリア君も、宜しくお願いする」

「了解です」

サーシャリアは何かを抑え込むかのように、拳を胸に強く押し当てていた。

*

広場には、槍や弓を持ったコボルドたちが五十名ほど集まっていた。男衆の中でも強健な者や、狩りに出ている者が主である。さらにその周囲ではそれらの妻や母親といった女衆が、心配そうな顔をして彼らを遠巻きに眺めていた。

『おお、それがヒューマンの戦装束か』

顔を上げ、迎えるレッドアイ。今まで眺めていたのは、ガイウスがコボルドたちから聞き込みをして作り上げた周辺地図だ。絵図の上に置かれた黒い石は、侵入してきたヒューマンたちを示すものだろう。一方、白い石はコボルドたちを示す分だと思われる。

『今、追跡していた奴が交代で戻って来た。連中、大半が歩きだが結構速い。このままだと日が傾くのを待たずに村に着くぞ』

「そうか……装具はバラバラだったのだな？」

ガイウスの問いに、偵察に出ていたコボルドが頷く。

「すると軍隊ではなく、冒険者か傭兵だな。状況から言って前者か。正規軍と違って基本は軽装だし、人数も四十人程度だから強行軍も可能なのだろう」

「まあ、道があるとはいえ【大森林】の中で野営は極力避けたいでしょうしなぁ。ケケケ」

おそらく日中に移動と掃討を済ませ。村で夜を明かし、それから帰還するつもりなのだ。

『で、もう一度確認するけどさ。ガイウスが話をしている間、俺たちは隠れていればいいんだな』

腕を組んだまま尋ねる、レイングラス。血の気がやや多い彼もエモン同様、当初は交渉に否定的だったが、今では作戦に従う姿勢を見せている。

やはり不満を訴える長老とまたもや一悶着《ひともんちゃく》起こしたのだが、今度はダークから「わしわし」と揉まれて鎮められていた。その際レイングラスが漏らした感想は、『技巧派』とのことである。

「そうだ。今後のためにも、剣は交えずに追い返しておきたい。だがどうしようもない時は……」

『いいぜ、お前の指示を待つさ』

男衆も、口々に同意の声を上げる。サーシャリアはそれを、歯がゆそうに眺めていた。

＊

「どうしてこうなっちまったんだかなあ」

苦々しい顔でぼやくヒューバート。それを横目にしながらシリルは心中で毒づいた。

（それはこっちの台詞だよ）

……二人がいるのは、【大森林】を貫きモンスターの村へと続く枯れ川の道。そこを進む、行列の最後尾だ。

当初はヒューバートの取り巻きとシリル、合計十名で向かう予定が。ワイアットが参加したことによって五十名近くまで膨れ上がってしまった。これほど人数がいれば魔獣が現れても十二分に対応できるし、【犬】の掃討も容易だと思われるが。二人が気にしている問題はそこではない。

「この人数で分配したら、はした金にしかならねえじゃねえか！」

そうなのだ。冒険者ギルド長が来ている以上、収奪品の独占は叶わない。ギルドの決まりで、戦利品は平等に分配せねばならないからだ。そうなれば儲《もう》けどころかセロンたちが作った借金の穴埋めにすらほど遠い。ヒューバートとしても、シリルとしても、それでは意味が無いのだ。だから二人は、恨めしげにワイアットの背中を睨みながら、とぼとぼと歩いていたのである。

（クソ、どっちに転んでもうまくいく計画が）

あの【農夫】にヒューバートが殺されれば良し。ヒューバートが勝って、モンスターの貯蔵品を略奪できるのでも良し。そのはずだったのに。これでは、ヒューバートは死なず、戦利品も僅かしか得られず、という最悪の結果になってしまうではないか。

（なんで僕は、こんなにツイていないんだ！）

シリルは喚き散らしたいのを堪え。時折足元の砂を蹴ることで、なんとか苛立ちを誤魔化していた。そんな折。

「シリル。お前、この辺の地理は調べてあるんだよな」

ヒューバートがぐぐっと顔を寄せ、囁いてきたのだ。呼気が、臭い。

「え⁉　ええ。下調べの時に」

「声がでかい！　……じゃあ、村へ先回りする道も、分かるか？」

「ええまあ、先回りはできます。森の中を突っ切ることになりますが、僕が先導すれば大丈夫ですよ。ですが、どうしてです？」

「本隊が到着する前に村に行って、めぼしい金目のモンだけ押さえておくんだよ」

なるほど、とシリルは素直に感心した。流石は欲深いヒューバートである。そういった要らぬ機転だけは、よく利くものだ。

「ですけど、勝手に列を離れたらまずいんじゃ」

「先んじて偵察に出たとか、舎弟から適当に説明させておくさ。先に仕掛けるのも、見つかったから仕方なく、とか言い訳すればいい」

「ギルド長に怒られませんか？」

「ゴブリン程度のモンスターなんだろう？　この人数がいりゃ、楽勝さ。ワイアットさんだってそこまで気にしやしねえよ。それに、ここまで来て小遣い稼ぎ程度とか、やってられるか」

「ですが」

「おいおいシリル、忘れたのか？　金が手に入らなくて一番困るのは、お前なんだぜ？」

（チッ……でもまあ、それもそうか）

ギルド長の不興は、彼に全て買ってもらえばいい。それに、少人数で先行するならあの農夫にヒューバートが殺されてくれる可能性も増す。そう考えるとシリルにも、彼の提案が魅力的なものに思えてきたのだ。

「分かりました。僕も協力します」

にんまりとしたヒューバートが機嫌良さげに、ばしばしと肩を叩いてくる。シリルは愛想笑いを浮かべて、その衝撃に耐え続けていた。

＊

「ヒューバートたちが先行した？」

ワイアットが彼らの不在に気付いたのは、小休止の時になってからである。

「へ、へい。ヒューバートさんが言うには、セロンの仇討ちを皆に頼ってばかりでは申し訳ないので、先に行って様子を確認してくる……ってことでして」

「勝手なことを」

手を振ってヒューバートの子分を下がらせると、ワイアットは忌々しげに舌打ちした。

（想定内とはいえ、冒険者を兵員化する時の懸念が早速現実になったな）

確かに、荒事を生業とする冒険者には腕が立つ者が多い。文字通り自身が生きるためだけに、個々の技術を磨いてきた連中なのだ。一方で兵隊は、王家や貴族の正規兵といえども、素人に毛が生えた程度の技量の者がわんさかいる。

二者を戦わせても、十中八九、勝つのは冒険者だろう。三対三のチーム戦でも、五対五にしたとしても、やはり勝つのは冒険者だ。だが百対百で指揮官を置いたその時。敵を打ち倒しているのは間違いなく兵隊のほうなのである。

（数を集めるだけならケイリー様の策で良いが、実際に運用するのは難しいものだ）

冒険者は、戦闘経験はあっても「指示に従う」訓練は受けていない。数が多くなるほど、自分勝手で行き当たりばったりの行動が増えるだろう。

軍隊の本質とは何百、何千単位の武装人員を組織運用できる点にある。つまり【冒険者部隊】では、軍として一番肝要なものが欠けているのだ。傭兵団のように即戦力として扱うには難が多い。実戦に投入するには運用方法を熟考するか、訓練期間が欲しいところである。

(まあその意味では、こういった討伐は行軍、軍事行動の訓練代わりにできるな)

そう考えると、今回の出動は一石二鳥ならぬ一石三鳥とも言えた。ドゥーガルド派との戦端が開かれるまでに、同様のオーダーを何度か出してもいいだろう。幸い、資金は潤沢にある。

(のし上がるためにも。手持ちの札に文句をつけているだけでは、駄目なのだ)

そういったことを考えながら。ワイアットは休憩を終わらせると、再び冒険者たちを率いて枯れ川を進み始めるのであった。

……移動を再開して、次の休憩を入れ。そしてまた進んでしばらく経ったころ。

「申し訳ないのだが。少し、お待ちいただけるかな」

さささ、と茂みを揺らし。そこから大きな人影が行列の前方に進み出てきた。

「何だお前！」

先頭にいた剣士風の男が素早く刃を抜き、切っ先を向ける。それに呼応して周辺の者も身構え、戦闘態勢をとり。さらにその背後では魔術士が三名、そして貴重な魔杖を持つ者が二名、詠唱に備えて大きく息を吸い込んでいた。

(集団としての運用は不安が残る冒険者だが、やはり個人単位としてはそれなりのものだな)

その動きを見ていたワイアットは改めてそう考えつつ、前方へ視線を移す。

「ああ、いやいや。私は怪しいものではない」

現れた男が、釈明混じりに手を振る。革の防具はつけているが、武器は手にしていない。丸腰と認識した冒険者たちの警戒心が、頂点から徐々に下降線を辿り始めた。

「少々、話をしたいだけだ。隊長……いや、代表の方はおられるかな？」

臨戦態勢に入っていた先頭集団は困惑したように互いに顔を見合わせた後、一斉に彼らのギルド長へと視線を向ける。まあ、当然の流れだろう。ワイアットは一呼吸して馬の腹を蹴り、騎乗したまま前に進む。無論、いつでも剣を抜けるよう備えながら。

「私が討伐隊を指揮している、ライボロー冒険者ギルド長ワイアットだ。何の用があって……」

冒険者たちを左右に押し分けながら、闖入者《ちんにゅうしゃ》の問いに答えるワイアット。だが。

「ぬ？」

「ん？」

互いの顔を見た瞬間。二人は眉をひそめながら、軽い驚きの声を上げた。

「ワイアット殿？」

「ベルダラス卿⁉」

ワイアットは慌てて馬を降りると、ガイウス＝ベルダラスの方へ歩み寄る。

「ワイアット殿……冒険者ギルド長、自らの出馬でしたか。そうか、その可能性もあったか」

「え？　ええ。モンスターの討伐に出向いてきたのです。それより何故、卿がこんなところにおられるのですか⁉」

予期せぬ展開に、動揺を隠せないワイアット。一方でガイウスは、この成り行きにもそれなりに納得しつつあるようだった。

（おかしい）

ワイアットはそう感じた。そう、おかしいのだ。だが一番の違和感はそれではない。

（何だ、この圧力は）

目が違う。気配が違う。言葉の、重圧が違う。丸腰でありながらも抜き身を携えるに等しい殺気が、ガイウスの全身から発せられていた。しかもワイアットの存在を認識してから、だ。

「……いや、止めておこう」

ガイウスは短く繋ぎ直して言葉を切る。そしてワイアットと冒険者たちへ視線を走らせると、

「この先には、私が世話になっているコボルドの村がある。剣を持ったまままこれ以上進むのは、お控え願いたい」

一同へ向けて言い放つのであった。

「コボルド？」

「何だそれ」

聞きなれぬ単語に対し、冒険者たちは互いに囁き合い、首を傾げる。ただ一人ワイアットだけが、

「コボルド……コボルドか。ギルド長の任を受ける前、イグリス冒険者ギルドへ研修に行ったことがある。そこの古い資料に載っていたな。【大森林】外縁に棲《す》む獣人だと……なるほど、【犬】とはそういうことだったのか」

思い出したように、口にしていた。

「ええ、そうです。狩りをし、畑を耕し、森の中で暮らしているだけの素朴な種族です。人界には関わらぬ者たち故、貴殿らもそのあたりを理解してここで引き返しては貰えませぬか。そして今後一切、彼らの領域へは踏み込まぬようにしてもらいたいのです」

「ベルダラス卿、そうはいきません。その獣人たち……コボルドは人を襲うのです。現に、ギルドの者が五名も殺されている」

ワイアット個人としては、本当はコボルドなどどうでも良いのだ。あくまでこの討伐は、計画のついでなのだから。だがそのことを、冒険者たちの前で口にするなどできなかった。そしてそれ以上に。ガイウスの意に合わせるのを、彼の心底に堆積した泥のごとき暗い矜持《きょうじ》が拒んだのである。端的に言えば反発だ。しかも打算や立場からではなく、感情によるものでしかない。その理由にワイアットは気付いている。いるが、目を向けようとは思わない。思いたくもなかった。

「ジガン家に仕える者として、侯や民に危害を加える怪物を、見過ごすわけにはいきません」

民という言葉に、ガイウスの表情が一瞬強張る。が、ワイアットにはその理由は分からない。

「それは違う、ワイアット殿。かの者たちが一方的に村を襲ったのです。そのせいで怪我人《けがにん》も、死者までも出ました。冒険者たちは防戦の過程で報いを受けたにすぎません。人が狼藉《ろうぜき》さえ働かねば、コボルドたちが人界に仇《あだ》なすことは、決してありますまい」

「その保証がどこに?」

「私が生涯をかけて、監視しましょう」

「ほう、かの高名な【イグリスの黒薔薇】一生のお約束ですか！　なるほど、なるほどッ！　それほどまでに確かなものはありませんな、ハハハ！」

その呼び名を聞いた後列から、どよめきが起きた。驚いた表情を見せているのは主に中年以上の冒険者たちだ。だが、若い者たちはしきりに首を傾げている。戦後既に十五年。世代交代も進み、戦時の武将など知らぬ者が多くなっているのだろう。

「ですが卿。それは駄目です。理由はこの際、意味がない。考えてみて下さい。人が怪物を倒す法はあっても、怪物が人を殺めてよい理はありません……あるはずがないでしょう？」

くくく、と。ワイアットは馬鹿にしたような笑いを浮かべ。

「法に則れば、非はコボルドたちにのみ存在する。ならば彼らは必ず掃討されねばなりません」

詭弁《きべん》である。人を食った魔獣や怪物が「人里から離れている」という理由で放置された事例など、枚挙にいとまがない。

「ワイアット殿！　それは人界の法でしょう？　ここは【大森林】です。ノースプレイン侯爵領はおろか、イグリス王国内ですらない」

「他領へ逃げた犯罪者を追って捕らえることもありましょう。それに反対する統治者はこの地には存在しません」

横暴。だがワイアットには、そんなことはどうでも良かったのだ。

彼はただ蹂躙したかったのである。拒絶したかったのである。自らが憧れたベルダラスという男が、英雄と謳《うた》われた者が。人界での名誉と地位を塵屑《ごみくず》のように捨てたその先で、そこまでして庇うもの、守ろうとするもの、そして生き方を。ただひたすらに、否定したかったのである。

そうでなくては。自らの心が、拠《よ》り所《どころ》が。砂細工のように崩れてしまいそうだから。

「コボルドは人を殺したため、理由を問わず絶対に滅ぼすというわけですか—

「左様。ベルダラス卿も早々に、この地から立ち去られるが宜しいでしょう」

頬を歪めながら、ワイアットは悦に入った表情でそう告げた。ガイウスは彼を睨んだまましばらく黙っていたが。やがて何事か思いついたような表情を見せ。その後、ゆっくりと口を開く。

「……いえ、やはりコボルドが攻撃される理由はありません。冒険者を殺したのは私なのですから。我が身が縛につけば、それで事は足りるはずでしょう」

再びどよめいた後列へ右手を上げ、制しつつ。ワイアットは、ガイウスと視線を合わせた。

「それは、本当ですかな。ベルダラス卿」

目前に立つ、かつて憧れた英雄が頷く。

「コボルドは非力な種族です。とても荒事に慣れた冒険者には敵いません。村人を襲った五人は私が殺したのです」

「……言わねば、【犬】の仕業のままで済むでしょうに」

「私のせいで彼らに累《るい》が及ぶのであれば、黙ってはおれません。ただ、こちらにもこちらなりの正当性と言い分があります。裁きの場で、そのあたりも主張させていただく」

「分かりました。後は法廷で、裁判官にお話しになるとよろしい……おい」

背後の者たちへ、顎での合図。後列から数名の者たちがそれに応じ、捕縛のための縄を持つと。恐る恐るガイウスの方へと歩み寄り始めた。

それを眺めながらワイアットは、己の中に湧き上がる汚れた愉悦に唇を歪ませる。

(五年戦争の英雄が罪人か。正道を歩んでおれば今も王城で要職についていただろうに。これが生き方を間違えた男の末路という奴か)

「ワイアット殿。お約束いただきたい。私が出頭すれば、コボルドたちへは一切手を出さぬと」

縛られるため跪いたガイウスが顔を向けてくる。その瞳からは迷いも後悔も、一切が感じられなかった。心臓が絞り上げられるような感覚にワイアットは陥り、思わず鎧の胸元を掻く。

「武人としての栄誉を得た男が、何故それほどまでに、モンスターごときに」

……ああ、痛い。胸の奥が、痛い。痛くて、熱くて、押し潰されそうで、不愉快極まりない。

知っている。彼はこの感情の名前を知っている。これは憎悪。羨望と劣等感による、憎悪の感情。そう。ワイアットは、ガイウス＝ベルダラスに「嫉妬」しているのだ。

自ら地位を捨て、身分を捨て、栄誉を捨て。そして僻地《へきち》の野蛮な獣人の盾となり身を差し出そうとする、愚かな、極めて愚かなこの男に。この男の生き方に。

（私は、嫉妬しているというのか！）

ワイアットは、先日よりずっと抱き続けていた苛立ちの正体を、ついに認識したのだ。そしてこの瞬間から彼は明確に、ガイウス＝ベルダラスの敵となったのである。

「ワイアット殿、聞いておられるか？　コボルドに手出しなさらぬこと、お約束いただきたい！」

ガイウスの声にはっとしたワイアットは。一呼吸置いてから笑みを浮かべ、それに答えた。

「ええ、お約束しましょう。その【犬】どもには、一切手出ししません。ですからベルダラス卿は、大人しく縛について下さい」

「頼みますぞ」

「勿論ですとも」

（馬鹿め。逆だ）

……貴様が安っぽい義侠心《ぎきょうしん》で守ろうとしたものは、私が踏みにじっておいてやる。丁寧に、完全に、だ。貴様は死刑囚の獄でその報いを知る。その時初めて、私のこの苛立ちは消えるだろう。

「さあ、早く縛り上げろ」

ギルド長の指示に従い、冒険者たちがガイウスに縄をかけようとしたその時。

『騙されるなガイウス！』

一匹の犬が。いや、犬のような小さな人影が、茂みから躍り出てきたのであった。

「レイングラス！　出てきてはいかん！　話はもうついた！」

『嘘をついてやがるんだよ！　どうあってもそいつは俺たちを殺す気だ！　俺たちコボルドには、そういうのがよーく分かるんだ。魂の匂いでな！』

咄嗟に立ち上がり振り返っていたガイウスが、ワイアットへ向き直る。

「ははは、魂の匂いですか。ベルダラス卿、【大森林】の犬は面白い戯言《たわごと》を抜かしますな。さあ、もう一度跪いて下さい。部下たちが縛るのに難儀しますので」

『馬鹿野郎！　俺を信じろガイウス！　それにもし、そいつが約束を守るとしてもだ！』

レイングラスと呼ばれたコボルドが、ワイアットの言を遮るように、続けて叫ぶ。

『お前一人だけ犠牲にしたんじゃあなぁ！　俺は星空でフォグに合わせる顔が、ねぇんだよぉ！』

ワイアットはその時、ガイウスの横顔に小さく微笑みが浮かんだのを、見た。

「……ああそうか。そうであったか。すまんな。それは、よくないな」

言い終えたガイウスは両の腕をゆっくりと広げ、自分を取り囲む者たちを押しのけると。先程までとは違う決意を秘めた瞳で、ワイアットを見据えたのである。

「ワイアット殿。貴殿が信用に足らぬ男であることを、私は失念していた。部下にさせた所業を見れば、容易に判断できたはずなのにな」

「どういうことですかな？　ベルダラス卿」

ガイウスの言葉が理解できぬまま、ワイアットは剣を抜く。擦過音と共に現れた魔剣【ソードイーター】の刃に、薄い七色の光沢が浮かんだ。また、ギルド長が戦闘態勢に入ったことで、背後に並ぶ冒険者たちも一斉に武器を構え直すのであった。

「最後にもう一度だけ尋ねる。ワイアット殿、このまま兵を引いてはくれぬか」

「断る！」

もう、交渉の余地は無い。

「残念だ。様々な意味で、な」

「こちらこそ残念だ。ガイウス＝ベルダラスよ」

そして二人は大きく息を吸い込むと。意図せずして、同時に声を発したのである。

「「かかれ！」」

＊

相手が同じ号令を発したことに気付いたワイアットは、咄嗟に周囲を見回した。

すると、彼が視線を動かした刹那、枯れ川両側の森、木の陰や茂みに隠れていたコボルドたちが姿を現し、一斉に弓を構えたのである。

「魔術士を狙え！　徒手の者と、杖を持った者がそれだ！」

ガイウスの号令で数十の矢尻が魔術士、そして魔杖持ちへと向く。

「いかん！　盾持ちの陰に隠れろ！」

ワイアットが急ぎ指示を飛ばすが、間に合わない。

各自慌てて身を伏せ、荷物や盾を掲げて防御しようとする中。放たれたコボルドの矢は、三人の魔術士と二名の魔杖兵。その周辺へ、嵐となって吹き付けたのだ。

「あぁあああ!?」

「がばぁあ！」

コボルドの体軀で扱える矢の長さや重量など、たかが知れている。だが、狙われたのはほとんどが鎧も纏わぬ者たちであった。命中した矢はそのまま身体へと突き刺さり。彼らはまるでできの悪い外套掛け《コートツリー》のような姿となって、次々と倒れていく。威力の低さ故に絶命まで至らず、大半は地面で悶え苦しんでいるが……もうこれで戦力としては期待できないだろう。ワイアット側は、真っ先に魔術攻撃を潰されたのである。

「畜生！　腕に刺さりやがった！」

「おいコラ！　俺の盾に入ってくるんじゃあない！」

「ちょっと！　弓持ってる奴！　とっとと射返しなさいよ！」

「森に射掛けても当たらねえよボケ！」

「次だ！　次が来るぞ！」

冒険者たちは騒然とし、罵り合う声も聞こえる。元々、総員が一丸となった集団ではないのだ。互いが商売敵のメンバーだっている。仕方のないことではあった。

ワイアットはその醜態に舌打ちすると、形勢を立て直すために指示を飛ばす。

「ここに留まっては撃たれるだけだ！　第二射が来る前に斬り込め！」

弓矢のような遠距離攻撃への対応は、近づくか、防ぐか、射程外へ出るか、になる。枯れ川は遮蔽物の無いまさに射場同然の場所であり、さらには両側から十字射撃を受けるという最悪の状態であった。盾にできる荷物も、まったく足りない。反撃もできないだろう。

だから、斬り込むのだ。近づいて弓を封じてしまうほうが、遥かに容易である。それに木々の間に入ってしまえば、そうそう矢を当てられぬ。ワイアットは一声で、その当たり前のことを冒険者たちに思い出させたのである。

効果はすぐに現れた。混乱していた冒険者たちはすぐにその常識を再認識すると、今取るべき行動を理解したのだろう。武器を携えた者たちが、木々の間に潜むコボルドたちへ敢然と向かっていく。枯れ川に残っている者もいるが、これでもう矢を射掛けられる心配はない。

だが。

「逃げよ！」

というガイウスの声によって、

『逃げろ！』

『逃げるー！』

『ひえー』

コボルドたちは弓を放り捨てて、一斉に逃げ出してしまったのだ。

冒険者たちは一瞬、呆気《あっけ》にとられたものの、これで一気に形勢が逆転したと判断したのだろう。

「犬が逃げたぞ！」

「追いかけて殺せ！　あの小さな体なら、近づいちまえばこっちのもんよ！」

追てんでバラバラに森へ入り、追いかけていく。瞬く間に枯れ川の残り人員は半分以下になり、追撃に向かった者たちはギルド長の指揮できうる範囲を離れてしまった。そしてこの時、ワイアットはガイウスの掛け声の意味を理解したのである。

（分断されたのか⁉）

ワイアットはすぐ様追いかけ、深追いを止めさせ、戦力の再集結を図ろうとした。したのだ。だが、それは成らなかった。それをすれば、次の瞬間にも彼の背は割られていただろう。

最初から茂みにでも隠していたに違いない。

まさに人斬り包丁という言葉を連想させる、分厚く、無骨な刀身。大型の鉈とでも表現すべき剣……フォセが、ガイウスの手に握られていたからである。

＊

実は、剣というものをロングソードやバスタード・ソードといった風に細分類する厳格な基準は存在しない。だが強いていうならワイアットの魔剣【ソードイーター】は、やや肉厚のバスタード・ソードと形容すべきだろうか。南方諸国でも、近年ロングソードは昔に比べ柄の長い拵《こしら》えが一般的となり、両手で扱うことも多いが。バスタード・ソードは本来ロングソードよりもさらに柄を伸ばした物であり。片手斬撃、両手突き、と様々な攻撃が繰り出せるのが特徴だ。

ただそれ故に重く。そして長い柄故に重心がロングソードと違ってくるため、使用者には専門の習熟とセンスが必要とされるのである。しかし、流れるように【憤怒の構え】をとったワイアットからは、そういった重心のブレや不熟さは感じられなかった。彼は完全に、この武器を使いこなしているのだろう。

【憤怒】とは、剣を背中に担ぐような形の構えである。一見、力まかせに攻撃するためだけの姿勢に思われるが、実際には防御にも適している。彼はこの構えをもって相手を牽制し、その間に配下の者に包囲させるつもりであった。

ワイアットは、自身の剣技と戦歴、そして戦績に確固たる自信を抱いている。だからといって。いや、だからこそ。ガイウス＝ベルダラスを侮るなど、彼は決してしないのだ。

「追いかけていった者は放っておいてよい！　まずはこの男を斬る！　囲め！」

対峙《たいじ》しながら、残った冒険者たちへ呼びかける。確実な上長から明確な指示を与えられたことの意味は大きい。彼らはすぐに対応した。

たちまち、槍や剣を構えた者たちがガイウスを取り囲む。この状態で射れば味方に当たるので、弓持ちはワイアットの背後で様子を窺っている状態だ。ガイウスは棒立ちのまま、片目を閉じて左から右へと視線を走らせる。そして「うむ」と一人頷き。

「ダァァァク！」

今度は誰かを呼ぶように、吠えた。

呼応するように、ワイアットの右後方で草むらが揺れたかと思うと、黒いマントを纏い、つば付き帽子を被った一人の女が、へらへらとした笑みを浮かべつつ歩み出てきたのだ。

「あーハイハイ。こんにちは。こんにちは。すいませんねー、申し訳ないですねー、お忙しいところ。ちょっと通らせていただくでありますよ？」

猥《みだ》りがましい雰囲気を漂わせる彼女は、マントから出した右手をぺらぺらと前後に振ってケケケと笑いながら、ふらふらとした足取りで弓持ちへと近づいていく。弓持ちたちは呆気にとられているが。ワイアットには、この女が手前の一人を盾に、射線を遮る立ち位置を確保しつつ接近していることが理解できた。

「離れろ！　その女は」

「えいっ」

ぶすりと。女がマントから取り出した短剣で、目前の弓持ちの喉を突く。そして崩れ落ちる前の身体に隠れて剣を抜くと、すぐに次の獲物めがけて襲いかかったのである。弓兵たちは叫びを上げながら。ある者は弓を構え、またある者は弓を捨てて腰の剣へと手を伸ばしていた。剣士に距離を詰められたのだから、堪ったものではない。

しかしワイアットは、援護に入るのを躊躇した。同時に反対側でも剣戟が始まっていたのだ。だが、十名程度の人数では【イグリスの黒薔薇】を止めるに不足なのだろう。背後から飛びかかるように斬りつけた者は、振り向きもしない横薙ぎで胴を割られ。続いて突きに入った槍持ちは、穂先を叩《たた》き切《き》られた上に踏み込まれ、蹴り飛ばされていた。放物線を描いて木に激突したその男の首は、あらぬ方向に曲がっている。その隙を狙って矛を振るう者もいたが、刃を届ける前に自らの頭部を失っていたのであった。

……標的を取り囲む冒険者は残り八。弓も潰された今、この程度では一方的に損耗するだけだ。

（つまりは、自分が【イグリスの黒薔薇】の相手をせねばならないのか）

【憤怒の構え】から上段構えの【屋根の構え】へと移行しつつ、ワイアットは覚悟を決めた。

「ベルダラスは私が相手する！　三名は深追いした連中を呼び戻しに走り、残りは女を斬れ！」

ガイウスの剣に怯んでいたのだろう。包囲の輪はこれ幸いとばかりに解かれ、下がっていく。

その内三名は指示通り、仲間たちがコボルドを追いかけた方角へ手分けして走っていった。しばらくすれば戦力を呼び戻せるはずだ。そして残りが黒マントへ対応すべく、ワイアットの後方へと殺到する。

「やあやあ皆様！　自分はダークと申しまして、何を隠そうガイウス殿の愛じ……うわお危ねっ」

どさくさに紛れて何か要らぬことを吹聴しようとしたのだろうが、女剣士は冒険者たちに追い立てられてそのまま森へと逃げ込んでしまった。これで枯れ川に立っているものは二人。騎士ワイアットと、コボルドの食客ガイウス＝ベルダラスである。後は地面に転がる半死人たちだけだ。

ガイウスは周囲を見回して状況を確認すると、改めてワイアットに向き合い。眉をひそめ、何か考えるような表情を見せた後……ゆっくりと構えた。片手で剣を突き出し、刃先を斜め上方へと向けた【突き受け構え】だ。片刃剣術では「最も安全」と評される、防御重視の姿勢である。

(【イグリスの黒薔薇】が、私に対して……構えた！)

十人の冒険者に囲まれても、表情一つ変えず無造作に立っていただけの男が。あの地獄の五年戦争で英雄と呼ばれた人物が。自分に対して、己ただ一人だけに対して！　慎重と言われる構えをとったのである。

……涙がこぼれそうなほどの、感動。それは、「汝《なんじ》は敵たりうる」という無言の賛辞に他ならなかった。敵手から、それも自分が憧れた相手からの敬意ほど、男にとっての誉れがあるだろうか。

長い人生においても、そう容易くは見つかるまい。

だがワイアットは微かに頭を振ってその感情を押し込める。これよりは、剣戟の時なのだ。

彼は素早く息を吸い込むと、【屋根の構え】から斜めに斬りつける【憤激】を叩き込む。まるで鉄板のようなあの剣と膂力を相手に、守勢に回るのを避けたのである。高い強度を持つミスリル合金の魔剣。そこに強化の術式を組み込んだ【ソードイーター】は持《も》ち堪《こた》えても、ワイアットの肉体がどこまであの豪剣を受け続けられるかは分からない。

ワイアットの斬撃を同じく【憤激】で受け止めるガイウス。剣と剣がぶつかり、交差する。この鍔《つば》迫《ぜ》り合《あ》いに似た状態を、ロングソード剣術ではバインドと呼ぶ。

ガイウスは素早くフォセを巻き上げつつ、先端の両刃部分で突く。対しワイアットは受け流して反撃を試みる。だがガイウスはそこから刀身を傾けて再び切っ先での攻撃に転じ、ワイアットはそれを防御するために相手の刃を押し下げることを強いられたのだ。

正面に隙を作られそうになった、その刹那。

（いかん！）

ワイアットは弾くようにバインドを解き、距離を取る。

（あんな肉切り包丁でロングソードのような技を繰り出してくるとは！）

正直なところ先刻まで彼は、【イグリスの黒薔薇】の武功とはその恵まれた体軀によるものだと思っていた。だが刃を一度交えて理解したのである。ガイウス＝ベルダラスは、力まかせの剣士などではない。恐るべき剛力に、研ぎ澄まされた技量までをも備えた、まさに怪物なのだ、と。

＊

三十合近い打ち合いが繰り広げられ、なおも両者は対峙していた。ワイアットの頬には鍔迫り合いでついた赤い線が一本走り、防具もあちこちが欠け、傷ついている。息も荒い。

一方でガイウスは、無傷のまま平静であった。

(五合打ち合う度に、一手遅れる)

太刀打ちはできる。いや、かろうじてできているだけと言うべきか。一歩、あと一歩が。どうしても届かないのだ。奥の手はある。あるが、それまでにあと何合打ち合えば良いのだろう。

(刃を合わせる度に腕ごと持っていかれそうな、あの豪剣相手に！)

その時まで持ち堪える確証すらも、ワイアットは持てなかった。

「……これほど、これほどの剣技を持ちながら！」

溢れ出すように、ワイアットの口から叫びが漏れ出た。

「あれほどの武勲を立てながら！　あそこまでの地位を、身分を得ながら！」

ガイウスは「ん？」と小さく唸って、構えたままその言葉を聞いている。

「何故、それを捨てた！　我ら武人が目指すものを！　剣に生きる者の栄光を！　その上、全てを放り投げてこのような僻地、【大森林】で樵《きこり》や農夫の真似事《まねごと》だと!?　しかも、再び剣をとったのは獣人を守るため！　あまつさえ、罪人となってその身を差し出そうとすらした！　コボルドごとき下等なモンスターのために！」

まさに怒声であった。だがガイウスは首を傾げただけで、落ち着いた様子のまま答える。

「友に頼まれたのだ。当然であろう」

「友？　友だと!?　その友とは、まさか【犬】のことではあるまいな？」

「無論、コボルドだが……それがどうしたのだ」

　ワイアットの顔が引き攣る。

「巫山戯《ふざけ》るなッ！　貴様は仮にも五年戦争で英雄とまで称された男だぞ!?　貴様が望もうと望むまいと、英雄と呼ばれる者は、その生き方に責任があるのだ！　後へ続く者たちへ見せる背中についての責任がな！　貴様がやっていることは！　捨てた行為は！　同じく高みを目指す者への侮辱、いや冒瀆《ぼうとく》なんだぞ！　栄誉と、富と、位と！　それを手に入れるために、手を伸ばすために！　足《あ》掻《が》き、藻掻《もが》き、手を汚して来た者への！　手を汚さざるを得なかった者への！　否定であり！　悪罵なのだ！　許されるか！　許せるものか！」

　彼自身ですら、何を口走っているのか分からないのだ。だが、支離滅裂なその言葉こそが。紛れもなく彼の心底から溢れる叫びなのであった。

　鬼気迫る表情で睨むワイアットに対し。ガイウスはただ、困ったように眉をひそめている。

「すまん。大変申し訳ないのだが、難しくて何を言っておるのか、よく分からぬ……だがな」

　握り直され、ワイアットへ向けられる剣先。

「私は友から託されたのだ」

　そして、そこに続けられた言葉が。

「……男子が一命をかけるのに、それ以上の理由が必要なのか？」

　ワイアットの胸中を、劫火《ごうか》で焼き尽くしたのである。

「殺す！　殺してやるぞッ！　絶対に、絶対にだ！　ガイウス＝ベルダラス！」

「お断りしよう。ワイアット殿」

次の斬り合いで決着をつけるつもりなのだろう。両者の間をそれまでで最も強い殺気が満たす。

張り詰めた空気の中、動いたのは。

ワイアットでもガイウスでもなく、傍らの森、そこの茂みであった。息を切らして駆けてきた若いコボルドが突如として、顔を突き出すようにしながらガイウスへ向け叫んだのである。

『大変だガイウス！　村が、村に奴らが向かってるんだよ！』

＊

コボルドは、瞬発力はあるが長距離を走るのにはあまり向いていない。それでもなお駆け、村に到達するやいなや倒れた見張り役が、息も絶え絶えに口にしたのだ。

『列を離れた十名前後が、森を通って村へ向かっている』

村は、騒然となった。

「おじいさん、村の皆を連れて森へ逃げて！」

サーシャリアが長老の両肩を摑み、依頼する。

『お前さんはどうするんじゃ』

「私は足止めするわ。見張りの人の話では、知らせに一人走っているの。しばらくすればガイウス様たちが戻ってくるから」

老人子供の足では、森へ隠れるにも手間がかかる。誰かが、時間を稼がねばならなかった。

『馬鹿な！　相手は十名近いのじゃぞ！　あのバカでかいボンクラならともかく、お前さん一人でどうするんじゃ！』

「あら、私こう見えても軍人なのよ？　それも、学校を二番目の成績で卒業した、ね。時間稼ぎくらい、なんとでもできるわ」

誇張だ。サーシャリアの次席卒業は、実技を補うほどの学科成績によって得られたもの。鍛錬を積んでいるとは言え、半ハイエルフたる彼女の身体は人間に相当すれば十二歳程度にすぎない。

「森には魔獣もいるわ。戦士の護衛もなしに、長くは隠れていられない。でもこのままここに残っていたら確実にやられるの。だからお願いおじいさん。こういう時、貴方みたいな人が必要なの」

『……わかったわい……わかったから……無理するんじゃあ、ないぞい』

「大丈夫！　私はガイウス様の副官の中でも、一番優秀だったんですからね！」

言っても聞かぬことを悟った長老が、屈んだサーシャリアの肩を、ぽんぽんと叩く。サーシャリアは、「ええ」と微笑んで答えた。

(自分で言っておいて嗤《わら》っちゃうわ。何が一番の副官よ)

……彼女は、この展開を見抜けなかった自分を悔いているのだ。

この状況で冒険者たちが戦力を分けたことに、戦術的な意味は無い。四、五十名の冒険者は確かに多い。多いが、その程度の人数から一部を割いて危険な森の中を直行させるのも、しかもよりによって本隊と同期せず攻撃してくるのも、そこに利点があるとはサーシャリアには考えられなかった。当然である。彼女は冒険者ヒューバートたちの事情など、知る由もないのだから。そしてそれがそのまま、ガイウスやサーシャリアたちの盲点となっていたのである。

待ち伏せ部隊に全戦力を集中せざるを得ない村側の事情や、コボルドを数名配したところでヒューマンには対抗できないという事実はあるが。それでもサーシャリアは、対策をガイウスに進言できなかった己自身を責めて止まないのだ。

「ま、俺もいるしな！」

自らの二の腕をぱんぱん、と叩きながら話に割り込んでくるドワエモン。

「……私から一本取れるようになったくらいで、調子に乗っちゃだめよ」

「ふっ、すぐに乗り越えてやるさ！　俺を阻む壁としては、お前じゃ色々と起伏が足りない」

「年長者に対して何だその口の利き方はァッ！　歯を食いしばれ小僧！」

「それ腹ァ!?」

ドワーフ少年へ鉄拳を叩き込むサーシャリアを、長老がなんとか引き剝がす。

「ぐぼぼぼぼ。なんでお前時々乱暴軍人みたいになるんだ……ウチのねーちゃんかよ」

腹を擦りながらぼやく。

『坊主が悪いわい』

……こうして。サーシャリアとエモンによる、懸命の遅滞作戦が始まろうとしていた。

＊

村に入ってきたのは、八名の冒険者たちであった。

先頭に立つのがリーダー格だろう。筋肉の厚みを感じさせる巨体に、金属による打撃武器……片手用のメイスを携えた男だ。冒険者らしく、魔術士の支援無しでも移動できるように、か。胸甲や籠手《こて》等、要点を押さえた防具だけを装着している。残りの者も似たような装備だが、やはりリーダーの装備が一番上等で、かつ使い込まれていた。おそらくあの男は相当に腕が立つ。一人やたら軽装で狩人のような男もいるが。あれは、先導役か。

サーシャリアは竪穴式住居の陰に隠れながら、侵入者たちを観察していた。そして、別の家の裏に潜むエモンへ「まだ待て」とハンドサインを送り、背後を振り返る。視界には、やっと森に入りかかろうとする避難民の一団が見えた。子供や老人がいては、無理からぬ速度だ。

(やはり皆を追わせないためには、ここで冒険者たちを足止めする必要があるわね)

注意を冒険者たちへと戻したサーシャリアは、そのまま息を詰めて様子を探る。

「ヒューバートさん、もぬけの殻ですね」

冒険者の集団で。鎖帷子を着た、剣士風の男がリーダー格に話しかけていた。

「折角近道してきたのに、逃げやがったのか。まずいな、ある程度殺しておかないと、ワイアットさんへ『モンスターから仕掛けられた』っていう言い訳が難しくなる」

ヒューバートと呼ばれた坊主頭の大男は、舌打ちして首筋を掻く。苛立っている様子だ。

「シリル、二人連れてモンスターを探しに行け。お前なら多少森に入っても大丈夫だろ。残りは俺と家探しだ。魔獣の牙や爪も金になるが、蟲熊の肝は特に捌きやすい。絶対に見落とすなよ」

「「「はい」」」

狩人風の男が二人伴って、集団から離れる。

(まずいわ、森に慣れている奴がいる。アイツに追われたら、隠れた皆が見つかってしまう!)

サーシャリアは唾を飲み込んだ。彼らが森へ向かわねば、このままガイウスたちを待つつもりであった。さもなくば、散らばってから仕掛けるか。だが、もうそんな余裕は残されていない。

エモンへ再びハンドサインを送ったサーシャリアは、右手の剣をさらに強く握りしめ。覚悟を決めて、その時を待ち構える。

……鉄鎖騎士団《チェインメイルズ》の訓練では、団員たちは突撃時に喊声《かんせい》を上げぬよう徹底される。このため他の騎士団からは「勇ましさに欠ける」などとよく揶揄されたものだが。それは、このような時に備えてのものなのだと。彼女は今、身をもって理解していた。

息と気配を殺して待ち。追跡役の三人が近づいてきたところを見計らって、家の陰からサーシャリアが飛び出す。御者がしならせる鞭のごとく、剣で自らの背中を叩くまで大きく振りかぶる【馬車夫切り】。それに近い大振りだ。狙いは先頭を進む狩人風の冒険者。おそらくこの男を倒すだけでも、森へ入った避難民が追われる危険性は相当に低くなるはずである。

無言の刃がその男……シリルの後頭部めがけて弧を描く。だがサーシャリアにとって不幸だったのは、彼がたまたま彼女の方向へ顔を向けたことであった。

目と目が合った次の瞬間、斬撃が確定する寸前にシリルは身を捩る。剣の軌道から彼の身体は外れ、サーシャリアの刃は相手の左耳半分だけを切り落とすに留まったのだ。

「おおぉあああ⁉」

シリルは身体を捻って倒れると、そのまま転がるように距離を取る。天性の俊敏さが、彼を救ったのである。直後。随伴の二名が応戦のために、それぞれが幅広の曲刀ファルシオンと長柄武器ウォー・ハンマーを素早く構えた。この時点で、サーシャリアの攻撃は失敗と決まる。

「うおおお！」

雄叫《おたけ》びを上げたエモンが彼らの背に攻撃を仕掛けるが、その剣は曲刀持ちに防がれ。やはりこれも阻まれてしまった。完全に、奇襲は失敗に終わったのだ。

ヒューバートと残りの取り巻きたちもすぐに駆けつけてきた。サーシャリアとエモンは、たちまち二対八という状況で敵と対峙することになったのだ。

左耳を押さえながら座り込むシリルを尻目に、ぴゅう、とヒューバートが口笛を吹く。

「おいおい、犬っころの村なんじゃねえのかよ？　シリル、どういうことだ」

「ち、畜生！　し、知りませんよ僕はこんな奴！　ここは獣人の村で間違いありませんってば！」

彼はガタガタと震えながら、声を荒らげて反論する。ヒューバートは何かしら思うところがあったのだろう。それを冷ややかな目で見下ろしていたが。

「いや……お前知ってたな？　まあいい。後で追及してやるさ。それより」

下卑た笑みを浮かべた顔が、サーシャリアの方へと向く。

「色気のねえ仕事だと思ってたが。女がよぅ、いるじゃねえか」

背筋に薄ら寒いものを感じたサーシャリアが、剣を構えたまま二歩後ずさった。

「まだ乳も尻も出てねえ、エルフのガキですけどねえ」

戦斧を持った、髭の濃い冒険者が嗤う。リーダーの言葉を冗談だと思っているのだろう。

「バッカ、これくらいが通好みって奴よ。やっと男と女の区別がつき始めてきた身体に突き立てるのも、存外いいもんだぜ。大きさが無理だと思ってもな。意外とよ、やってみると穴ってのは広がって受け入れるもんなのさ」

「ウハハ、何かヒューバートさん、慣れてるみたいですね」

「ガキ相手はまだ四回だけだがな！　血だらけになるのが難点だぞ！　ゲハハ」

「うわぁーお……」

「流石だぜ……」

その間にも、サーシャリアとエモンはそれぞれ個別に冒険者たちから包囲されていく。

「だからよ、このエルフの相手は俺がするわ。そっちの不細工な坊主はお前とお前で殺せ。シリルはさっき言った通り、二人連れて【犬】を探しに行くんだ。残りは家探し続行だな」

「あの、僕、耳の手当てをしたいんですが……」

「死にやしねえよ！　時間もねえ。早く行きな。黙ってたことは、後でみっちり聞いてやる」

不満げに了承するシリルを追い払うと、ヒューバートがサーシャリアの前に立ちはだかった。エモンはもう、二人相手に防戦一方だ。

「さて、それじゃあお嬢ちゃん。お楽しみの時間だぞ」

＊

サーシャリアの剣は、彼女の体格に合わせた小ぶりのものだ。そんなものでは、ヒューバートのメイスを防げない。ひたすらに回避し、退くことを強いられ続けている。まるで羊飼いに枝を振られて導かれる羊のごとく、彼女は徐々に、確実に逃げ場を失っていった。そしてついに踵《かかと》が家屋の外壁に触れ。サーシャリアは、自らが追い詰められたことを悟ったのである。

「なあ、大人しくしとけよ。痛い思いをするだけだぞ？」

「誰が貴方なんかの相手をするもんですか！　ふざけないで！」

「おっ？　お前、これから何されるか、ちゃーんと分かってるんだな。ゲハハ」

「シッ！」

噛うヒューバートの隙をついて、素早くサーシャリアが剣を突き出す。全身を伸ばすようにして、左腕で繰り出す片手突きだ。彼女はこれで敵の太腿《ふともも》を抉り機動力を削《そ》ぐか、あわよくば血管を貫くつもりであった。

だが「がしゃり」と音を立て、その鋭い刺突はメイスの横薙ぎであっさりと払いのけられた。跳ね飛ばされた剣が、くるくると回転しながら地面へと落ちていく。ヒューバートは敢えて油断を見せて、彼女の攻撃を誘ったのである。これによりサーシャリアは、時間を稼ぐこともできぬまま、抗う手段を失ってしまったのだ。

続いて、先端に鉄板をつけた簡易装甲ブーツが彼女の腹部へと食い込む。蹴り上げられ、身体の曲がったサーシャリアはそのまま地面に倒れ込み。息を、そして胃液を口から撒《ま》き散《ち》らした。

「汚え奴だなあ」

ヒューバートは馬乗りになると、笑いながらサーシャリアの頬へ平手打ちを浴びせる。二度、三度、四度。五度、六度、七度。さらに、顔面への鉄拳を三回。拳が、赤く濡れた。

ヒューバートは動かなくなったサーシャリアの左耳をつまむと、残りの手で腰の鞘から短剣を抜き。そしてエルフ混血の証左たるその耳へ刃を突き立て。「ぐぐっ、ずっ、ぶちり」と。半分ほどを残して切断したのだ。

「何の義理もないが、シリルがやられた分を返させてもらうぜ」

ぽい、と彼が肉片を放り投げた刹那。サーシャリアは目を開き背を反るようにして、全身のバネを用いた膝蹴りをヒューバートの股間へと叩き込む。彼女はこの状況になっても。諦めた振りをして、必死に反撃の機会を窺っていたのである。

しかし起死回生の膝は、ヒューバートが閉じた内股に阻まれていた。彼は最初から、サーシャリアの行動を見越していたのだ。

「ハハ！　大体お決まりだよな、こういう時に女がとる行動ってのはよ。お前で何人目かな……うーん、忘れた！」

また嗤い。もう一度彼女の顔へ拳を叩き込む。

「耳だけじゃ足りなかったなあ。この行儀が悪い足にも、躾《しつけ》をしてやらんと、な！」

頬を歪めながらそう言ったヒューバートは、腰のポーチへと手を伸ばし、少し中身をまさぐった後。そこから緑色の液体が入った小さな瓶を取り出した。

「これはな、【シロツノ海蛇】っていう、西方の海に棲む魔獣の毒だ。聞いたこと、あるか？」

「……麻酔の研究に……使われた物でしょ……」

ほお、とヒューバートが感嘆の声を上げる。

「よく勉強してるなぁお前！　そうさ。毒の効果から痛み止めにならないかって、当時は期待されたそうだ。でもすぐに、一般では使われなくなっちまった。どうしてか。これも知ってるか？」

「し……神経が……死ぬからよ……」

「そう！　そうだぜ！　痛みは確かに止まるが、それは毒が入ったあたりの神経がごっそりバッチリくたばるからなのさ。だから医者は、手足をノコギリでぶった切る時くらいにしか使わねえ」

手足を切るというヒューバートの言葉に、サーシャリアの背筋が凍りつく。

「ゲハハ心配すんな！　そーんなことしたら興奮しにくくなるだろ？」

そう言いながら彼は。サーシャリアの左脚、ふくらはぎのあたりに短剣を浅く突き立てると、そのまま刃を滑らせた。半エルフの細い身体が痛みで痙攣し、苦痛に顔が歪む。必死に押しのけようとするが、ヒューバートは体重をかけ続け、それを封じてしまう。

「で、この毒を切り口にだな」

傷口に何か粘液が垂らされる感触。しばらくの時間を置いて、そこからぼんやりとした温感が膝と足首まで広がっていく。

「よしよし。残りの手足にもやってやるからなー。いやあ、これを使うと、楽でいいんだよ。かといって、身体の反応も無くならない！　失血でユルくもならねえ！　お前もそのほうがっ！」

ヒューバートがサーシャリアの顔を覗き込もうとした瞬間。その体重移動の隙を突いてサーシャリアは拘束を解くと。素早く上体を起こし、頭突きを食らわせたのだ。彼女はここまで追い詰められても。殴打されても、組み敷かれても。それでもなお、闘志を失っていなかったのである。

全力の一撃を顎に叩きつけられたヒューバートは、自らの歯で舌の先端を噛み千切ってしまい。口を閉じたままくぐもった悲鳴を上げて、後ろへと倒れ込む。

好機とみたサーシャリアは、即座に逃げ出す……逃げ出そうとしたのだ。だが、左足が動かない。感覚もない。立ち上がれない。それでも必死に手を動かし、足を引き這いずっていく。

「ころくろがきがあああああああ!!」

目に涙を浮かべながらヒューバートが大声で叫び、立ち上がる。噛み切った舌のせいで、呂律《ろれつ》が回っていないようだ。

「もうやめら！　ほまえのはらをはいて、ほこにふっこんでやふ！」

そして舌を動かした激痛で、またひとしきり悶え苦しむと、

「まぶは、てあひをぶっつぶひてからら！」

左手で口を押さえたままよろよろと足を進め、右手でメイスを取った。サーシャリアも懸命に身体を動かすが、逃げきれるものではない。一歩。二歩。三歩。着々と、ヒューバートが迫ってくる。腕か、肩か、膝か。あの鉄塊でどこを潰すつもりなのか。

今度は、避けられぬ。追われるほうと、追うほうが共にそう思ったその時。猛然と吹いた突風が。いや、嵐のような何かが。サーシャリアを飛び越え、あの男との間に立ちはだかったのだ。

腫れ上がった瞼が、それでも限界まで開かれる。鼻の奥が、血ではないもので熱くなった。

サーシャリアの全力の抵抗が、彼が辿り着くまでの時間を稼ぎ。必死の一撃で上げさせた叫びが、彼に向かう場所を知らしめたのだ。彼女は決して諦めぬことで、生命を繋いだのである。

……そして、勝負は一瞬でついた。ヒューバートが振りかぶったメイスは握られた両手ごと切り離され。続く一閃で、その胴は腰下のあたりで分断される。文字通り、瞬く間のことだ。

「おべああいやあああ」

という奇声を発しながら上半身は転がり。少し離れた地面に胸像のような姿勢でちょこんと立ち、止まった。やや呆け気味なその顔は、どうやら状況を認識できていないと思われる。

「サーシャリア君！」

そう叫んで彼女を見たガイウスの顔を、サーシャリアは生涯忘れないだろう。

言いたいことは沢山あった。縋《すが》り付きたい思いも。だがそれらを全て押し殺し、彼女は叫ぶ。

「私は大丈夫ですから！　それよりエモンの支援を！　避難民への追手も出ています！　そちらを優先して下さい！」

ガイウスは一瞬、ほんの一瞬だけ躊躇した。だがすぐに頷くと、泣き喚く胸像の首を瞬時に刎《は》ね飛ばし。猛烈な勢いで駆け出していく。しばらくの間を置いて、上がる断末魔。また続けて。さらに続けてもう一度。そしてあと一回。

サーシャリアはそれを耳にしながら地面へと倒れ込む。精神も、肉体も。全てが既に限界だ。

閉じた瞼はそのまま彼女の意識を闇の中に押し込み。気絶とも眠りともつかぬ泥濘《ぬかるみ》へと、沈み込ませていくのであった。

＊

避難民を追った冒険者たちはその後ガイウスに捕らえられ、村人たちは無事に守られた。狩人風の男だけはそのまま逃げ去ってしまったらしい。おそらくは、後退した本隊に合流したのだろう。その後調べたところ。枯れ川にいた本隊と合わせて、確認できた冒険者の死体は十八。

一方、防衛側も。成功したあの作戦でも、逃げきれなかった者、止《や》む無《な》く応戦して倒された者がやはり出ている。コボルドの死者は六名であった。

こうして、決して少なくない損害を出しつつも。コボルド村は、冒険者ギルドによる討伐隊を退けたのである。

第七章　草の王冠

戦死者たちの【星送りの儀】を終えた翌日の早朝。村外れでエモンが一人、木剣を振るっていた。

「見当たらないと思ったら、ここにいたでありますか」

彼に声をかけたのは、ダークである。

「傷のほうはもう大丈夫でありますか？」

「俺の怪我なんか、どうってことない。アイツに比べれば、かすり傷だよ」

エモンは素振りを続けたまま、振り向かずに答える。

「なあ姐御、サーシャリアの具合は、どうなんだ」

「あれからずっと、眠ったままであります。皆も精霊も、手を尽くしましたが」

ダークはそこで区切って。重く、ゆっくりと息を吐き出してから言葉を続けた。

「……もう杖無しでは歩けぬだろう、と」

ヒュッ、と木剣を振り下ろしたエモンの動きが、止まる。やや頭を下げ、顎を引いたその姿勢から。歯を食いしばっているのが、背後からでも見て取れた。

少年は己《おの》が無力を噛み締めているのだ。農村へ駆けつけたあの時も、フォグの時も、そして今回も。ためせなかったことを、守れなかったことを、助けられなかったことを。

フォグが死んだあの日から。エモンは進んで鍛錬に励んでいる。ガイウスの指導とドワーフ故の素質があったとはいえ、その成果があったからこそ、彼は冒険者二人を相手になんとか持ち堪えたのだ。だが初めての努力に対しても、現実は寛容ではない。少年は仲間の援護に行くどころか、助けを待つので精一杯だったのである。

ドワーフは強い。生物としての性能は、異常ですらあった。ヒューマンやエルフ、果てはオークやオーガといった戦闘種族をも遥かに上回る。一部の特殊な存在を除けば、知的種族としてはおそらく大陸でも最強に近いだろう。それ故、エモンは自らが外界でも十二分に通じると思っていた。いや、今は通用しなくとも、いつかは自然に強くなると思い込んでいたのだ。

野盗に襲われた時は、そこまで気にしていなかった。怪我をしたのは、自分だけだったからだ。農村で賊に苦戦した時も、やはり傷を負ったのは少年自身であった。だがフォグを。小さな友人の母親を助けられなかった時。さらに、仲間が生涯にわたる傷を受けた今。彼は己の無力さ、そして甘えと対峙せざるを得なかったのである。

少年特有の全能感は消え。自らが決意しなければ、決して強くはなれぬと理解したのだ。

「クソッタレ！」

ぴゅん、と再び木剣が空を斬る。

「もうしばらくしたら朝飯なので、ちゃんと来るよーに」

「分かったよ」

「無闇やたらに振っても、一両日で急に腕前が上がるわけではありませぬよ？」

「分かってるよ！」

ダークは肩をすぼめると、踵《きびす》を返《かえ》す。

「俺は、俺にもできることが欲しいんだよ」

構えを変えながらぼそりと溢れた少年の言葉を、ダークは聞こえなかった振りをしてその場から立ち去り。そしてエモンに聞こえないように、彼女も小さく呟く。

「……男の子でありますなぁ」

ふっ、と小さく息を吐いて。彼女は後頭部を掻きながら、家へと向かうのであった。

＊

サーシャリアが目を覚ました時、傍らにはガイウスが座っていた。

「サーシャリア君」

「……ガイウス様？　……私……？」

己の額とこめかみに右手指を当てるサーシャリア。手が、顔に貼られた薬草に触れる。ほどなくして、あの戦いと現状が脳内で繋がり。彼女の中で整理され、認識された。身体を起こすために膝を曲げようとするが、左足太腿の半ばから下の反応が返って来ず。身を捩るだけに終わると、すぐに記憶が理由を導き出し、サーシャリアは「ああ」と小さく納得の声を上げて息を吐く。

ガイウスはそれを見てしばらく目を伏せていたが。やがて彼女の背に手を当て身体を起こし。

「サーシャリア君。何と言って詫びれば良いだろう。全て私の失策だ。私のせいで、君をこんな目に遭わせてしまった。本当に、申し訳ない」

跪《ひざまず》いたまま苦しげな顔を伏せ、深く頭を下げ謝罪した。

「お、お止め下さい団長！　だん……ガイウス様の責任では、ないです。決して」

「いや、こうなることを防げなかった私のせいだ。村にもう少し戦力を、せめてダークだけでも残しておけばよかったのだ」

　ずきり、とサーシャリアの胸が痛んだ。

　ガイウスに彼女を貶《おとし》める意図は無い。あるはずがない。そんな人物ではないことを、彼女はよく知っている。だがその言は「ダークは戦えるが君は戦えない」と語るに等しいように、サーシャリアには感じられたのだ。何よりそれは彼女がずっと、自身で胸に刺し続けていた棘なのだから。その上作戦についてまで詫びられては。それこそサーシャリアは、戦士としても、参謀役としても、何もガイウスの助けにならなかったことになるのだ。

　つぅ、とサーシャリアの頬を涙が伝う。

「あ、これは、その、違うんです」

　取り繕うために慌てて笑顔を作るが、両の目から溢れる熱いものは、止まりはしなかった。

「すまない」

「謝らないで下さい」

　……謝られたら、私が惨めすぎます。彼女はその言葉はかろうじて抑えつけ、飲み込む。

「ガイウス様、お願いです。しばらく、一人にしていただけませんか」

　彼は数秒、迷うような表情を見せたが。

「……また後で」

　と言い残して、家の外へと出ていった。

これ以上今の顔を晒したくなかったサーシャリアは、見送りもしない。だが見ずとも。その背中がどのようであるかは、容易に想像できた。

（私、馬鹿だ）

何が、一番の副官、だ。何が、お支えするのが当然、だ。結局、この大事な局面で何の役にも立てぬまま。いや、むしろ今となっては足手まといですらある。その上、あの人にあんな顔をさせてしまうなんて。

（死んでしまいたい）

だが、そうはいかない。そんなことをすれば、余計に苦しませるだけなのだ。

「いつか、恩を返したいと思ってたのになぁ……」

絶望の中にいた自分に、希望をくれた人。ガイウスにとってはなんでもないことだったかもしれない。だがサーシャリアには、あの出会いこそがまさに。彼女がここまで生きてきた力を与えたのである。あの大きな手と不器用な笑み。あれが、サーシャリアの光明だったのだ。

やがては恩に報い、そしてあの人の横に並びたい。あの人の横に立つに足る人物になりたい。そして、もしそうなれたら。今度は。そう思っていたのに。

「私、馬鹿みたいに追いかけてきて、はしゃいで。最後に足を引っ張っただけだなんて」

サーシャリアは肩を震わせながらそう呟き。立てた右膝に顔をつけ、嗚咽《おえつ》を押し殺していた。

＊

同じころ。捕虜たちを尋問していたダークは、聞き出した情報、そのうちのある内容について危惧を抱いていた。多少の誤差はあるが、個別に尋問した結果である。信憑《しんぴょう》性は高いだろう。杞憂かもしれない。単なる情報で終わる可能性もある。そもそも、敵が再侵攻してくるかも分からないのだ。だがその内容は決して無視できず。そして直ちに共有すべきものと言えるだろう。

ダークは舌打ちして頭を掻き、ガイウスや皆に相談するため。集会場へ、足早に歩き出した。

……ライボロー冒険者ギルド、その現役登録者数、約四百名。

ギルドオーダーによる推定最大動員数は、三百名である。

＊

数日の道程を経てライボローへと帰還した討伐隊は、疲労と憔悴《しょうすい》の極みにあった。金が入れば享楽に浪費するのが常とされる、刹那主義のあの冒険者たちですら。報酬受け取りを後日回しにしてでも、ベッドに倒れ込むのを優先した者がほとんどだったのである。

そんな中、ギルド長たるワイアットのみが終始泰然としており。その肉体と精神の頑強さを、周囲に再認知させていた。

……冒険者ギルドに戻ったワイアットは、コボルド村についての情報を隠匿していたシリルを拘束。賞金首用の牢に押し込むと。参加者への報酬手配など喫緊性の高い事柄だけを片付けて、自らの執務室へと戻っていった。

ドアを開け、剣を外し卓上に置く。鎧は手を借り一階で脱いである。人目が無くなり落ち着いたところで、ワイアットは大きく息をつき顔に手を当てると。その下からは先程まで必死に隠されていた、苛立ちに満ちた形相が表れたのだ。

「ぐぅ」と、獣のような唸りを上げた後。ワイアットは振り返り、本棚の方を睨みつけた。そして仇を踏みつけるかのような足取りで棚へ近づくと、そこから一冊の本を抜き取ったのである。

【鋼鉄騎士イワノシン】。彼が手に取ったのは、そう背表紙に題された書籍だ。少年期からの持ち物であり、思い出の品と呼べる戯画本である。だがワイアットは、それを両手で掴み。

「うおあああ！」

両の表紙に捻りを加えると、背表紙を縦に引き裂いたのだ。

二つに裂いた本をさらに三つに、四つに。中のページまで手を付け、千切り、破り取っていく。

「ふざけるな！　ふざけるな！　巫山戯《ふざけ》るなぁっ！」

紙片を撒き散らしながら床へと叩きつけ、踏みしだく。

「何が友に託された、だ！　何が男子の一命だ！」

肩で息をし、目を血走らせながら叫んだ。階下に聞こえているだろうが、構わない。とにかく何かで発散せねば。いや、発散する振りをせねば。胸中を焦がした炎が、再燃しかねないのだ。

「あの時、あの時！」

決着の直前、乱入してきたコボルドが告げた報せ。それによりガイウスは、森の中へと消えた。

ワイアットは追った。追ったが木々の間で振り切られ。彼はその後、味方の再結集と負傷者の救助に追われて、そのまま撤退せざるを得なかったのだ。

「あの邪魔さえなければ。あの邪魔さえなければ！」

……斬られていたのは、間違いなく自分のほうだっただろう。

実際に刃を交わした者だけが分かる感触。そしてそれを理解せぬような愚者では、ワイアットはなかった。だからこそ。なおのこと彼は、やりきれぬ憤りに苛まれていたのである。

息を。吸って、吸って。吐く。もう一度大きめに。今度はゆっくりと、あと一回。

「落ち着け。落ち着くのだワイアット」

右手で左肩を叩きながら、自身の激情を懸命に宥める。そして自分の椅子に座り込んだころには。彼はもう、冷静さを取り戻していたのだ。

(失態だな)

やがて始まる内紛へ向け。主君のために集めていた戦力を二十人近く失ってしまった。しかも、客観的にみれば惨敗である。今回の敗戦は隠し通せるものではないし、冒険者への威厳やギルド長としての沽券《こけん》、そして、主であるケイリーからの評価に影響するだろう。失態だ。大失態もいいところである。

だが、大失態なだけだ。

集め続けている戦力。四百名にも及ぶ冒険者たちのうち、二十名が失われたにすぎない。未開で貧弱なコボルドに負けたという戦歴も、嘲笑の対象となろう。評価も下がるだろう。だがそれも、それだけだ。それだけなのだ。ワイアットは破滅していない。彼が積み上げてきたものは、まだ何も崩れてはいないのである。そう、ここであの男を追うのを止めれば。ガイウス゠ベルダラスを忘れれば、彼はまた前へ進めるのだ。

口をすぼめて吐き出した息が、胸から熱を奪っていく。

(そうだ。あのような些事《さじ》に関わるのは止めれば良い。ああ、私はあの男に敗れた。否定された。もう少しで斬られるところですらあった。認めよう。だが、それがどうしたというのだ)

胸の奥にくすぶる火種がワイアットに問う。

お前はそれでも前に進めるのか？　我を抱いたまま生きられるのか？　何よりもお前が、「そうしたい」のではないのか？　と。

それらの声を理性で抑えつけ、重い蓋で閉じようとした、その時。

「お、お休みのところ、申し訳ありません！　ぎ、ギルド長。緊急にご報告したいことが」

ノック、そして扉越しの声であった。事務方の女性職員だ。先の騒ぎを聞いていたのだろう。その声には、怯えが感じられる。

「構わん。入れ」

失礼します、という断りと共にドアが開くが。廊下に待機していたのは、女性職員だけではなかった。彼女に続いて。数名の職員や冒険者が、ある人物を抱えながら入ってくる。

「マクアードル⁉」

添え木を当て包帯を巻かれ。立つことも能《あた》わぬ状態で運び込まれたのは、ワイアットの部下ロシュ＝マクアードルだ。彼らの主君ケイリー＝ジガンが弟ドゥーガルド＝ジガンを討つ名分作りに、政敵一派に偽装して農村を襲う秘密任務に従事させていた騎士である。

「……申し訳ありません、ワイアット様……」

予《あらかじ》め言われていたのか。職員たちはマクアードルをソファに寝かせ、足早に部屋を出ていく。

「戻りが遅いと思えば、一体、どうしたのだその姿は！」

「面目次第もございません。任務の最中に、襲われたのです。逃げる途中で私は落馬してしまい、動けぬところを通りがかった狩人によって救助されました。ですが自らの身分を明かすこともできず、そのため帰還がかようにも遅れてしまい……」

必死に謝罪の言葉を並べたてる部下を手で制すと、ワイアットは要点へと話を戻す。

「一体、何者の仕業だ。こうならぬよう、自警団もない村を選んでおいたのに」

「イ、【イグリスの黒薔薇】です。先日のあの、ガイウス＝ベルダラスが！」

ワイアットの目が、見開かれる。

「あの男が我らに問答無用で襲いかかり、手下たちを、全て殺してしまったのです！　見られてしまいました、我らの行動も、偽装の紋章も、私の顔も、全て！　申し訳ありません！　申し訳ありませぬぅうう！」

生存者や通りすがりに姿を見られたり、見破られたりするのも計画の内であった。その程度は見越していたのだ。そもそも次男派攻撃への口実作りに重要なのは真実ではないし、それに、一人や二人の農民が騒いだところで、耳を貸す者はいないだろう。

だが。【イグリスの黒薔薇】が言うのであれば、話はまったく別だ。

五年戦争の英雄が。名立たる諸侯と轡《くつわ》を並べて戦った大物騎士がこの陰謀を糾弾すれば、それだけで全ては終わるのである。

長女ケイリー派が次男ドゥーガルド派を撲滅しても、諸侯はケイリーがノースプレイン侯爵を継ぐのを認めないだろう。裏で手を引くイグリス王国宰相も、そこまで事が露見すれば長女派を見捨てるはずである。その後は、新たに貴族が封ぜられるか、それとも王国が領地を召し上げて直轄地とするか。どちらにせよ、ワイアットを待つのは破滅のみであった。

……それを回避する手段は、一つしかない。

がしり、と右手で己が顔を鷲摑《わしづか》むワイアット。指に力が込められ、頭骨がぎりぎりと軋む。よほど強く握ったのか。フヒッ、という奇声まで漏れた。異様な、今までに見せたこともないその様子に怯えたマクアードルは、ソファの上で後ずさったが。

「いや、マクアードル。大丈夫。私は怒ってなど、いない。私はね、嬉しいのだよ」

掌の下から現れたワイアットの顔は。口角を上げ、目は細められ。喜色に満ちたものであった。その内側の感情を知りさえしなければ、そう形容できただろう。

「ありがとう。私に理由をくれて。ありがとう。本当に、ありがとう」

胸の奥で再び燃え上がった炎に支配され。ワイアットは、禍々しく嗤うのであった。

＊

死んだコボルドたち六人はそれぞれが、一家の長や、誰かの息子だった。仲間を、家族を失った悲しみは深く、重く、苦しい。それはガイウスが村に来て以降、狩りが安定した日々の中で、ついつい忘れられがちな感情であった。心の痛みは、より強いものだろう。

だが今は、泣いて伏すばかりではいられない。村の皆は、それを理解していた。

顔を上げ、立ち上がり、戦わねば、守らねば。そうでなければ彼らは。そして彼らの子供たちは。悲しむことすらもできなくなるのだ。

だからこそ必要なのだ、と言い出したのは、誰だっただろうか。レイングラスであったか、若衆の一人か。主婦連合の誰かかもしれない。まあ、今となっては誰の言葉かは分からないが。ただ、それを訴え。説いて回った者は確実にいたのである。

それ故に。皆が心の中で漠然と考えていたものに、姿は与えられたのだ。

今、必要なもの。彼らが欲するもの、に。

＊
「やはり、かなり傷んでおるな」

明け方からの土砂降りで作業ができぬ、ある日。家の中で、ガイウスが武具を手入れしていた。

傍らには、外で遊べぬコボルドの子供たちがずらりと並んでその様子を眺めている。ガイウスが手を動かす度に、一斉に頭ごと目で追う姿が愛らしい。

その中には、フラッフとブロッサムもいた。そもそも子コボルドたちは、彼らを元気づけるために毎日寄り添っているのである。

母親を失い幼児退行がみられ、心配されたフラッフであったが。フィッシュボーンや彼らの励まして、徐々に心身を安定させつつあった。ただ、夜になって友達が去るとやはり落ち込むのだろう。日が暮れて以降は、ダークの胸元に甘えてべったりである。

当のダークは療養所でサーシャリアの看病についていた。ガイウスも世話を申し出ようとしていたが、それはダークに止められたため。彼は空いた時間をこのように使っているのだ。

「傷んでるなあ」

「どうしたんだオッサン」

エモンから問われ、「これだ」と現物を見せるガイウス。やはりその動きを子供たちの視線が追いかけるが。武器に近づくと本気でガイウスが叱るため、一定距離は確保したままである。

「うっわ、刃もボロボロだし、亀裂も入ってるじゃねーか」

「先日の戦いのために、替えから新しいのを下ろしておいたのだがなあ。刃が欠けるのはいつものことなのだが、こんなに早く割れてしまうとは、な」

「あんな使い方していれば、当たり前だろ」

「はっはっは。それもそうだな。何にせよこれはもう駄目だ。このまま使っていたら、戦いの最中にバッキリいってしまう。別の替えをもう一本下ろすか、持ってきた他の武器を使うとしよう」

筵《むしろ》の上に、ゆっくりとフォセを置く。子供たちが律儀に、それに合わせてさらに距離をとった。

「それよりエモン、君の剣の手入れは大丈夫か。ほれ、よこしなさい」

手渡された剣を鞘から抜き、眺める。

エモンが家から持ち出してきたというこのドワーフの幅広剣は、刃だけ見ればアネラスという幅広のブロード・ソードやヴァイキング・ソードにも思える形状をしているが、両手持ちも想定して柄が長くなっているあたり、バスタード・ソードの性質も備えていると言えた。

ドワーフの戦訓からなる作りだろうか、と興味をもったガイウスがエモンに尋ねてみたが。元の持ち主である父親はエモンが二歳の時に戦死しているため、何も教えられていないらしい。

魔剣や逸品の類は全て姉たちに持っていかれたということなので、そこまで良品ではないのかもしれぬ。だが、かつて使い込まれた一振りであったということだけは、ガイウスからは容易に見て取れたのであった。

「んー、ここ、少し研いでおこうか」

「お、ヨロシク、オッサン」

「君がやるんだよ！」

けらけらと子供たちが笑う。少し頬を膨らませていたエモンであったが。フラッフも一緒に笑っているのを見ると表情を緩め。それから、一緒になって笑い声を上げるのであった。

『おう、邪魔するぜ、ガイウス』

『畑仕事は大雑把なのに、お前、そういうのはマメだなあ』

『こんちわー』

『やっほう』

そんなところへ、大きな葉を傘代わりにして現れたのは、レイングラスやレッドアイ、そして男衆の主だった者たちだ。ぞろぞろと、連れ立って家に入って来る。

『おじさんたちはお仕事の話があるからね。チビちゃんたちは集会所に行っておいで』

『『『ハーイ』』』

レッドアイの言葉に従い、子供たちは歓声を上げながら集会所へと走っていく。男衆はそれを見送ると、揃ってガイウスの前に座り込んだ。

『いきなり、すまないな』

「いや、一向に構わんよ」

レイングラスの言葉に、首を傾げながら答えるガイウス。男衆は互いに顔を見合わせると、レッドアイが特に深く頷き。そしてガイウスへと向かい合い、神妙な面持ちで口を開いた。

『ガイウス、お前に頼みがあるんだ』

*

「雨、止まないでありますなぁー」

傍らに座るダークのぼやきに、サーシャリアは力なく「ええ」と応じる。

他のコボルドたちは家に帰ったため。療養所の中に聞こえるのは、屋根と地面を叩く雨音だけであった。二人共目を合わすのを避け。半ば閉められた戸を、それぞれ何となしに眺めている。

そんな時間がいくらか過ぎた後。

「私ね、村を出ようと思うの」

顔を動かさぬまま。ぽつりと、サーシャリアが口にした。

「デナン嬢は、それでいいのでありますか」

ダークは敢えて、サーシャリアの方を見ない。

「ここに残っても、足手まといになるだけだし」

「村人は感謝しておりますよ？　ガイウス殿とて同じ。足手まといとはだーれも思いませせぬがねえ」

「私が思うのよ」

サーシャリアの視線は、入り口へ投げられたままだ。

「森を出て、それからどうするつもりでありますか」

「……分かんない」

「行くところは？」

「そんなの分かんないわよ！」

首を振るサーシャリア。背中が、肩が震えている。

「じゃーダメですな。却下却下。外出許可は下りませぬ」

「どうして貴方が却下するのよ」

「んー？　年長者の言うことは、大人しく聞いておくでありますよ？　ケケケ」

「何言ってるのよ。同期じゃないの。歳同じでしょうが」

「あれ、言っておりませんでしたか。実は自分、三つばかり歳をサバよんでいるであります」

「はぁああ⁉」

素っ頓狂な声を上げて、サーシャリアが振り向く。涙と鼻水が顔についていたが、隠すのを忘れるほどの衝撃だったらしい。

「ああ、実はガイウス殿の預かりとして戸籍を作った時、歳を誤魔化しまして。内緒ですヨ？」

「え、じゃあ貴方、今二十六歳なの？」

「まあ、そうなりますな」

「四捨五入すると三十⁉」

「なんでいま四捨五入したでありますかぁぁぁ⁉」

今度はダークが裏返った声で叫ぶ。そのまま、にらめっこのような表情でしばらく見つめ合っていた二人であったが。

「ぷっ」

「ケケケ」

耐えきれなくなり、声を上げる。楽しげに、愉快そうに。しばらくの間共に笑い続けた後。腹の筋肉がいい加減疲労を訴えてきたあたりで、サーシャリアが肩を震わせながらそれを中断し。

「……そういえば、貴方はどうしてガイウス様の預かりになったの」

と、ダークに問うた。

「んー？　あんま、面白い話でもないですよ？」

「いいじゃない。教えなさいよ。私のことばかり貴方が知ってて。そっちだけずるいでしょ」

そう言ってサーシャリアは身体を捻り、傾け。そのままぽすん、と頭をダークの胸に預けた。

「おやおや。今日の副官殿は、随分甘えん坊さんでありますなぁ」

ダークがサーシャリアの背中を、軽く叩く。拍子をとりながら、まるで子供をあやすように。

「そういう日だってあるわよ」

「そうですな。それも、いいですなぁ」

ダークは小さく頷き。ゆっくりと。昔の話を、語りだすのであった。

*

黄金色に輝く麦畑の上に軍が駐屯地を作り、怒り狂った農民たちの手によって殲滅《せんめつ》されたのだという。どこの国の、どの軍隊かも分からぬような、古い時代の言い伝えだ。ノースプレインの西隣であるゴルドチェスターは、そういった故事に基づき名付いた地方である。謳われる通り、そこは豊かな穀倉地帯であり。そして、五年戦争の舞台でもあった。

前の戦争で、ゴルドチェスターの西側半分は奪われており。そこからさらに領土を拡大しようと隣国が連合を組み再侵攻してきたのが、あの五年戦争だ。当初の三年はイグリス王国側の劣勢が続いたが、四年目以降は奪われた西側へ逆侵攻し。五年目にはついに連合軍をゴルドチェスターから完全に追い払い、戦争は終結する。

少女と父親がたまたま滞在していた村がイグリス王国軍に襲われたのは、四年目のことだ。

父親が殺されたことに、少女は特に哀情を催さなかった。博打のイカサマで勝ったことや、店から商品を盗んだこと、泥酔者を殴り殺して金品を奪ったことを自慢しているような男である。少女を連れ立っての放浪も。愛情からではなく道具として、だ。

泥棒の見張りもさせられたし、窃盗自体をやらされたこともある。酒代や博打の負けを、少女の身体で支払うのも日常であった。だから目の前でその小汚い男が頭を潰された時は、これで痛いのも臭いのも終わりだと喜びすらした。

だが、それは終わりではなかった。父親を殺した男たちに連れていかれた山の館には、付近の村や町から拐《かどわ》かされた子供たちが集められていたのだ。

レディッシュ、ブロンド、グレイ、ダーク、アッシュ、ブラウン、ブルネット。おそらくは髪の色からだろう。少年少女は適当な名前を割り振られ、使われた。そして、飽きたり、機嫌を損ねたり、動けなくなった者から処分されたのだ。

レディッシュとグレイ、そしてブラウン「二世」を埋める穴を掘ったのは彼女である。そんな中で少女が生き残っていたのは、どうやら父親の仕込みが良かったためらしい。だが「補充」も都度入ってくるし、飽きられるのは時間の問題であった。

そろそろ自分の番だろうと思っていたころに、その男は現れたのだ。どうも補充の際に足がついていたらしい。男は突然館へ乗り込んでくると、味方のはずのその貴族たちと剣を交え。大半を斬り殺してしまったのである。

恐ろしい、とても恐ろしい顔をした男であった。血まみれの全身を震わせ、歯を食いしばり。猛獣のような貌に、憤怒を漲らせて。そして、泣いていた。その男は、子供たちや、子供たちの残骸を見て涙を流していたのだ。少女に対しても、やはりそうであった。

少女は驚いた。自分のために涙を流す人間を、彼女は生まれて初めて目にしたのだ。それはまるで、天啓を受けたに等しい衝撃であった。

……その後、王都の施設に送られる段になり、少女は駄々をこねた。この恐ろしい男と、共にいたいと願ったのだ。

当然、頭を横に振られたが。

少女は文字通り一昼夜、男の腕にしがみつき懇願することで。とうとう、彼を根負けさせたのである。

*

「良いわけがないだろ」

恐ろしい男から約束をとりつけたその晩。少女は隣の天幕から聞こえた声で、目を覚ました。彼女はこっそりと寝床を抜け出すと。新月の闇に紛れてその天幕の外側へ這《は》い寄《よ》ったのだ。

「ビルキッドの言う通りだ。お前は、もっと自分の立場を考えろ」

「しかし先輩、団長。私は彼女に約束したのです」

布地に耳を近づける。中では、あの男とその先輩騎士、そして上司が口論をしているらしい。

「お前自身じゃない。庇ってくれたルーカツヒル辺境伯ラフシア家や将軍方、陛下や先王妃様のことを考えろと言っているのだ」

「そうだぞ。あのクソッタレのビッグバーグ卿と取り巻きどもらからお前を守るために、皆がどれだけ骨を折ってくれたと思ってる」

男が斬った王国騎士の中に、後に王国宰相となる、ムーフィールド伯エグバート＝ビッグバーグの縁者がいたことを少女が知るのは、もっとずっと後の話である。

「それに、事情が事情だ。ああいう目的で集められていた娘を、斬り込んだお前自身が引き取ったら、世間はどう思う？　お前が囲ったら、周囲は、どう見るか？　お前が味方を殺して少女を奪った……そう思われかねないだろう？　いや、お前が平気かどうかなんて話はしていない。お前を助けてくれた方々に迷惑がかかると言っているんだ。そのあたりに少しは頭を回せ、馬鹿者」

上司から男が叱責されている。子供には政治や立場のことなどは分からないが。それでも、言わんとしていることを何となく少女は察した。

「思われなければ、大丈夫なのでしょうか」

「思われるに決まっているだろう、阿呆《あほう》！」

一喝。

彼女はそこまで聞くと、また這うようにして自分の天幕へと戻った。申し訳ないことをした、と思いつつ。明日の朝には願いを取り消そうと決めながら、寝床へと潜り込んだのである。

＊

「何やっとんだお前はあああ！」

　先輩と呼ばれていた騎士の調子外れな叫びで、少女は朝を迎えた。目をこすりながら外へ出ると、少し離れたところであの恐ろしい男が、先輩に怒鳴られていたのである。

「昨晩のうちに町に行って、去勢魔法を刻んでもらいました！　ほら、先輩先輩、お坊さんがよく入れてる奴ですよ、コレコレ。分かります？」

　男が指差した自身の顔、その左側には。彼が言うように呪印の黒く太い線が刻まれ、そして、線は頬のあたりで弾けるように散っていた。

「あーもー何やってんだお前さんは。あーあー、しかもこれ、暴走してメチャクチャ深く癒着してるぞ⁉　どこのモグリにやらせたんだよ」

「どうも流しの呪印師らしいのですが、先方も酔っていたようで、あまり詳しい話は……」

　先輩騎士が男の顔を摑んで引き下げ、汚れでも拭うかのようにゴシゴシと指でこする。その度に、男は「痛いです先輩」と情けない声を上げていた。

「うっわ、こんだけ深く結びついていると、経年で消えないぞこれ、どうすんだよ。解呪できんのか？　できても相当大変だぞ」

　身体に負担を強いる類の呪印は、経年で効果が薄れるように調整して施されるのが一般的だ。だが、意図したり暴走した場合はこの限りではない。

「まあ、なかなか解けないと思われたほうが好都合ですし」

「戦争が終わったら、陛下が縁談世話してくれるっておっしゃってたろ。アノー子爵の次女を。とびっきりの名家だぞ。忘れたのか」

「え⁉　そうでしたっけ？」

男が太い腕で、後頭部を掻く。だが天幕から顔を出している少女に気付くと。頭を抱える先輩騎士を放置して、地面を揺らしながら走り寄り。彼女の前にしゃがみ込んだのだ。

「もう大丈夫だから、君は先に家に帰って私が戻るのを待っていてくれ」

少女は少しの間呆けていたが。やがて、彼の頬を指差して言った。まるで、薔薇のようだと。

男は口を開き、歯を剝く。それは獣が牙を剝く姿によく似ていた。荒々しく、とても獰猛《どうもう》な貌だ。

だが少女は、もうその顔を恐ろしいとは思わなかった。

＊

少女は、自分の願いが彼のその後を台無しにしたのだと思い込んだ。だからせめて、あの印を、あの薔薇から彼を解放することが自らの務めなのだと信じたのである。

そのために。機会を窺うために。少しでも長く共にいられるよう、歳を偽った。少女が三歳サバをよめば普通分かりそうなものだが。男は鈍感なのか、まったく気付いていない。だがそれも三年の猶予だ。年頃にもなれば、少女のころ以上に彼の元にはおれぬだろう。

どうしたら良いか。どうすれば良いか。彼女は考えた。だから。

「おかえりなさいませ！」

戦争から帰ってきた男を、少女は敬礼で迎えたのだ。

「このダーク、ガイウス殿のような立派な騎士を目指したいと思い、見習いとして弟子入りしたく！　何卒ご指導ご鞭撻《べんたつ》のほど、よろしくお願い致します、であります！」

そう言って、嘘を重ねた。

今も、嘘をつき続けている。

＊

「ズバーン」とか「ドギャーン」とか意味不明の擬音と仕草を交えつつ。ダークは自分の昔話をかいつまんで、ところどころは伏せ、場合によっては柔らかく言い換え、時にふざけながら、サーシャリアに語った。

「まぁあれですよ、【ベルダラスの試し斬り】とか【味方殺し】の話とかは、そのあたりから回り回って歪曲《わいきょく》されて、宰相派の吹聴もあってそこに尾ひれがさらについたモノでして」

目を細め、愉快そうに笑いながら、自身の頭をペチペチと叩く。ダークの胸から身を離したサーシャリアは、戦慄に似た思いでその顔を見つめていた。そして、彼女の笑みと瞳の下に感じていたものの正体に気付いたのである。

おそらく、この僚友は狂っているのだ。自分と出会う、ずっとずっと以前から。ガイウスの純潔を狙うという言葉も。決して冗談からでも、下卑た戯れでもなかったのだ。彼女の思考の中では。論理では。倫理と誠実さを含有した、歴《れっき》とした目標だったのである。

もしその手足がもぎ取られたとしても。ダークは地面を噛んででも這い、ガイウスを追いかけていくだろう。それでいて、自分の存在が彼の命取りになるならば、躊躇なく自決するに違いない。問わずともそう確信させる熱量と狂気が。今は裏付けを伴い、サーシャリアには感じられたのだ。

背を、汗が伝う。だがそれと同時に、サーシャリアは否定しようのない感情に駆られていた。それは、羨望と妬心である。ガイウスとの絆《きずな》にではない。ダークという一人の人間に対して、サーシャリアは身を焼くような嫉妬に焦がされたのだ。

果たして、自分はこれほどの熱と質量を持って生きてきたのだろうか、そうまでして、何かをなそうとしているのだろうか、と。

いたたまれなくなり、サーシャリアが目を背けた時。療養所の戸を開けて、一人のコボルドが入って来た。長老である。

『ほれ顔色の悪いの。交代じゃ。お嬢ちゃん、具合はどうじゃ？　また精霊に来てもらおうかの』

「おや、御老体……では、後は宜しくお願いするであります」

『うむうむ。ほれ、行った行った』

ダークが出ていくのを見送った彼は、傘代わりの葉っぱを置き、サーシャリアから離れたところで身体についた雨を振り払う。そして囲炉裏の脇に座ると薪と焚付《たきつけ》を放り込み、火打ち石から火花を飛ばす。

自身の身体を温めるのではなく、火の精霊を呼ぶためだ。火精は癒やす力を持つわけではないが、他の精霊に顔が利く。そのため、精霊魔法の儀式では火を焚くことが多いのである。

サーシャリアの切断された左耳と毒に侵された左足のために癒やしの精霊を呼んでいるが。耳の傷はともかく、足の回復はやはり絶望的であった。だがそれでも、長老は毎日何度も精霊治療を施術しに来ていたのだ。彼女が寝ている間にも、儀式を行った痕跡がいつも残っている。

『耳は……うむ、もう腐れが入る心配はないな……脚のほうはどうじゃ？　感覚のほうは』

サーシャリアがゆっくりと首を横に振る。

『まあ精霊もお前さんを気に入っとる。頑張ってくれとるから、しばらく様子をみようかの』

「……ふふふ、おじいさん、私には優しいんですね」

『そうかの？』

「ええ」

会話を交わしながら、長老がサーシャリアの脚の傷に薬草を貼り付けていく。それに合わせて、何かモヤのようなものが彼女の膝のあたりにまとわりついた。おそらく癒やしの精霊なのだろう。

「そういえば私、おじいさんの名前をまだお伺いしていませんでした」

『ワシのか？』

「ええ。皆さん長老と呼んでらっしゃるので、つい」

『バーニングクオーツフライングナックルハンドアックスオブマジックグレートデリシャスじゃ』

「おじいさんでいいですか？」

『構わんよ』

長老は優しげに微笑むと、持ってきた器の蓋を開けて、サーシャリアに手渡す。彼女はその薬を、苦いのを堪えながら飲み干した。

『お前さんには、本当に感謝しておる』

「いえ、私は結局、何もできませんでしたから……」

『何を言うか！　お前さんが身を挺《てい》して守ってくれたからこそ、避難した女子供は殺されずに済んだのじゃ！　それがどれほどありがたいことか、嬉しいことか！　ワシは、感謝の言葉をいくら並べてもまったく足りん！　あの場でお前さんは、あの時お前さんにしかできんことをして、ワシらを助けてくれたんじゃよ。じゃから、頼むから。何もできなかったとか、言わんでくれ』

鼻の奥が痛くなったサーシャリアは、顔を見られぬように空の器に再度口を付け、飲み干す振りをする。そして口周りを拭うよう誤魔化し、目の端に溢れた水分を指で弾き飛ばすのであった。

『ああ、今夜には集会があるからの。しんどいじゃろうが、嬢ちゃんも出てもらいたい』

「いいの？」

『勿論じゃとも。その時はちゃんと、迎えの若衆をよこすから……んー……？』

話の途中で長老は耳をひくつかせ、急に怪訝な顔つきになった。

「どうしたの、おじいさん」

『まーたどこかのガキんちょが霊話《スピリットスピーク》覚えたんかのう？　何か、ツーツーツーツーさっきから五月蠅《うるさ》いんじゃよー』

以前聞いた固有名詞に、サーシャリアが記憶を手繰り寄せる。

「ああ、たしか、シャーマンの素質があるかどうかの判断に使うんでしたっけ？」

『姿を現していない精霊へ呼びかける、最低限の資質じゃ。大昔、ご先祖様の時代ではこれで会話ができたから【霊話】とかいう名前が残っておるようだが、実際どうかのー？　まあとにかく、今ではトントンツーツー音を鳴らしたりそれが聞こえるだけの、鬱陶しい代物よ』

その時、サーシャリアの全身を稲妻が駆け抜けた。麻痺《まひ》した左脚ですら、何かが伝わった錯覚を起こしたほどである。次の瞬間、彼女は上体を捻り。がしり、と長老の肩を両手で摑んだ。

『おっほっほ？　びっくりした』

笑い声を上げる長老であったが。彼女の顔を見てすぐにそれを止めた。先程まであれほど弱々しげであった娘が。唇をぎゅっと結び。力強い光を瞳に湛《たた》え、彼をじっと見つめているのだ。

『どうしたんじゃ、お嬢ちゃん』

そしてサーシャリアは、活力を取り戻した声で長老へと問う。

「おじいさん。その話、もっと詳しく教えて欲しいの」

＊

降り続いていた雨は夕方前には上がり。主婦たちは夕食の支度に、男たちは様々な雑用へ。そして子供たちは、日が沈むまでの短い時間を最大限活用すべく、元気に走り回っていた。

小さなコボルドたちが遊ぶ広場の片隅で、サーシャリアの相手をやっと孫娘と交代した長老が、休憩をとっている。そこに近づいてきたのは、一人のヒューマン。ガイウス＝ベルダラスであった。

「ここ、宜しいですかな」

『好きにせい』

失礼、と言いながらガイウスが長老の横に腰を下ろす。老人は彼の方を一瞥もせず、ただずっと、子供たちが戯れる様を眺めていた。ガイウスもそれに倣い、広場の方をじっと見ている。

「御老体。そういえばお名前をまだ、伺っておりませんでした」

『バーニングクオーツフライングナックルハンドアックスオブマジックグレートデリシャスじゃ』

「デリシャス殿」

『……長老でいいわい……で、何の用じゃ』

視線を交えぬまま、言葉を交わす。

「朝方。レッドアイや男衆から、話がありました」

『ふん』

「この危機を乗り越えるため。私が村の長《おさ》になるように、と頼まれたのです」

『ほーん』

「今夜の集会で、返答が欲しいと」

『そうか』

耳裏を掻きながら、老人は相槌を打っている。

「そして……この話を皆に説いて回ったのは、長老だと聞きました」

『あー、そうじゃったかもなー？』

「何故です？　ヒューマンの私を長に、などと」

老コボルドは指先についた毛を息で『ふっ』と吹き飛ばす。

『必要なんじゃよ。長がな。村を、皆を守るためには』

「ですが何もヒューマンの私を推す必要はないでしょう。御老体もいらっしゃる。レッドアイは畑で皆をよく仕切っておりますし、レイングラスも勇敢で仲間思いです」

『じゃが、奴らでは外の世界の連中には勝てぬ』

「用心棒が必要なのでしたら、私が努力致します。長は村の者が務めるべきではありませんか」

『お前、本当に馬鹿じゃのう』

「恥ずかしながら、よく言われます」

『……あ奴らはな、お前に付いていきたいのじゃよ』

長老は頬を歪め、そう口にしたのだ。

『抜け出す機会ならいくらでもあった。冒険者が来た後でもな。じゃが、お前はそうしなかった。それどころかヒューマンどもから村を守るためにその身を差し出そうとしたそうじゃな。そして次はもっと大軍が来るかもしれぬのに、今もまだここにおる。もう、村の者はヒューマンだとか気にせんよ。お前さんは村を大事に思っとるし、皆もお前を信頼しておる。それで十分じゃろ』

ガイウスは言葉に詰まる。

『ワシが言ったことを若い衆が素直に聞くと思うか？　思わんじゃろ？　これはな、元々、皆がそう思っておったから、そう望んでおったから、ワシの話に耳を傾けたのじゃ』

「御自身は、それでよろしいのですか」

『ハ！　良いわけなかろ⁉　純然たるコボルドの村としての歴史が終わるのじゃぞ？』

打って変わって、吐き捨てるように言う。だがこれも、老人の本心なのだろう。ガイウスは「そうですね」と呟き、視線を広場の子供たちへと戻した。長老も同じく、そちらへと顔を向ける。

そのまま続く、無言の時。しばらくの間、子コボルドたちのはしゃぎ声だけが聞こえていた。

『可愛いものじゃのう』

「ええ、まったくですね！」

『……じゃがな。ワシは、それを見のがして逃げ出したんじゃ』

老コボルドの声は、震えていた。

『あの日。ワシは娘に息子夫婦、その子供たちを失った。生き残ったのは、孫娘一人だけじゃ』

ガイウスは、敢えて彼の方を見ない。

『かろうじて生き延びた者の話では、息子は槍で突き殺されたのじゃという。そして嫁と孫たちは捕らわれて袋に詰められ、冒険者に踏み殺されたらしい』

相槌の声はない。ただ、頷くことで会話を成り立たせていた。

『のう木偶《でく》の坊《ぼう》よ。その時この老いぼれは何をしておったと思う？　笑えるぞ。そんなことになっているとも知らず、ただただ走っておったんじゃよ！　よろけ、転びながらな！　ああそうとも！　幼い孫たちが惨《むご》たらしく殺されている間！　ワシはな！　ひたすらに逃げておったのじゃ！』

生き残った村人のほとんどがそうである。実際、長老がその場にいたところで事態は何も変わりはしなかっただろう。だが、ガイウスはそう慰めはしなかった。この老いた男は、そんなことは分かっているのだ。分かった上で自らを許さず。悔やみ、嘆き、そして語っているのだから。

『分かるか⁉　この怒りが！　分かるか⁉　この口惜《くや》しさが！』

故にガイウスは彼の涙を見ず、ただ黙って聴くのである。それこそが。ずっとずっと抑え続けていた心情を吐露したこの老夫に対する、最大限の礼儀であった。

『……じゃからワシは、もうそんな光景は見とうない。他の者に見せとうもない。そのためなら、コボルドの伝統も歴史も、どうでもよいのじゃ』

そう言って長老は立ち上がり、ガイウスに背を向ける。

『お前にはお前の考えがあるじゃろう。じゃがそれでも、皆の思いだけは知っておいてくれ』

そしてゆっくりと。その場から立ち去っていくのであった。

＊

「私は、長にはならない」

夜、集会所で集まった者たちを前にして。ガイウスはそう、はっきりと言い放ったのだ。

嗚呼、とコボルドたちの間から溜息と落胆の声が漏れる。彼らからしても、無理な頼みという認識があったらしい。だがその中で。レイングラスと、脇にいたエモンがガイウスに食い下がった。

『どうしてだガイウス！　自分がヒューマンだって気にしてるのか？　それとも嫌なのか？』

「そうだぞオッサン！　なんで受けねえんだよ！　皆がここまで頼んでるんだろ⁉」

エモンは背後のダークに「いいから黙って聞くでありますよ」と取り押さえられ。一方、レイングラスは傍らのレッドアイに尻尾を摑まれ、落ち着くよう促される。

「そうではない。村の存続のために、長にはならない。私はそう考えたのだ」

『どうしてだ？　お前が天辺《てっぺん》に立ってくれたほうが心強いんだよ。ヒューマンたちと戦うにしても、魔獣を狩るにしても。お前は強いし、皆も喜んで従うさ』

「ありがとう。だが私がいる間ヒューマンや魔獣に対抗できたとしても。その後はどうする？」

『その後って何だよ』

「私が死んだ後だ。戦死や病、事故だって起きるだろう。そうでなくとも、歳を取れば死ぬさ」

レイングラスは困惑した表情を浮かべる。

「人は不死身ではない。レイングラスよ、その場合はどうなるのだ。その後も村が外からの脅威に晒されるなら、な。その時君は、いや、君の子孫たちはどうするのだ？」

『そりゃお前……死ぬ気で戦うさ』

「それで勝てるかな？」

『ど、どうしようもなくなったら、村を捨てて逃げる……しかないだろ……』

「この【大森林】の中で。ここ双子岩の草地のように都合の良い場所が見つかるだろうか」

『な、なかなかない……と思う』

いつもの威勢の良さは消え、弱々しい。

「そうだ。その通りだレイングラス。私たちには、確かな逃げ場所などないのだ」

レイングラスだけではない。コボルドの間に、重い沈黙が流れた。

「……だから、私は国を作る」

そこにガイウスは言葉を続けて、その静寂を破ったのだ。

「君たちがこの先も、そして君たちの子孫がこれからも。そう、これからもずっと暮らしていける場所……コボルドの国を建てるのだ」

村人たちはまるで何かに打たれたかのように身体を震わせ、彼の顔を見上げる。

「私は難局のために村の長にはなれない。だが、子供たちのために、君たちの未来のために強い国を作れるのであれば、私は喜んでこの身を捧《ささ》げると誓おう」

ガイウスは皆へ向け頬を歪めた。猛獣が牙を剥く顔だ。だが、民にとってはそうではない。

『……おうさまだ』

誰と無く、そう呟いた者がいた。噂や遠い昔話、伝え聞く伝承の中にのみ、聞いていた名前。自分たちには無縁と思っていたその言葉が、記憶の中から掘り起こされたのである。

『王』

『王様だ！』

『コボルド王だ！』

どよめき。コボルドたちは互いに顔を見合わせ、確認するかのように何度も口にする。

『コボルド王、万歳』

集団の後ろの方から、老いた声が発せられた。その言葉はたちまち皆に伝播《でんぱ》し、連呼され、そして大合唱へと発展していく。

『王様万歳《フレーフォーザキング》！』

『コボルド王万歳《フレーフォーザコボルドキング》！』

『ガイウス王万歳《フレーキングガイウス》！』

『王国万歳《フレーフォーキングダム》！』

生まれたばかりの王国民は口々にそう叫びながら、彼らの王を取り巻き、群がり、抱きしめる。たちまちガイウスは頭の上までコボルドたちによじ登られ。びっしりとしがみついた毛皮のせいで、あぐらをかいた熊のような姿となった。

その前へ。ダークの肩を貸りたサーシャリアが歩み寄り、そして支えを受けたまま跪く。

「サーシャリア君、ダーク。私に力を貸して欲しい」

赤毛が、小さく揺れた。

「……六年間。六年間ずっと、その言葉をお待ちしておりました。不肖非才の身ながら、剣となり杖となり。ガイウス様をお支えしたく存じます」

「ありがとう。サーシャリア君」

詰まりながら口上を述べる彼女に、ガイウスが微笑む。サーシャリアは鼻を啜りながら、頭を微かに上下に振った。その身体を支えたままのダークも、空いた手を胸に当て敬礼の仕草をする。

「あの時よりこの命は貴方様のもの。どうぞ上でも下でも前でも後ろでもお使い下ゲフゥ!?」

僚友から鋭い肘鉄を受けたダークはそのまま横へ倒れ、彼女の支えで姿勢を維持していたサーシャリアもろともに倒れ込んだ。それをエモンが、指差して笑っている。

「エモン、君も手伝ってくれるか?」

「それを聞くか?　オッサン」

「はは、そうか。そうだな」

エモンは倒れたまま口論している女性二人の脇をすり抜け、ガイウスに近づく。そして差し出されたコボルド王の手を摑むと、がっしりと握るのであった。皆から、歓声が上がる。

それからしばらくの間。月に照らされた森には、王国民の歓喜の産声《うぶごえ》が響き渡っていた。

*

即位式は翌日に行われた。戦時下である。慎《つつ》ましく、質素なものだ。

王国民一同が見守る中で、王の頭上に冠が載せられる。蔓草《つるくさ》でできた、素朴な王冠であった。

作ったのはコボルドの子供たち。コボルド王は、王国の子供たちが草花や枝で編みあげたものを都度冠するものと定められた。これはガイウス本人による希望である。王は、国の未来のために。

国民の手で、そして子供たちの手によって、王となるのだ。

肩によじ登り、冠を被せる大役を担っていた子供がゆっくりと降りる。その時を待って立ち上がった王を、民は歓呼して迎えた。

『コボルド王万歳《フレーフォーザコボルドキング》！』

『王国万歳《フレーフォーキングダム》！』

王も、手を振ってそれに応える。


ガイウス＝ベルダラス男爵。

イグリス王国鉄鎖《チェインメイルズ》騎士団団長。

彼はかつて、そう呼ばれていた。そう呼ばれたこともあった。


だが、これからは違う。

コボルド王、ガイウス。


そう、これが。これこそが。

これからの、彼の肩書であった。

Syousa.（ショウサ）

三重県出身、同県北部育ち。頭の中にたまっていた妄想を形にするために、2016年8月より「小説家になろう」へ作品の投稿をはじめる。本作がデビュー作となる。

レジェンドノベルス
LEGEND NOVELS

コボルドキング 1
騎《き》士《し》団長《だんちょう》、辺境《へんきょう》で妖精犬《ようせいけん》の王《おう》になる

2019年1月7日　第1刷発行

［著者］ Syousa.《ショウサ》
［装画］ sime《シメ》
［装幀］ 徳重 甫（ベイブリッジ・スタジオ）

［発行者］ 渡瀬昌彦
［発行所］ 株式会社 講談社
〒112-8001 東京都文京区音羽2-12-21
電話 ［出版］03-5395-3433
［販売］03-5395-5817
［業務］03-5395-3615

［本文データ制作］ 講談社デジタル製作
［印刷所］ 豊国印刷 株式会社
［製本所］ 株式会社 若林製本工場

N.D.C.913 319p 20cm ISBN 978-4-06-513690-4